HOCH HAUS

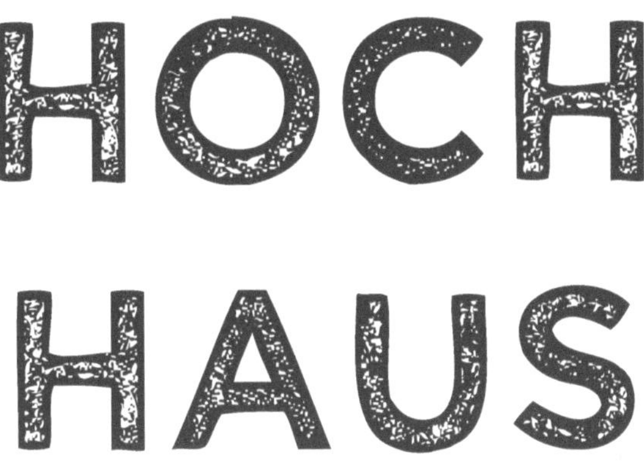

WER HAT PAUL HEINZE GETÖTET?

Herbert Feid

Impressum:
Bibliografische Information der Deutschen Nationalbibliothek
Die Deutsche Nationalbibliothek verzeichnet diese Publikation in
der Deutschen Nationalbibliografie; detaillierte bibliografische
Daten sind im Internet über http://dnb.d-nb.de abrufbar.
Veröffentlicht bei Infinity Gaze Studios AB
3. Auflage
Februar 2024
Alle Rechte vorbehalten
Copyright © 2024 Infinity Gaze Studios
Texte: © Copyright by Herbert Feid
Cover & Buchsatz: Valmontbooks
Das Werk ist urheberrechtlich geschützt. Jede Verwertung außer-
halb des Urheberrechtsgesetzes ist ohne Zustimmung von Infinity
Gaze Studios AB unzulässig und wird strafrechtlich verfolgt.
Infinity Gaze Studios AB
Södra Vägen 37
829 60 Gnarp
Schweden
www.infinitygaze.com

„Wie gut wäre dieses Land,
wären nur seine
Kriminellen kriminell"

- *Paulheinz Deschner*

KAPITEL 1

Der Tag war heiß, zu heiß. Heißer als die Tage davor, die Frau Wagner schon als zu heiß empfunden hatte. Sie hatte das Fenster weit geöffnet, sich ihr Lieblingskissen mit den gehäkelten Rosen auf die Fensterbank gelegt und schaute nun mit verschränkten Armen hinaus. Das war für sie interessanter, als der Fernseher, der hinter ihr in einer Ecke unbeachtet lief, denn hier vor ihrem Fenster war immer etwas los, wenn sie nur geduldig wartete. Und Zeit hatte sie zu Hauf als Rentnerin.

Doch heute war es anders. Die drückende Hitze machte ihr zu schaffen und vertrieb alles Leben. Gegenüber im kleinen Park war niemand zu sehen, kein Kinderjauchzen von der Schaukel zu hören und selbst das Vogelgezwitscher war verstummt. Die Tiere im kleinen Streichelzoo lagen wie gefällt im Gras. Überall Tristesse. Der Plattenweg, der sich durch die Parkanlage bis hinauf zu einem Hügel schlängelte und wieder hinunter, war menschenleer, als ob eine Ausgangssperre herrschte.

Oben auf dem Hügel versammelten sich normalerweise Jungs, denn die Abfahrt von dort benutzten sie nur zu gerne, um auf ihren Fahrrädern mit genügend Schwung den sich windenden Weg, eigentlich als Spielstraße gedacht, herunterzurasen.

Die Serpentine nach unten führte dicht an Frau Wagners Fenster vorbei. Sie konnte deren vor Aufregung glühenden Gesichter und die vom Hochgefühl wegen der verbotenen Geschwindigkeit weit aufgerissenen Augen der Jungs erkennen, wenn sie an ihr wie der Wind vorbeibrausten, bis sie schließlich nach dem etwa einhundert Meter entfernten Hochhaus um die Ecke bogen.

Kurz danach mussten sie mit aller Gewalt abbremsen, denn dort mündete der Plattenweg in eine viel befahrene Straße. Das Bremsen machte den Kindern immer großen Spaß, wenn dabei Sand und Steinchen vom Weg nur so aufspritzten.

Ihr Gejohle war dabei so laut, dass es sogar manchmal bis zu Frau Wagners Fenster drang. Natürlich war immer der am allercoolsten, dessen herumgeschleudertes blockiertes Hinterrad schon fast auf der Fahrbahn stand, nur Zentimeter von den vorbeifahrenden Autos und LKWs entfernt. Das war der Kick für sie.

Im Fernseher endete gerade das Vormittagsprogramm, das erkannte Frau Wagner an der Musik, es musste also kurz vor elf Uhr sein. Während sie noch unschlüssig war, ob sie sich heute nicht lieber vor den Fernseher setzen sollte, bemerkte sie auf dem Hügel eine Gestalt.

Was sie nicht aus der Entfernung erkennen konnte, es war ein Junge, der ungeduldig wartete, bis der Minutenzeiger seiner Uhr genau auf drei Minuten vor Elf stand und der Sekundenzeiger von der Zwölf abrückte, es also exakt drei Minuten vor elf Uhr war, um loszubrausen. Doch sein neuer Freund Wolfgang hatte ihm plötzlich gemailt, den Versuch heute abzubrechen in exakt sieben Minuten an der Hauptstraße zu sein. Er musste dafür nach etwa fünf Minuten das Hochhaus passieren. Sie könnten es später nachholen. Er würde sich wieder bei ihm melden. Nun war Wolfgang nicht gekommen und er extra bei der Hitze hierher hinaufgefahren. Fünf Euro hatte der ihm versprochen, wenn er die Strecke in sieben Minuten schafft.

„Also, heute noch einmal ein Probelauf", murmelte er enttäuscht zu sich, „dann verdiene ich mir eben die fünf Euro beim nächsten Mal. Die andern Jungs schaffen das nie so korrekt wie ich. Da bin ich mir sicher." Als es endlich drei Minuten vor elf Uhr war, stieß er sich energisch ab und begann seine Fahrt abwärts.

Die Gestalt, die sie auf dem Hügel wahrgenommen hatte, kam langsam näher, gewann an Geschwindigkeit und brauste auf einem Fahrrad auf sie zu. Heute war es also nur einer, der es bei der Hitze bis oben auf den Hügel geschafft hatte, um den Nervenkitzel einer rasanten Abfahrt zu erleben, lächelte sie in sich hinein. Einige Bewohner hatten sich mehrmals bei der Polizei beschwert, dass Jugendliche auf dem eigentlich nur als Spielstraße gebauten Weg viel zu schnell fuhren, was natürlich nicht nur für die Fußgänger gefährlich war, sondern auch für sie selbst. Aber bis auf ein Hinweisschild ‚BITTE LANGSAM FAHREN‘ am Beginn der ersten Neigung, war nichts geschehen.

Frau Wagner hatte sich nicht an der Aktion beteiligt. Sie war der Meinung gewesen, man sollte den Kindern nicht immer gleich jeden Spaß verderben.

Als Kind war sie lieber mit den wildesten Jungs unterwegs gewesen, als mit ihresgleichen. Dass sie sich dabei einmal den Arm gebrochen hatte und einen Gipsverband tragen musste, empfand sie damals als Auszeichnung, zu den Jungs zu gehören.

Als die Person sich rasant ihrem Fenster näherte, erkannte sie diese sofort an den zu vielen schwarzen Haaren, die ihm immer in die Augen fielen, jetzt aber vom Fahrtwind wie eine Fahne nach hinten gedrückt wurden. Sowie an den wie mit Farbe Weiß bekleckerten ausgefransten dunkelblauen Jeans mit Löchern drin, die er oft anhatte. Das war Stas.

Als er im roten T-Shirt mit dem frechen Spruch ‚Ist Mir Egal‘ vorbeibrauste, winkte sie ihm zu, aber er bemerkte sie nicht.

Tief über den Lenker gebeugt, um den Luftwiderstand so niedrig wie möglich zu halten, blickten seine schwarzen Augen nur starr nach vorne.

Er war ein netter Junge, das wusste sie, höflich und er lächelte stets. Schon zweimal hatte er für sie Besorgungen gemacht, als sie sich beim Gardienen aufhängen den Fuß verrenkt hatte und nicht zum Einkaufen gehen konnte. Vom Fenster ihrer Hochparterrewohnung hatte sie ihn angesprochen.

„Hallo, Junge, kannst du mir bitte einen großen Gefallen tun?"

„Na klar doch, was gibt's denn?"

Und als sie ihm das Malheur mit ihrem Fuß erzählt hatte, da hatte er sie nur angelacht, einfach den Einkaufskorb und das Geld genommen und war wohlgelaunt davongeradelt.

Für einen Moment war sie sich nicht sicher gewesen, ob es das Richtige war, einem ihr unbekannten Kind fünfzig Euro in die Hand zu drücken und sie hatte mit Herzklopfen auf seine Rückkehr gewartet. Es hatte gedauert, aber er war mit verschwitzen Haaren und einem Lächeln auf dem Gesicht mit dem Einkauf und dem Wechselgeld zurückgekommen.

Als sie ihm zwei Euro in die Hand gedrückt hatte und er sich mit einem Lächeln und einem angedeuteten Kopfnicken bedankte, hatte sie ihn nach seinem Namen gefragt.

„Ich heiße Stas", war mit Stolz in der Stimme seine Antwort gewesen.

„Stas …, das ist aber ein seltener Name." Mehr wusste sie im Augenblick nicht zu sagen.

„Ja, denn mein Vater war Russe. Es ist ein russischer Name." So hatten sie sich damals kennengelernt. Gern hätte sie mit ihm noch etwas gesprochen, aber er war schon wieder weg.

Als er jetzt an ihrem Fenster vorbeigefahren war, blickte sie ihm solange nach, bis er um die Ecke beim Hochhaus verschwand. Sie strengte sich an, um vielleicht sein Jauchzen zu hören, wenn er vor der Hauptstraße wegen des starken Verkehrs abbremsen musste.

Sie glaubte, etwas zu vernehmen, aber es klang nicht nach einer Kinderstimme, mehr nach einem dumpfen Aufschlag.

Manchmal hatten die Jungs noch nicht genug und schoben schweißüberströmt mit glühenden Wangen ihre Fahrräder noch einmal auf den Hügel. Das war damals auch so gewesen, als sie ihn vom Fenster her angesprochen hatte. Ob Stas auch heute noch einmal vorbeikommen würde?

Ich könnte Hallo sagen, überlegte sie, denn er ist allein. Vielleicht könnte ich ihn fragen, wie lange er schon in Deutschland lebt und warum er gesagt hatte, mein Vater *war* Russe. Ob er gestorben ist? Aber in seine Privatsphäre wollte sie auch nicht eindringen. Nur etwas mit ihm plaudern, das wäre schön. Ob er auch im Hochhaus wohnte? Dort gab es zahlreiche Ausländer, viele Türken und Familien aus dem Iran. Doch von Russen hatte sie noch nie etwas gehört.

Sie wartete, aber sein schwarzer Haarschopf erschien nicht mehr. Das macht sicherlich die Hitze, überlegte sie, und er ist erschöpft nach Hause gefahren und geht lieber baden.

KAPITEL 2

FRÜHLING, DREI WOCHEN FRÜHER

Mario Rossi war ein gutaussehender Italiener, Ende dreißig, braun gebrannt, mit schwarz glänzenden, lockigen Haaren, dunklen, geheimnisvollen Augen und einer nach unten gebogenen Nase. Einer römischen Nase. Er maß stolze ein Meter sechsundachtzig und schritt stets in kühner Kopfhaltung daher, genau wie es ein römischer Imperator sicherlich getan hätte. Obwohl in Deutschland geboren, umgab ihn die romantische Aura eines Ausländers, besonders wenn er das R rollte und die Vokale beinahe sang. Mario Rossi hatte es zu einem erfolgreichen Unfallchirurgen gebracht.

Er stand augenblicklich auf, als er seine Geliebte das Restaurant betreten sah, ging auf sie zu, umarmte sie galant und drückte ein Küsschen rechts und links auf ihre geröteten Wangen. Ganz der vollendete Kavalier, half er ihr gewandt aus dem regennassen Mantel, hängte ihn an den Garderobenständer und rückte ihr einen Stuhl am Tisch zurecht. Beim Hinsetzten gab er ihr im Vorbeigehen einen Kuss auf den Hals, was ihm mit einem Lächeln quittiert wurde.

„Schön, dass du da bist, mein Elfchen. Es soll nachher ordentlich regnen. Ich habe mir schon Sorgen gemacht, du hättest anrufen sollen und ich wäre sofort zum Krankenhaus gefahren, um dich abzuholen. Inzwischen habe ich schon etwas die Karte studiert, hier schau mal." Er reichte ihr die aufgeschlagene Karte und blickte sie wie ein verliebter Teenager an. „Was möchtest du, Rita? Du bist doch sicher hungrig nach dem arbeitsreichen Tag. Suche dir bitte aus, was du magst. Ich bin sicher, hier schmeckt alles köstlich."

„Ich nehme das Gleiche, wie du. Ihr Italiener kennt euch beim Essen am besten aus", lachte sie Mario ins Gesicht. „Ich würde auch gern wieder mal bei dir zu Hause essen, du kochst wunderbar."

„Danke, ich werde dich in Zukunft jeden Tag verwöhnen, wenn wir erst verheiratet sind. Wie war es heute bei dir auf der Station? Wir hatten bei uns in der Praxis nur relativ wenige Notfälle zu versorgen. Aber sonst läuft meine Praxis ausgezeichnet und du wirst mit deiner Arbeit auf jeden Fall zufriedener sein, als jetzt im Krankenhaus, wenn wir zusammenleben und arbeiten."

„Bei mir auf der Station ging es tagsüber ausnahmsweise eher ruhiger zu, jedoch gegen Abend war plötzlich wieder die Hölle los. Aber ich habe mich dennoch freimachen können. Ich freue mich doch immer so sehr auf die Abende mit dir und auf danach."

„Es wäre schön Rita, wenn wir endlich mit dem Versteckspielen aufhören könnten. Wie du weißt, meine Eltern drängen auf unsere Hochzeit. Vorher wollen sie leider auf keinen Fall, dass wir zusammenwohnen. Nun, sie sind eben hoffnungslos altmodisch, da kann man nichts machen und ich bin ihr einziges Kind. Es gab einen furchtbaren Krach, als sie gemerkt haben, dass du letzte Woche wieder bei mir übernachtet hast. Wie steht die Sache mit deinem Mann? Hast du in den letzten Tagen mit ihm über uns sprechen können? Du hattest es mir doch zugesagt."

„Natürlich, das habe ich. Aber es ist immer dasselbe. Er will mich auf keinen Fall loslassen. Ich habe ihm klipp und klar gesagt, was ich von unserer Ehe und unserem nichtexistierenden Sexleben halte und wie immer ist seine Antwort: ich werde mich bessern! Aber du weißt, es geht mir besonders um unsere Tochter Kira. Ich habe Angst, ob und wie sie die Trennung von ihrem Vater verdauen wird. Sie ist sehr auf meinen Mann fixiert und genauso auf ihren Opa."

„Kinder finden sich schnell zurecht, das wird schon klappen. Arrangiere doch einmal, dass ich deine Kira irgendwie treffen kann. Ich mag Kinder gern. Wir werden uns bestimmt gut verstehen und sag mir, was deine Prinzessin gerne mag, vielleicht kann ich ihr damit eine Freude bereiten und sie gewöhnt sich an mich.

Übrigens, vorgestern habe ich mit meinem Rechtsanwalt die Angelegenheit erneut durchgesprochen. Er wird die Scheidung durchboxen, du brauchst dich um gar nichts zu kümmern und Kira wird natürlich dir zugesprochen. Dein Mann hat seine Firma um die Ohren, währen du genügend Zeit haben wirst, dich als Hausfrau um das Wohl des Kindes zu kümmern. Die Arbeit in meiner Praxis kannst du dir immer kindgerecht einteilen, das verspreche ich dir fest. Meinst du, wir könnten deinem Mann etwas anhängen, eine Liebschaft oder so? Ihr habt doch auch weibliche Angestellte. Ob da was läuft?"

„Nein, so ist er nicht. Das kann ich mir von ihm nicht vorstellen und ich fände es auch unfair ihm gegenüber, so etwas hinzubiegen."

„Da hast du bestimmt recht, mein Schmetterling. Es war auch keinesfalls meine Idee. Der Rechtsanwalt meinte nur, es würde helfen." Im Stillen ärgerte er sich, wieder einmal, wie so oft, zu schnell vorgeprescht zu sein.

Als die Bedienung erschien gab Mario Rossi die Bestellung auf: Für jeden einen Frühlingssalat, als Suppe Velouté vom Bauernhuhn, für den Hauptgang geschmorte Pyrenäen-Lammschulter und zum Abschluss Crumble mit Rhabarber und Erdbeerschmand. Als Wein orderte er eine Flasche Château Monbrison.

„Du weißt, heute ist es genau ein Jahr her seitdem wir uns auf dem Ärztekongress zum ersten Mal begegnet sind. Das müssen wir groß feiern. Ich hoffe sehr, dass wir heute in einem Jahr die Trauung schon lange hinter uns haben und glücklich zusammenleben."

„Stoßen wir darauf an, Mario, dass alles klappt. Ich wäre auch froh, wenn endlich alles über die Bühne gegangen ist. Bestehen deine Eltern immer noch auf einer kirchlichen Trauung? Oder konntest du sie davon abbringen. Das wäre schön. Ich bin nicht gläubig, wie man so sagt, und wir haben Kira auch erst gar nicht taufen lassen. Ehrlich gesagt, ich war seit frühster Kindheit nie mehr in der Kirche und vermisse sie auch nicht." Die Bedienung brachte den Salat und auf einem Teller geröstete Brotscheibchen mit Schmalz.

„Meine Eltern sind leider vorsintflutlich in ihren Vorstellungen und Italiener, römisch-katholisch, da ist nichts zu machen." Mario Rossi lachte laut auf. „Ich war noch nie verheiratet, aber du bist dann geschieden. Ich weiß nicht, ob das als ein Heiratshindernis gilt. Ich muss das noch untersuchen. Ich glaube, bei uns Katholiken wäre es sicher ein Hindernis, aber mit den blöden Regeln komme ich auch nicht zurecht. Ich bin eben auch kein großer Kirchenfan. Auf jeden Fall träumen meine Eltern von einer weißen Hochzeit mit Glockengeläut und Orgelmusik und einem Priester im Ornat. Am liebsten hätten sie einen Bischof", wobei er laut auflachte. „Ich halte ja auch nichts davon, aber einmal im Leben kann man ja seinen Eltern mal ein Opfer bringen und zur Kirche gehen." Ein breites Schmunzeln zog über sein Gesicht, das Rita immer so gerne mochte. „Sie lassen es sich auch etwas kosten. Wir haben damit nichts zu tun." Der Wein kam und die beiden stießen an. „Auf uns und auf unsere Zukunft."

„Du, Mario, ich habe mir überlegt, wenn sich mein Mann weiterhin so stur stellt, ob ich nicht den Heinze bitten sollte, einmal mit meinem Schwiegervater zu sprechen. Was meinst du? Es ist mir ungemein wichtig, dass alles glatt läuft, wir uns friedlich trennen und Kira nicht unter der Scheidung leidet. Auf keinen Fall soll sie zwischen mir und meinem dann Ex hin und her gerissen werden."

„Du meinst euren Angestellten, den Paul Heinze?"

„Ja, genau, er ist ein guter Freund von meinem Schwiegervater. Sie spielen ab und zu Schach und er bleibt danach oft noch zum Abendessen. Er ist ein Gentleman alter Schule. Ich mag ihn sehr und ich glaube, er mich auch.

Ich bin sicher, er hat einen positiven Einfluss auf meinen Schwiegervater und der könnte seinen Sohn bewegen, der Scheidung zuzustimmen. Es ist alles schwer für mich, schließlich war ich mit meinem Mann fast acht Jahre verheiratet und seine Eltern haben mich aufgenommen, wie ihre Tochter.“

„Lass uns erst einmal die Suppe genießen, mon chérie.“ Nach einigen Minuten fuhr Mario Rossi fort: „Ich denke, es wäre super, wenn der Heinze deinen Mann rumkriegen könnte, sonst müssten wir uns etwas Anderes überlegen. Ich liebe dich und kann nicht ohne dich leben. Wir beide gehören einfach zusammen.“

„Mario, das fühle ich auch. Es ist ein ganz anderes Leben mit dir, als mit meinem Mann. Lass uns das schöne Essen nicht mit solchen Problemen verderben. Freuen wir uns auf eine aufregende Nacht.“

KAPITEL 3

SOMMER, SONNTAG, DER HEIßESTE TAG DES JAHRES

Als Herr Thomsen verschwitzt, von seinem Sonntagsspaziergang aus dem Fahrstuhl kommend, die halbe Treppe zur Wohnung herabstieg, vernahm er schon im stuckverzierten Treppenhaus die helle Stimme und das Lachen seiner Enkelin. Kira war also wieder einmal da, wie schön! Mit dem Namen konnte er sich immer noch nicht anfreunden, aber er vergötterte die kleine Fünfjährige umso mehr. Wie war sein Sohn oder dessen Frau nur auf so einen neumodischen Namen gestoßen. Er hatte Marlis vorgeschlagen, war aber auf taube Ohren gestoßen, angeblich zu altmodisch, hieß es. Es wird ein schöner Abend mit ihr werden, und sein Mund verzog sich dabei zu einem Lächeln. Natürlich müsste er noch und noch Geschichten vorlesen. Für die ‚Kleine Raupe Nimmersatt' war Kira schon zu alt, aber von Geschichten über Pferde, konnte sie nie und nimmer genug bekommen. Herr Thomsen las ihr gerne vor und hoffte dabei immer im Geheimen, dass sie nicht zu schnell einschlief, wenn sie ab und zu bei ihnen übernachtete. Ihre Mutter hatte oft Nachtdienst im Krankenhaus und sein Sohn Christian saß nicht selten bis spät abends in der Firma.

Kaum hatte er die Wohnungstür aufgeschlossen, da sprang ihm auch schon Kira, wie von einer Zwille abgeschossen, in seine Arme.

„Opa!"

„Hallo, mein Engelchen, schön dass du uns wieder einmal besuchst. Ich freue mich immer, wenn du hier bist." Und damit bekam sie einen dicken Schmatzkuss auf die Stirn. Seine Freude über den unerwarteten Besuch war groß. Als er mit Kira auf dem Arm das Wohnzimmer betrat, erhob sich sein Sohn Christian sofort vom Sofa und streckte ihm seine Hand entgegen.

„Guten Abend Pa, machst du sogar bei dieser Hitze deine Abendspaziergänge? Du bist ja ganz verschwitzt. Und du, Kira, lass mal Opa für einen Augenblick los, er ist müde."

„Natürlich, ich will doch fit bleiben. Ich gehe mich gleich duschen, danach können wir zusammen zu Abend essen, oder hast du dazu wieder keine Zeit? Ein bisschen möchte ich nachher noch mit Kira spielen, wenn sie schon da ist." In Gedanken war er nicht mehr bei seinen Worten, als er ins düstere Gesicht seines Sohnes schaute. Es kriselte in dessen Ehe. Brachte er schlechte Nachrichten? Das Thema Scheidung stand schon seit einiger Zeit im Raum. War es jetzt soweit? Und wo blieb dann Kira?

„Eigentlich haben wir heute nicht viel Zeit. Ich bin nur auf einen Sprung vorbeigekommen. Rita erwarte ich aus dem Krankenhaus in einer Stunde und sie will endlich wieder einmal mit Kira einen Abend verbringen.

Die Nachtschichten im Krankenhaus nehmen immer mehr zu. Das geht schon seit Wochen so. Sie ist mit den Nerven allmählich am Ende."

„Schade, aber etwas Zeit lass mir bitte für Kira, wenigstens zehn Minuten. Ich gehe nur schnell duschen. Vorgestern habe ich ein Buch mit einem großen Pferdekopf auf dem Umschlag gesehen und es gleich gekauft. Ich bin gespannt, ob es für Kira interessant ist."

„Christian möchte mit dir etwas Wichtiges besprechen." Frau Thomsen kam aus der Küche, lächelte Ihren Mann verlegen an und schob die wiederstrebende Kira hinein. Tränchen rannen, sie wollte bei Opa bleiben. „Nachher kannst du noch etwas mit Opa zusammen sein", tröstete Frau Thomsen ihre Enkeltochter. „Ich mache dir jetzt etwas Leckeres in der Küche.

Etwas Wichtiges besprechen. Herr Thomsens Herz zogt sich zusammen, es war also soweit?

„Christian, was gibt es, ist etwas passiert? Lass es einfach raus", versuchte er möglichst sorgenfrei zu klingen. Das Gesicht seines Sohnes wurde augenblicklich ernst und er zog seinen Vater aufs Sofa.

„Unser Fahrer, der Heinze ist gestorben." Die Eheprobleme seines Sohnes waren für den Moment unbedeutend geworden, jedoch der heftige Herzschlag blieb.

„Gestorben? Aber es hieß doch, dass er mit seinem Krebs noch Jahre weiterleben kann. Hat es doch Komplikationen gegeben?"

„Nein, das wohl nicht. Die Todesursache ist noch nicht klar. Er ist von einer Passantin tot vor der Haustüre aufgefunden worden. Mehr weiß ich im Augenblick auch nicht."

„Was, tot vor der Haustüre aufgefunden worden? Vor dem Hochhaus wo er wohnt?" Er starrte seinen Sohn an. Paul Heinze ist tot. Erst letzte Woche hatten sie sich gesund und munter in ihrem Stammcafé ‚Bei den Zuckerbäckern' zu einer Partie Schach getroffen. Und für morgen Abend war hier bei ihnen zu Hause die nächste Zusammenkunft verabredet worden, denn es war eine Hängepartie geblieben. Paul war als nächster dran, aber er würde nie mehr ziehen können. „Ich kann es immer noch nicht fassen." Herr Thomsens Gesicht war fahl geworden. „Woran ist er gestorben? Ein Schlaganfall oder was könnte es anderes gewesen sein?"

„Vielleicht ein plötzliches Herzversagen, wer weiß. Als die Polizei anrief, dachte ich sofort an einen Verkehrsunfall, aber ich bin erleichtert, dass es keiner war. Du weißt, das bringt immer Scherereien mit sich." Für einen Augenblick breitete sich Stille zwischen den beiden Männern aus, ehe Christian fortfuhr. „Er war einer unserer besten Fahrer. All die drei Jahre, seitdem er zu uns kam, hatte er nie einen Unfall und alle Auslieferungsaufträge hat er stets gewissenhaft ausgeführt. Er war bei allen unseren Kunden außerordentlich populär. Wir werden ihn in der Firma sehr vermissen." Nach einer Weile des Schweigens fragte er: „Hat er eigentlich außer seinem Sohn noch andere

Verwandte? Seine Frau ist schon, wie ich weiß, vor drei Jahren verstorben."

„Ich weiß es nicht." Herr Thomsen schüttelte bedauernd den Kopf. „Wohl nur den einen Sohn. Seid ihr von ihm benachrichtigt worden?"

„Nein, Vater, von einem Polizisten. Sein Sohn war anscheinend vollkommen zusammengebrochen, als er die Nachricht vom Tod seines Vaters hörte. Er bat die Polizei, uns zu benachrichtigen, damit wir wissen, dass sein Vater morgen nicht mehr wie sonst immer, zum Dienst erscheint."

„Ich kenne Heinzes Sohn nicht persönlich", nahm Herr Thomsen das Gespräch wieder auf. „Ich weiß über ihn nur, was Paul beim Schachspiel so nebenbei erwähnt hat. Und das war nicht viel. Es war ihm stets unangenehm, wenn ich ihn darauf ansprach. Was er arbeitet oder wovon er lebt, wusste er nicht. Er hat mir erzählt, dass er ihn ab und an kurz besucht, ihn fragt, ob alles in Ordnung ist und wenn er etwas brauchte, hat es sein Sohn für ihn erledigt. Danach verschwand er wieder spurlos für ein, zwei Wochen. Er hat wohl auch Sachen bei seinem Vater untergestellt, einen Koffer und auch manchmal ein paar Kartons. Natürlich freute sich Heinze über die gelegentlichen Besuche, das habe ich seinen Worten entnommen und ich glaube, er liebte seinen Sohn sehr. Er erzählte, dass er gern mit ihm zu Abend gegessen hat. Einfach nur Käse, Weißbrot und dazu eine Flasche Rotwein."

Christian strich sich mit der rechten Hand über Augen und Gesicht und schwieg für einen Augenblick. „Wir werden erst einmal ohne unseren guten Heinze auskommen müssen. Ich versuche möglichst schnell einen Ersatz zu finden. Leider geht das nicht so im Handumdrehen und du weißt, unser Geschäft brummt und wir kommen mit den vielen Aufträgen kaum noch hinterher. Ich habe deshalb heute eine große Bitte an dich: Wenn es geht, Vater, unterstütze uns bitte für ein paar Tage beim Ausfahren, höchstens eine Woche. Das würde sehr helfen."

„Natürlich mache ich das, keine Frage, auch noch länger, da kannst du auf mich zählen. Aber als Gegenleistung", und dabei blickte er seinen Sohn schelmisch an, „gib mir nach dem Duschen bitte zehn Minuten mit Kira, ehe ihr aufbrecht. Ich möchte ihr doch zu gerne noch etwas aus dem neuen Buch vorlesen."

Während Herr Thomsen Kira die Geschichte vom Pferd Wildfang mit seinen Abenteuern vorlas und Kiras Tränchen allmählich trockneten, drängte sich der plötzliche Tod immer mehr in seine Gedanken, und schon bald verlor er den Faden der Geschichte. Er beschloss, schnellstmöglich die Stelle zu besuchen, wo sein Freund verstorben war, um dort einen Strauß Veilchen niederzulegen, die Lieblingsblumen seines Schachpartners.

KAPITEL 4

Ein Tag im Frühling, Jonas

Der elektronische Wecker zeigte 5:16 Uhr. Seit einer Stunde war sie wach, wälzte sich im Bett hin und her. Sie konnte den Morgen nicht erwarten. Alles, was es vorzubereiten galt, hatte sie gestern Abend erledigt. Noch war es viel zu früh, aufzustehen. Sie drehte sich zur Wand und schloss zum hundertsten Mal die Augen. Telefonanruf. Sie sollte schnell zur Schule kommen. Ihr Sohn hatte wieder etwas angestellt. Dieses Mal war es nicht beim Köpfen der ausgestopften Eule im Biologieraum geblieben oder dem Haarabschneiden des Mädchens während des Unterrichtes in der Reihe vor ihm. Etwas sehr Schlimmes war passiert. Sie öffnete die Augen und starrte auf die Wand dicht vor ihr. Wie wird sich mein Sohn all die Jahre gefühlt haben, eingesperrt zwischen Mauern, ging es ihr durch den Sinn. Jonas, Jonas, was ist nur aus dir geworden? Du fehlst mir so sehr. Sie wälzte sich zur anderen Seite. War er nicht ein süßes Baby und ein begabtes Kind gewesen. In der Grundschule war er immer der Beste und die Empfehlung aufs Gymnasium war eine reine Formsache. Doch plötzlich der Absturz.

Habe ich etwas falsch gemacht? Ist alles meine Schuld? War meine Scheidung Schuld und dass er nicht mit seinem Vater aufwuchs?

Die Zensuren blieben weiterhin sehr gut. Klagen über Jonas kamen erst gelegentlich, schon bald wöchentlich und schließlich fast täglich.

Es war bestimmt falsch, dass sein Klassenlehrer ihn lange Zeit deckte, nur weil er ein begabter Schüler war. Er ist ein wilder Junge und ist in der Pubertät. Es wird sich legen, hieß es als Entschuldigung immer und immer wieder, wenn ihn seine Kollegen drängten, den Jungen von einem Psychiater untersuchen zu lassen. Erst durch Eltern hatte sie erfahren, dass ihr Sohn Kindern Sachen wegnahm und sie zerstörte, die Mädchen an den Haaren zog und auf sie einschlug, auch ins Gesicht, und sich an ihren Tränen erfreute.

Als sie an dem Tage mit seinem Klassenlehrer sprach, war es ihr, als fiele sie in einen tiefen Abgrund.

„Ihr Jonas ist ein intelligentes Kind, ich persönlich mag ihn sehr gerne, aber es kommt mir jetzt manchmal vor, wie soll ich es sagen, als zeige er Symptome", Jonas Klassenlehrer stockte, „vielleicht Symptome eines Psychopathen. Zuerst dachte ich, es ist die Pubertät und es geht vorüber, aber ich habe mich geirrt und es verschleppt, ihn von einer kompetenten Stelle untersuchen zu lassen. Ich fürchte, ihr Sohn ist möglicherweise seelisch krank. Er scheint in einer Welt ohne jegliche Empathie zu leben und legt dabei ein ungewöhnliches Aggressionsverhalten an den Tag. Es sind seine Augen, die plötzlich abirren." Jonas' Klassenlehrer hatte sie lange angeschaut.

„Es tut mir sehr leid, aber ich muss ihren Sohn leider von der Schule verweisen, er hat einen schlechten Einfluss auf einige labile Jungs, die in ihm den Größten sehen und ihm nacheifern, leider nicht in den schulischen Leistungen. Bitte, konsultieren sie einen Arzt. Ich weiß nicht, ob er wirklich ein Psychopath ist, das muss ein Psychologe entscheiden. Heute wäre es fast zu einem Todesfall gekommen. Nur das zufällige Vorbeigehen eines Lehrers hat sein Opfer gerettet. Sonst wäre das Mädchen ertrunken.“

Das war für sie ein Schock. Sie besuchte über Wochen mit ihrem Sohn verschiedene Ärzte und Psychologen, hatte Hoffnung, dass alles noch gut werden würde, aber die Diagnosen waren stets niederschmetternd gewesen. Ihrem Sohn fehlt das seelische Gegengewicht, hieß es immer.

Nur einmal schöpfte sie bei einer Konsultation etwas Hoffnung.

„Sehen Sie, Frau Beckmann, schätzungsweise fünf Prozent der Bevölkerung sind Psychopathen. Die Situation Ihres Sohnes ist also nichts Außergewöhnliches. Einige enden als Schwerverbrecher im Gefängnis, aber natürlich längst nicht alle. Andere schaffen es sogar bis in eine Chefetage. Ihr Sohn muss therapiert werden, er muss für eine gewisse Zeit in ein geschlossenes Heim und wird es nur verlassen können, wenn die Therapien Wirkung zeigen, sonst möglicherweise nie mehr. Aber das glaube ich bei Ihrem Sohn nicht, wenn er nur früh genug therapiert wird. Er ist ja noch jung.“

„Nein, ich gehe niemals in ein Heim“, hatte Jonas sie angeschrien. „Du weißt“, brüllte, dann schluchzte er, „ich hab doch nichts Böses getan und will nicht weggeschlossen werden. Ich werd mich ändern, ein guter Junge werden, das verspreche ich dir. Ich weiß auch nicht, was mit mir los war. Ich mache bestimmt so etwas niemals wieder." Seine Bitten, seine Tränen, seine Verzweiflung konnte sie damals kaum ertragen.

Mit seinen dreizehn Jahren war Jonas nicht strafmündig. Aber wegen des schweren Vorfalls und der Diagnosen von Medizinern und Psychologen, wurde er in eine geschlossene Anstalt eingewiesen. Der Rechtsanwalt, den seine Mutter eingeschaltet hatte, konnte es nicht verhindern. Auch ein von ihm bestelltes positives Gutachten nicht. Jedes Mal, wenn sie ihren Sohn zur Besuchszeit traf, verloren seine ehemals schönen blonden Haare mehr an Glanz. Er war wurde verbitterter und in sich gekehrter. Sein Gesicht wurde immer spitzer. Die Wut auf denjenigen, der ihn hierher, in dieses Heim, gebracht und von der Welt abgeschnitten hatte, wuchs von Tag zu Tag. Seine Augen wurden kalt und kälter.

„Mama, hol mich hier raus". Tränen flossen über sein Gesicht. „Ich verschimmele hier, bitte! Ich bin doch noch jung, hab Träume und will leben, etwas erleben, zur Nordsee fahren und da tauchen. Hier kratze ich ab, wenn ich nicht endlich wieder frische Luft atmen kann." Aber was hätte sie tun können, außer ihn zu bitten, durchzuhalten. Immer wieder. Es lag nicht an ihr oder ihm, es lag an den Gutachten, ob er das Heim verlassen konnte oder nicht.

Heute war nun der Tag auf den Jonas und sie so unendlich lange gewartet hatten. Er durfte schließlich die Anstalt, aber nur unter strengen Auflagen, verlassen.

Inzwischen war er siebzehn geworden. Sie richtete sich im Bett auf. Eigentlich hatte sie gehofft, ihren Sohn am ersten gemeinsamen Tag alleine treffen zu dürfen, aber sie musste ihn zusammen mit seinem Betreuer abholen. Es wird eine schwierige Zeit werden, das wusste sie, denn nur ein einziger Rückfall bedeutete wieder Heim. Der Betreuer, Dr. Feldmann, war ein junger Arzt, nicht so behäbig wie die Professoren, mit denen sie es bisher zu tun gehabt hatte, und sie hoffte, ja sie war sich sicher, er wird sich mit Jonas vertragen.

Dreimal hatte sie ihn getroffen. Sie hatten sich ausgetauscht und auch sofort verstanden. Dr. Feldmann war in seiner Jugend für etwa ein halbes Jahr in Japan gewesen, wovon er ihr berichtet hatte und er war ein begeisterter Judoka. Er leitete in seiner Freizeit ehrenamtlich eine Judogruppe, sowie eine Selbsthilfegruppe für Jugendliche, die etwas vom rechten Weg abgekommen waren, wie er ihr mit einem Lächeln mitteilte.

„Wenn Jonas will, nehme ich ihn einmal zum Judo mit. Sport ist die beste Therapie." Und dabei hatte er mit breitem Grinsen hinzugefügt, „nennen Sie mich bitte nicht Dr. Feldmann, das klingt zu starr und ich bin ja auch noch gar nicht lange im Beruf. Ich heiße Timo für Sie und für jetzt an auch für Jonas. Für Sie beide bin ich ab heute ein Mitglied Ihrer Familie. Der Bruder meiner Frau ist gerade aus Japan zu Besuch.

Vielleicht unternehmen wir drei jungen Männer einmal etwas zusammen.

„Nur," hatte er mit bedenklicher Mine hinzugefügt, „ob es gut geht, kann ich Ihnen leider nicht versprechen, liebe Frau Beckmann. Psychopathen sind schwierige Patienten. Es wird bestimmt Rückschläge geben. Aber ich tue mein Bestes."

Diese Worte klangen ihr nach, als sie aus der Haustür trat und sich in Richtung Westbahnhof aufmachte. Ihr Herz schlug wie wild, im Bauch rumorte es. Aber frische Frühlingsluft hüllte sie jetzt ein und gab ihr Hoffnung.

KAPITEL 5

SOMMER

Endlich, nach einer knappen Woche, war ein neuer Fahrer gefunden worden und Renè Thomsen machte sich auf den Weg, um die Stelle zu besuchen, an der sein Schachpartner überraschend verschieden war. Am Ausgang der U-Bahnstation kaufte er einen Strauß Veilchen. Es war nicht mehr so heiß, wie noch vor etwa einer Woche, dennoch musste er sich seine Anzugsjacke ausziehen und über die Schulter legen. Er kam leicht ins Schwitzen, als er den Hügel im Park hinaufmarschierte. Nur einmal hatte er seinen Schachpartner besucht. Sie hatten sich am Bahnhof getroffen und damals auch den Umweg durch den Park genommen, so wie er heute. Drei kleine Kinder, von ihren Müttern bewacht, spielten im Sandkasten, sonst war niemand zu sehen. Es sind Schulferien, erinnerte er sich, und sicherlich vergnügten sich alle im Freibad.

Als Herr Thomsen auf dem Hügel angekommen war, wischte er sich den Schweiß von der Stirn und überblickte die Gegend.

Es war friedlich und der etwas heruntergekommene Park sicherlich ein angenehmer Rückzugsort für die Anwohner, kam es ihm in den Sinn.

Links reihten sich dreistöckige Häuser dicht an den abschüssigen Parkweg und dahinter erhob sich ein Hochhaus, das mit seinen achtzehn Stockwerken nicht recht in die Gegend passen wollte. Nach einem kurzen Verschnaufen, begann Herr Thomsen mit dem Abstieg und passierte dabei ein so schiefstehendes Schild ‚BITTE LANGSAM FAHREN‘, als hätte jemand dagegengetreten. Zunächst war der Weg noch flach, aber schon bald wurde das Gefälle stärker und ob er wollte oder nicht, seine Beine bewegten sich automatisch schneller und er musste sich bemühen, nicht in einen Trab zu fallen. Als er außer Atem an einem der dreistöckigen Häuser vorbeikam, erblickte er eine ältere Frau mit weißgrauem halblangem Haar. Sie hatte ihre stämmigen Arme auf ein Kissen gelegt und schaute mit alles aufsaugender Neugier aus dem Fenster ihrer Wohnung auf ihn herab. Als er sie passierte, hörte er ihr freundliches „Guten Tag." Herr Thomsen erwiderte den Gruß mit einem leichten Kopfnicken und ging weiter, bis er vor dem Hochhaus stand.

„Hier ist es also gewesen", murmelte er in sich hinein. „Hier ist Paul Heinze gestorben." Wie aus dem Nichts war ihm als fühlte er einen Windstoß. Er nahm eine Bewegung wahr und im gleichen Augenblick rasten, wie durch die Luft, drei Jungs auf ihren Fahrrädern mit einem gekreischten: „Ey, Vorsicht Mann! Zur Seite!", dicht an ihm vorbei.

Er glaubte die Berührung eines Armes zu spüren, im gleichen Augenblick waren die drei verschwunden. Beinahe hätten sie ihn angefahren.

Der Schreck ließ sein Herz heftig schlagen und er musste sich an der Hausmauer abstützen.

Es dauerte einen Augenblick, bis Herr Thompson sich mit einem gemurmelten, „das war aber knapp", wieder gefasst hatte.

Er begann die Namen über den Klingelknöpfen zu studieren. Schließlich fand er ihn.

Paul Heinze stand darunter. Automatisch drückte er auf die Klingel, aber es geschah nichts. Wie sollte es auch, sein Freund lebte nicht mehr. Er legte die Finger seiner rechten Hand auf das Namensschild und nahm stillen Abschied. Im Hals fühlte er ein Würgen und er versuchte die Tränen zurückzuhalten. Er dachte daran, zum Abschied etwas zu beten, aber er war schon zu lange aus der Übung. Ihm fiel nichts ein außer, Paul, wir sehen uns bestimmt dort oben wieder, Amen. Gerade als er die Blumen niederlegen wollte, öffnete sich die Haustür und ein untersetzter älterer Herr im Blaumann mit Schiebermütze und einem Rohrschneider in der rechten Hand, trat heraus.

„Guten Tag der Herr, zu wem wollen Sie?" Der Ton war nicht unhöflich aber doch barsch. Tiefblaue Augen im runden, leicht aufgedunsenen Gesicht, musterten ihn.

„Wenn es noch ginge, gerne zu Herrn Paul Heinze, aber er ist leider vor einigen Tagen verstorben."

„Das war eine furchtbare Sache und ein Schock für uns alle hier. Sie bringen Blumen, war der Verstorbene ein Bekannter von Ihnen?" Die Stimme zeigte Anteilnahme und in den Augen lag Trauer.

„Er war ein sehr guter Freund von mir. Ich möchte die Blumen zum Abschied auf die Stelle legen, wo er verstorben ist."

„Am Sonntag habe ich immer meinen freien Tag. Ich war damals nicht im Dienst, aber es war genau hier vor dem Eingang, wo sie jetzt stehen. Wenn wir eine Außenkamera gehabt hätten, wäre alles dokumentiert worden. Doch Rücksicht auf ihre Privatsphäre ist leider vielen Bewohnern hier im Hochhaus wichtiger. Bis vorgestern gab es noch Blutspuren, ich habe sie entfernt. Legen Sie doch die Blumen besser hier in den Eingang, sonst werden sie noch von den Fahrradreifen der verdammten Kids zerquetscht, die hier wie die Weltmeister brutal herumrasen." Für einen Augenblick hielt er inne. „Es gab schon viele Beschwerden, aber es wird ja nichts gemacht, bis einmal etwas passiert. Und nun ist es passiert." Er stockte. „Entschuldigen Sie bitte, es ist mir nur so herausgerutscht", schob er schnell hinterher. "Ich habe einen Aushang hier in der Halle und in den beiden Fahrstühlen angebracht, dass man auf Radfahrer achten soll, wenn man das Gebäude verlässt. Mehr kann ich auch nicht machen. Es gibt nämlich keinen Bürgersteig. Man ist sofort auf der Straße, wenn man aus der Haustür tritt."

„Glauben Sie, mein Bekannter ist etwa mit einem Fahrradfahrer kollidiert?" René Thomsen steckte noch der Schreck von eben in den Gliedern. Bisher hatte er nichts über die Todesursache erfahren, auch sein Sohn nicht. Es hieß von der Polizei nur, dass Paul Heinze vor der Haustür zusammengebrochen und verstorben sei. War es ein Unfall? Kein natürlicher Tod, wie er bisher angenommen hatte.

„Natürlich hat ihn einer der Jungs überfahren, was sonst, und der ist darauf einfach abgehauen. Es kann gar nicht anders gewesen sein. Mich hätte auch beinahe so ein Lausejunge letztes Jahr über den Haufen gefahren, als ich gerade dabei war, vor dem Haus sauber zu machen." Zornröte stieg ihm ins Gesicht. „Die Bengels schneiden hier die Kurve wie Verrückte, nur um als Erster an der Hauptstraße anzukommen. Na, der Kerl hat von mir eins ordentlich hinter die Löffel bekommen."

„Herr Heinze arbeitete in der Firma meines Sohnes und von der Polizei haben wir nichts über einen Zusammenstoß mit einem Fahrradfahrer, noch von einem Jungen gehört."

„Nun, das ist allerdings so eine Sache. Wahrscheinlich war es ein Minderjähriger und genau gesehen hat es ja keiner. Aber anders kann es gar nicht gewesen sein. Bei Minderjährigen muss die Polizei sehr vorsichtig an die Sache herangehen. Wissen Sie", dabei zog er eine Schachtel WEST aus der Tasche, fummelte sich eine Zigarette heraus und steckte sie sich zwischen die Lippen. „Rauchen sie?" Als Herr Thomsen den Kopf schüttelte, zündete er sie sich mit einem Feuerzeug an und fuhr fort: „Wissen Sie, ich war viele Jahre bei der Polizei, ehe ich nach der Rente in diesem Kasten hier den Hausmeisterjob angenommen habe." Obwohl er *Kasten* gesagt hatte, schien es Herrn Thomsen, als ob er stolz auf seine Arbeit war. „Kommen Sie doch einen Augenblick herein, sonst fährt uns doch noch einer von den verfluchten Bengels über den Haufen. Ich kannte Paul, ich meine Herrn Heinze, sehr gut, wir haben oft zusammen Schach gespielt." Damit zog er mit der freien Hand Herrn Thomsen ins Haus und dort in eine Art Pförtnerloge.

„Ich möchte aber nicht stören. Sie haben sicher viel zu tun."

„Ach was, sie stören nicht. Wissen Sie, der Tod ist mir an die Nieren gegangen. Ein so adretter und freundlicher Mann und von einem Fratz einfach so rücksichtslos umgefahren und dann auch noch Fahrerflucht. Ich kann es immer noch nicht fassen. Wenn Herr Heinze sprach, schwang immer so ein Hauch von Heiterkeit mit. Das werde ich niemals vergessen." Der Hausmeister wies auf einen Stuhl, womit er seinen Gast zum Hinsetzten aufforderte und ließ sich hinter einem leicht eingestaubten Schreibtisch nieder.

„Es ist eine furchtbare Sache. Sicher auch für das Kind und seine Eltern, wenn es sich bewahrheiten sollte." Herr Thomsens Miene spiegelte sein ehrliches Bedauern wider.

„Es ist wirklich entsetzlich, da haben Sie Recht. Also, die Polizei tappt noch im Dunklen, aber wie ich von meinem Bekannten im Revier gehört habe, soll es einen Augenzeugen geben. Das wird jetzt untersucht. Die Jugend ist heutzutage schlecht erzogen", und damit löschte er mit Nachdruck seine Zigarette im Aschenbecher. „Vielen Eltern ist es egal, wo sich ihre

Bälge auch nachts noch herumtreiben. Es ist wirklich manchmal nicht auszuhalten. Erst neulich habe ich im Bus gehört, wie so ein vierzehnjähriger Schnösel zu einer älteren Frau ‚halt die Schnauze Oma‘ zischte und ihr den Stinkfinger zeigte, nur weil sie ihn bat, leiser zu telefonieren. Der Kerl hat seelenruhig einfach genauso laut weitergesprochen. So eine Frechheit.

Keiner im Bus hat etwas gesagt, alle nur weggeschaut. Ich wollte schon eingreifen, aber ich musste leider aussteigen. Ich hoffe nur, dass der Mörder von Paul Heinze ins Zuchthaus kommt und dort für lange Zeit weggeschlossen bleibt.“

Der Hausmeister hatte sich in Rage geredet, einen roten Kopf bekommen und sich von seinem Stuhl erhoben. Für einen Augenblick herrschte Stille in dem engen Zimmer.

„Das ist leider so, wie Sie sagen. Ich möchte Sie nun nicht weiter von Ihrer Arbeit abhalten, lieber Herr…“

„… Schneider, Karl Schneider“, fiel ihm sein Gegenüber ins Wort.

„Ich freue mich, Sie kennengelernt zu haben. Aber wie gesagt, ich möchte Sie keinesfalls in Ihrer Arbeit stören. Ich wollte nur kurz vorbeischauen, um von meinem Freund Abschied zu nehmen. Wenn es Ihnen recht ist, Herr Schneider, und ich nicht störe,“, fügte er beim Aufstehen zögernd hinzu, „möchte ich Sie noch einmal besuchen dürfen und etwas mit Ihnen über Herrn Heinze plaudern, das würde mir guttun. Sie erwähnten das Schachspiel, auch ich habe mit ihm gelegentlich Schach gespielt und werde es vermissen.“

„Gerne, kommen Sie doch wieder einmal vorbei. Paul fehlt mir jetzt sehr. Am Abend, wenn er von der Arbeit nach Hause kam, und es nicht zu spät war, hat er gerne hier in der ehemaligen Pförtnerloge eine Partie Schach mit mir gespielt. Auch manchmal am Sonntag in einem netten Café hier im Park. Er war ja auch immer alleine, genau wie ich. Im Schach war er viel stärker, aber deswegen hat es mir besonders Spaß gemacht. Man lernt ja nie aus."

Auf dem Rückweg kam Herr Thomsen wieder an der immer noch im Fenster liegenden stämmigen Seniorin vorbei. Mit einer Hand unterstützte sie ihr Kinn, die andere lag gemütlich auf dem Fensterbrett.

Wie vorher, konnte er den Oberteil einer grünen Schürze erkennen. Dieses Mal ergriff er die Initiative.

„Guten Abend, heute ist endlich angenehmeres Wetter, als in den letzten Tagen."

„Das stimmt, da haben Sie recht. Letzte Woche war es ja am Sonntag unglaublich heiß. Es war wirklich nicht zum Aushalten. Den Tag werde ich bestimmt nicht so leicht vergessen. Verzeihen Sie bitte, ich habe Sie hier noch nie gesehen, sind Sie vielleicht zum ersten Mal in dieser Gegend?" Neugier blitzte aus ihren Augen und sie lehnte sich etwas mehr aus dem Fenster.

„Ich war schon einmal hier, mein Freund hat in dem Hochhaus dort hinten gewohnt. Wir sind vom Bahnhof zuerst durch den kleinen Park mit seinen prächtigen Linden gebummelt und hatten im ‚Wiener Eck' Kaffee und Kuchen. Es war sehr schön und wir haben dort fast den halben Tag verbracht."

„Das kann ich mir gut vorstellen. Die Torten werden von der Inhaberin selbst gebacken und schmecken ausgezeichnet. Ich bin auch ab und zu gerne dort. Und an den Linden erfreue ich mich auch immer, besonders zur Herbstzeit. Es gibt um den Park keinen Autoverkehr, deswegen ist es schön ruhig hier. Nur Fahrräder sind auf der Straße erlaubt. Aber passen Sie auf, manchmal kommen die Jungs den Hügel herabgesaust, dass ihnen die Haare nur so um die Ohren fliegen", lachte ihn die Frau vom Fenster verschmitzt an. „Dann ist es mit der Ruhe für einen Augenblick vorbei, aber mir macht es nichts aus."

„Vor ein paar Tagen soll es zu einem Unfall gekommen sein. Haben Sie davongehört?" Vielleicht weiß sie etwas mehr, als der Hausmeister, der ja am Sonntag nicht gearbeitet hatte, denn sie schien ihre Augen überall zu haben, überlegte er.

„Das stimmt. Es ist eine Tragödie. Ein Bewohner vom Hochhaus ist dabei leider ums Leben gekommen. Es ist wohl direkt vor der Eingangstür passiert, als er das Haus verlassen wollte."

„Wissen Sie, wie es dazu kam?" Erfreut über die beginnende Unterhaltung mit dem Fremden, beugte sich die Frau noch weiter aus dem Fenster.

„Also, es wird hier viel gemunkelt, angeblich soll er mit einem Jungen auf einem Fahrrad zusammengestoßen sein. Aber an dem heißesten Tag des Jahres war kaum einer von denen Unterwegs, so wie ich mich erinnere."

„Es soll einen Augenzeugen geben, habe ich gehört. Wissen Sie etwas darvon?"

„Also, wie gesagt, da wird viel gemunkelt, aber was genau vorgefallen ist, das weiß doch niemand. Von einem Augenzeugen habe ich allerdings noch nichts gehört."

KAPITEL 6

SOMMER, EINIGE TAGE FRÜHER

Dass Karsten augenblicklich weder an Koks noch wenigstens an Gras herankam, war für ihn sehr ärgerlich, aber da war erst einmal leider nichts zu machen. Sein Dealer schien hochgenommen worden zu sein, denn er war auch heute nicht im Park gewesen. Wichtiger war es für ihn, die wöchentliche Story für die Illustrierte fertigzustellen, sonst gab es wieder Ärger mit dem Redakteur und den konnte er sich nicht mehr leisten, sonst flog er endgültig raus. Seine Autorenlaufbahn war auf ein Riff gelaufen und die Zeitung war sein letzter Halt. Er durchstreifte zum hundertsten Mal das Internet und die Nachrichtenseiten der Tageszeitungen, aber was er da fand, passierte jeden Tag und regte ihn nicht an. Er seufzte, warf sich auf das ungemachte Bett und schloss frustriert die Augen. Ein Surren unterbrach die eingetretene Stille.

„Ah, bestimmt Kaulquappe, mein Crush", brummte er vor sich hin. Er rappelte sich auf, schlurfte zum Monitor und entdeckte ein Büschel rosa Haare, große blaue Augen und eine etwas zu lange Nase. Genau, das war sie.

„Hi, Kaulquappe, bist ja früh, komm rauf." Als sie kurz darauf an seine Wohnungstür klopfte, erschien er vor ihr in bunt gemusterten Boxershorts und einem gelben Muskelshirt. Er begrüßte sie mit einem breiten Grinsen und zog sie in die Wohnung. „Du kommst grade recht. Ich bin wieder im Schwarzen Loch drin, totale Blockade, hab einfach null Plan und mir ist grottenschlecht. Brauch irgendwas. Ich muss mir unbedingt zwei Linien reinziehen. Oder hast irgendwas Andres mit, was mich jetzt ins Nirvana katapultieren könnte?"

„Na logo. Hab was dabei, Kasi, das wird dich anregen, was immer du auch für Probleme hast und wir werden dabei Spaß haben", strahlte sie ihn an, umarmte ihn fest und drängelte ihre Zunge begierig in seinen Mund.

„Es ist einfach zum Kübeln, ich krieg nix mehr auf die Reihe. Es passiert auf dieser verklemmten Kugel mal wieder rein gar nichts, was sich lohnt zu bloggen." Kaulquappe, die eigentlich Katrin Schwarzenbach hieß, entnahm unter Feixen ihrer Handtasche ein Plastikbeutelchen mit einigen bunten Pillen darin, dekoriert mit Smileys, Herzen und Schriftzügen. Ecstasy.

„Damit solls klappen, Kasi-lein, damit bekommst du bestimmt geile Ideen." Mit einem schrillen Lachen wedelte sie das Tütchen vor seinen Augen hin und her. „Ist super gutes Zeug, nicht gestreckt hat mir mein Dealer versprochen. Die hauen wir uns rein, machen's uns gemütlich und du erfindest deine Story. Geht ja mit Stoff am besten, dabei hast du immer die irrsinnigsten Ideen."

„Nice, du bist wieder mal die Geilste!“ Karsten legte
seinen Arm um sie, zog sie aufs Bett und begannt hastig ihre Jeans aufzuknöpfen.

„Hab Wodka, damit geh'n die Smarties besser runter,“ feixte er dabei. „Gibt's nichts Neues bei dir? Wohnen doch die verrücktesten Typen in deinem beklopp-
ten Hochhaus. Wenn ich nicht nen starken Flash für ne
Geschichte zusammenkrieg, krachts und ich bin die
Kolumne für alle Ewigkeit los. Was ist denn mit dem
schwulen Vietnamesen, der, mit der übergroßen gelben Brille. Der in seinen kurzen rosa Shorts dauernd
halb nackt durchs Treppenhaus tigert? Hatte er nicht
mal seinen Steifen im Treppenhaus rausgeholt?“

„Bei dem war vor paar Tagen die Polizei.“

„Etwa deswegen?“

„Nee, das doch nich. Ach ja, hab ich dir ja noch gar
nicht verklickert. Mann, war das geil. Also, noch nich
mal ne Woche her, ich war grad auf, kam glaub vom
Pissen und plötzlich dröhnt mir der Kopf von Polizei-
sirenen. Kasi, kannst mir glauben, ich bekam nen
mega Schock, als die alle vorm Hochhaus hielten, mit
drohend rotierendem Blaulicht und so. Ich dacht
schon, einer hat mich verpfiffen und die kommen
mich abholen wegen dem Koks und dem bisschen
LSD, das ich grad gebunkert hatte. Aber nein! Bei uns
vorm Haus is einer abgekratzt, direkt vorm Eingang,
denk mal. Der lag da mit dem Kopf nach oben und
starrte wie blöd in die Gegend. Ein Junge soll ihn mit
dem Fahrrad über den Haufen gefahren haben und
der Vietnamese solls gesehn haben, hab ich nachher
gehört.“

„Na, seine Brille is ja auch groß genug." Karsten lachte laut und richtete sich vom Bett erwartungsvoll auf. „Ob das ne Story wird? Kannst mir mehr erzählen?"

„Nee, sorry, weiß sonst nix; nur dass der Tote auch im Hochhaus gewohnt hat. Aber ich kenn ihn überhaupt nicht, hab's nur vom Hausmeister gehört."

„Scheiße, nur son verfickter Fahrradunfall reißt ja heutzutage keinen mehr vom Hocker, da wird doch alle naselang einer umgenietet." Karsten kuschelte sich wieder enttäuscht an Katrin. „Also auch nix Aufregendes, wieder nur was fürn Misthaufen."

„Mag sein, nur der war tot."

„Na und? Wenn's ein Kind war, kommt das ohne was davon. Dem passiert absolut nichts. War ja wohl nicht absichtlich. Also nix besonders, das kratzt doch kein Schwein. Der Kerl von eurem Hochhaus hat einfach Pech gehabt. Damit Ende und Amen seiner armen Seele." Karsten bekreuzigte sich grinsend. Die Knöpfe an ihrer Jeans waren inzwischen offen und gaben den Blick frei auf ihren schwarzen Seidenstring. „Wow, du weißt ja, schwarze Seide macht mich voll an. Meiner ist schon ganz wild auf dich. Los, zieh'n wir uns ganz aus und machen's uns." „Mann, Kasi, langsam. Du musst dir halt eben was überlegen, die Sache halt fett ausschmücken. Los, hol endlich den Wodka her, wir schlucken die Pillen und danach fällt dir bestimmt was ein. Du bist doch der gefeierte Schriftsteller", kicherte Katrin. „Mach du was aus der Story, egal was und verkacke nicht wieder alles."

„Okey, mach ich. Also, erst mal, auf jeden Fall darf's kein Unfall sein, sonst bringt's absolut nichts. Der Junge muss den Kerl bewusst totgefahren haben", dozierte Karsten, als er sein Muskelshirt über den Kopf zog und den Wodka, sowie ein Glas vom Bücherbord und seinen Zahnputzbecher von der Spüle holte. „Aber warum killt er ihn?"

„Vielleicht mochte er ihn einfach nicht und hat ihn deswegen kalt gemacht." Katrin nahm sich zwei Pillen und spülte sie mit Wodka herunter. Das beschlagene Wasserglas störte sie nicht. Karsten warf drei in seinen halbvollen Becher und ex.

„Nee, nur nich mögen ist blöd, es muss was viel Krasseres sein. Etwas, was meine Leser total mitnimmt."

„Ich kenn da was mega Krasses. Also, ich hab vor kurzem bei der Party von der Jana son coolen Typ getroffen, den Sigi. Der sieht super gut aus, fast so wie der Brad Pitt, auf den fährt garantiert jede ab, steht aber leider nur auf Männer. Er hatte seinen Freund dabei, den Leon. Die kannten sich aus ihrer Jugendzeit, hatten sich wohl schon jahrelang nicht mehr getroffen und war'n dauernd am Knutschen oder Saufen. Aber egal. Der Sigi war schon mal in Japan, arbeitet dort für einen Manga-Verlag und hat uns von som geilen Film erzählt, Battle Royale. Da müssen sich Schüler gegenseitig umbringen."

„Wieso das denn?"

„Weil's eben in Japan zu viele junge Leute gibt, aber nicht genügend Arbeit für alle. Da die Jugend deswegen sowieso in die Kriminalität abrutschen wird, zwingen die Erwachsenen die Schüler, sich gegenseitig abzuschlachten. Die Jungs und Mädchen kommen auf ne Insel und da ist das Gemetzel. Nur einer darf überleben und der wird daraufhin in die Gesellschaft aufgenommen. Also von jeder Schulklasse nur einer oder eine. Wer eben bei dem Abschlachten nicht abgekratzt ist. Total krass, findest du nicht?"

„Schon geil, aber", Karsten zögerte für einen Augenblick, „wie soll das zu dem Fahrradunfall passen, hab da null Ahnung."

„Das is doch deine Sache, Kasi, was draus zu machen. Ich kam nur drauf, weil das so krass war, wie die Jungs und Mädchen sich genseitig umgebracht haben. Und alle in Schuluniform, die Mädchen in ihren kurzen Röckchen. Einfach abgeknallt oder die Kehle durchgeschnitten. Alle hatten Waffen bekommen, manche sogar Maschinengewehre. Die konnten damit nur so rumballern. Ihr Klassenlehrer hat ebenfalls paar von seinen Schülern gekillt, einfach so, weil sie nich zuhörten, was er da laberte. So was Krasses musst du dir halt auch mal ausdenken. Los, Kasi-lein, wir brauchen noch Sound zum Nachdenken, zieh mal was von The Engima TNG runter. Ist doch immer geil. Passt mega zu den Pillen, find ich."

„Genau, Kaulquappe. Ich hab auch von dem Film gehört. War vor paar Jahren der Knaller. Da gab's ja auch mal Videospiele davon, bei Fortnite und Danger Zone und so. Ging über Jahre. Ich habe da auch mal mitgezockt und nach Waffen gesucht, um zu überleben. Wenn ich das irgendwie zu dem Fahrradunfall hindrehen könnte, das wäre mega geil. Auf jeden Fall muss der Junge den Kerl umbringen, so wie sich gegenseitig die Schüler im Film massakriert haben, sonst wird es nichts." Inzwischen hatte Karsten den seidenen Slip und ihre Jeans bis zu den Knien heruntergezogen, zog sich hastig seine Boxershorts aus und legte sich neben sie.

„Du, Kasi-lein, du musst alles umkehren, diesmal bringen Kinder die Erwachsenen um."

„Genau, das ist die Idee! Ich hab's! Dieses Mal sind es die viel zu vielen Erwachsenen, die der Jugend alle Ressourcen rauben, die sie für ihr Leben und ihre Zukunft brauchen. Das ist genial. Ist doch grad angesagt, das müssen wir irgendwie hinkriegen. Und da ist eben der Junge, unser Superheld, der mit seinem Fahrrad einen von den Schmarotzern straffrei umbringt, denn die Menschheit muss dezimiert werden. Is sogar so'n Gesetz vom Staat. Kaulquäppchen, mach deine Beine breiter, damit ich besser reinrutsche." Karsten schob energisch ihre Beine mit seinen auseinander.

„Super Kasi, das wird ne richtige fette Real Life Story, das musst du bringen. Und wie nennen wir eigentlich unser'n Held?"

„Ich hab mir eben Fuujin ausgedacht, also Gott der Lüfte. Das ist so ähnlich wie Yagami von Death Note, Gott der Nacht", keuchte Karsten, „fänd ich klasse. Der Yagami bringt ja auch die Verbrecher um. Einen nach dem anderen. Und das macht unser Fuujin auch."

„Genial! Du bist spitze! Jetzt nich so stürmisch, Kasi-lein, easy. Ich mag's nich, wenn es weh tut. Vielleicht können wir die Story später auch als Videospiel verkaufen, wie einer nach dem anderen weggepustet wird, genau wie bei Death Note", ergänzte Katrin begeistert, „oder einen Manga herausgeben, mit Fortsetzungen. Vielleicht kann uns ja Sigi dabei helfen. Ich frag ihn mal, ob er den Manga groß rausbringen kann. Ich denk, der könnte das schon."

„Hör zu, Ich seh's so. Also, es ist das Jahr 2125. Die Erde ist verseucht und es gibt fast kein Wasser mehr. Unser Held steht mit wild wehenden rabenschwarzen Haaren oben auf einem Berg oder ner Felsenklippe und starrt grimmig mit seinen lichtlosen Pupillen über die rauchenden Fabrikschlote, die den schönen blauen Himmel verdrecken." Karsten keuchte seine Worte eins nach dem anderen heraus. „Gerippe liegen überall rum und tote Vögel fallen vom Himmel. Als unser Fuujin in der Ferne einen Mann erspäht, stößt er sich mit einem Loooos ab und rast einen mega steilen Abhang runter, vorbei an Tierkadavern, seine Augen starr auf sein Ziel gerichtet."

„Noch mehr Farbe rein, Kasi", seufzte Katrin begeistert. „Du bist gut, sehr gut. Mach weiter so", ächzte sie. „Mir schwebt da so'n wilder Junge vor. Der ist der Leader of the Pack. Er hat wie immer sein rotes T-Shirt an und die ausgefransten dunkelblauen Jeans, mit Löchern drin und mit weißer Farbe bekleckert."

„Mega, das fetzt!", lärmte Karsten wie besessen. „So sieht er aus, voll wild. Schweiß liegt in der Luft. Sein Rad knattert Rrrrrr nur so über Trümmer und Unebenheiten und heizt durch die Nacht. Wie eine Rakete fliegt er in zehn Metern Höhe durch die Luft auf sein Opfer zu und der Vorderreifen trifft es genau an der Schläfe. BENG!"

„Du bist jetzt spitze Kasi-lein. Los, mach weiter!"

„Blut und Gehirnmasse spritzen in alle Richtungen Zzzzzzzzzz. Der Mann verdreht sich irre wie eine Schraube und stürzt mit einem Ooooo auf den Boden. Unser Held bremst scharf, so dass Sand und Steine wild umherwirbeln und bringt sein silberfunkelndes Mountainbike abrupt zum Stehen. Er wendet sich langsam um und beugt sich zu der leblosen Masse zu seinen Füßen.

Die strubbligen schwarzen Haare, die ihm tief über die Augen gefallen sind, glänzen in der Sonne rotzrot. Das Gesicht ist nur noch halb zu erkennen. Sein Mund verzieht sich zu einem breiten Grinsen. BYE, Kleiner!"

„Hasta la vista," johlte Katrin begeistert. „Weiter! Wie geht es weiter! Weiter, weiter, du, Kasi, ich komme gleich."

„Unser junger Held Fuujin wendet sich langsam ab", keuchte Karsten erschöpft. „Er schleudert sich die Haare aus dem Gesicht, seine Augen funkeln wie Sterne. Uuuuu, geschafft!"

„Ja, jaaa", seufzte Katrin."

„Fuujin hat seine Aufgabe erledigt. Er besteigt den Sattel des silbern schimmernden Fahrrades und verschwindet im gelbrot glühenden Sonnenuntergang." Karsten sank erschöpft aufs Bett.

KAPITEL 7

Sommer

René Thomsen hatte sich für die Schachpartie mit dem Hausmeister des Hochhauses, Karl Schneider, die Sizilianische Eröffnung überlegt. Er war Gast und würde daher bestimmt die weißen Figuren angeboten bekommen. Der Zug Bauer von e2 auf e4, würde sicher mit c7 auf c5 beantwortet werden und er würde seinen Springer von g1 auf f3 platzieren. Daraufhin gab es im Allgemeinen sechs Möglichkeiten zu kontern. Er war gespannt, wie sich das Spiel entwickeln würde und wie stark sein Gegner war. Schon von Weitem sah er Herrn Schneider vor dem Hochhaus stehen, wo er seinen Gast augenscheinlich sehnsüchtig erwartete. Sofort führte er ihn in die unbenutzte Pförtnerloge, wo die Schachfiguren bereits Spalier standen und bat ihn, Platz zu nehmen.

„Ich freue mich, dass Sie gekommen sind, lassen Sie uns vorher noch etwas plaudern, ehe wir beginnen." Er holte umständlich zwei Gläser aus einem Holzschrank und eine Flasche Bier aus einem kleinen Kühlschrank, der neben der Spüle stand, und goss ein. „Also dann, Prost Herr Thomsen."

„Prost! Aber lassen wir doch alle Förmlichkeiten beiseite. Ich heiße René. Als zukünftige Schachpartner können wir uns ruhig duzen.“

„Renè? Das klingt so Französisch. Bist du etwa ein Franzose?“

„Nein, das nicht“, lachte Herr Thomsen über das ganze Gesicht. „Mütterlicherseits gibt es wohl eine Verbindung zu den Hugenotten, daher der etwas seltsame Vorname. Soweit diese Geschichte.“ Für einen Augenblick hielt er inne. „Um aber auf unseren gemeinsamen Schachpartner sprechen zu kommen, im Geschäft meines Sohnes war Paul Heinze der beste Fahrer, alle haben ihn geschätzt. Er war einer, nach dem man die Uhr stellen konnte, wie man so schön sagt. Wenn er am Morgen seinen Dienst antrat, war es genau halb acht, keine Minute später. Übermorgen ist seine Beerdigung und wir wissen immer noch nicht, wie es genau passiert ist.“

„Inzwischen hat sich hier etwas ergeben, wie ich von meinem ehemaligen Kollegen erfahren konnte. Die Polizei ist sich noch nicht sicher, aber ein Junge steht seit fünf Tagen unter dringendem Verdacht, Paul angefahren und Fahrerflucht begangen zu haben. Es gibt einen weiteren Zeugen, genauer gesagt eine Zeugin, die in einem der dreistöckigen Häuser am Park wohnt.“

„Hat sie es gesehen?“

„Nein, leider nicht. Aber sie erinnert sich genau, dass ein Junge kurz nach elf Uhr an ihrem Fenster vorbeigebraust ist. Und das tolle an der Sache ist, sie kennt ihn sogar. Er ist inzwischen vernommen worden, streitet jedoch ab, jemanden angefahren zu haben."

„Und der andere Zeuge, was hat der gesehen?" Herr Thomsen strich sich durch die Haare. „Es gab doch am Anfang bereits einen."

„Das ist ein Vietnamese und der heißt Hung Van Tran. Er wohnt hier im 9. Stock. Von dort hat er einen Jungen mit schwarzen Haaren, einem roten T-Shirt und weißgesprenkelten Jeans mit Löchern den Abhang herunterrasend auf das Hochhaus zukommen sehen. Genauso hatte ihn auch die Zeugin beschrieben. Aber gesehen hat er nichts, da er von seiner Wohnung aus nicht vors Haus blicken kann. Ich mag ihn nicht besonders. Er ist etwas komisch, bestimmt schwul. Aber er ist immer sehr freundlich und sauber und bringt jeden Tag seinen Abfall herunter. Ich habe ihn paar Mal im Keller getroffen, er separiert seinen Hausmüll immer aufs Genauste. Er ist klein und dünn wie ein Skelett und hat meist nichts anderes an, als seine übergroße gelbe Brille und rosa Unterhosen. Na, ist mir auch egal, wie der Kerl rumrennt. Das kann jeder machen, wie er will, solange nichts angestellt wird. Das kommt hier leider nur zu oft vor. Schon ein paar Mal musste ich übelste Schmierereien im Fahrstuhl und an den Wänden entfernen, wer wohl so etwas macht, einfach die Wände vollsauen oder Briefkästen aufbrechen. Der Vietnamese, glaube ich auf keinen Fall, der ist ordentlich. Für manche andere würde ich nicht meine Hand ins Feuer legen."

„Und der Vietnamese, hat er den Jungen auch um die gleiche Uhrzeit gesehen?"

„Anscheinend weiß er die Uhrzeit nicht mehr genau, aber es war wohl so um elf Uhr rum, meinte er bei der Vernehmung."

„Und wann hat die Frau Paul gefunden, auch um die Zeit? Kennst du sie?"

„Nein, sie ist nicht von hier. Sie hat sofort die Polizei verständigt. Ihr Anruf ging wohl um elf Uhr siebzehn bei der Polizei ein."

„Das war also kurz nachdem die beiden Zeugen den Jungen gesehen haben. Weißt du denn seinen Namen?"

„Nein, die Polizei ist da wasserdicht, weil er minderjährig ist. Er war mit seiner Mutter auf der Wache. Alleinerziehende Mutter, na ja, du weißt schon." Mit dem Gesicht zog er eine Grimasse und fuhr nach kurzer Pause fort: "Nun haben wir uns verquatscht. Wir trinken aus, ich rauch noch eine und wir fangen an."

Herrn Thomsen ging die Sache nicht aus dem Kopf. Wenn die beiden Zeugen den Jungen kurz nach Elf den Hügel herunterrasen gesehen hatten und die Frau Paul Heinze ein paar Minuten später tot aufgefunden hat, dann sprach alles dafür, dass der Junge involviert war. Oder, dass er wenigstens etwas wusste, oder gesehen hatte. Herr Thomsen war sich sicher, dass alles nichts, als ein unglücklicher Unfall war. Paul war also durch einen Zufall gestorben. Ein Junge rast mit dem Fahrrad am Haus vorbei und in genau demselben Augenblick tritt Paul vor die Tür. Ein, zwei Minuten früher oder später und Paul wäre noch am Leben. Herr Thomsen trank in Gedanken sein Bier langsam aus.

Karl Schneider schob seinen Bauern erwartungsgemäß auf c5 und René platzierte seinen Springer auf f3. Karl berührte den Bauern auf a7 aber ließ ihn wieder los.

„Da ist noch eine komische Sache, René. Vielleicht gibt es noch einen Augenzeugen von dem Zusammenstoß.

Im Regionalanzeiger in der Kolumne der Woche gibt es einen eigenartigen Artikel über diesen Fall. Kein richtiger Artikel, eher eine Horrorgeschichte, aber die Details stimmen", sagte Karl Schneider mit ernster Miene. „Darin wird ein Junge mit vielen schwarzen Haaren, einem roten T-Shirt und weißgefleckten Jeans beschrieben, wie er mit seinem Fahrrad einen Mann an der Schläfe tödlich verletzt. Letztes habe ich auch von meinem ehemaligen Kollegen erfahren. Nämlich, dass die Todesursache nicht von einem Zusammenprall herrührt, sondern von einer Verletzung an der Stirn. Ich muss ihn einmal fragen, ob die Polizei den Artikel kennt." Endlich zog er doch den Bauern von a7 auf a6, René Thomsen seinen auf d4. Den schlug der Hausmeister sofort mit seinem Bauern. Renè zögerte einen Augenblick ehe er den Bauern wiederum mit seinem Springer schlug.

„In den Tagen vor dem Unfall habe ich auch bemerkt, dass sich hier immer ein größerer Junge herumgetrieben hat, den ich vorher noch nie gesehen hatte. Er stand immer auf der anderen Seite und starrte unser Haus an, als warte er auf etwas; rauchte und schnippte die Kippen einfach auf die Straße. Als ich ihn darauf ansprach, zischte er nur, „geht dich doch ein feuchten Dreck an, Opa", und machte dabei eine Grimasse, die mich erschaudern ließ. Manchmal war er weg, kam wieder und stand da für ein paar Stunden, mit auf dem Boden schleifenden schmutzigen Schnürsenkeln. Der ist mir sofort unangenehm mit seinen rot gefärbten Haaren aufgefallen, die ihm über die Ohren reichten und einem großen Pflaster quer über der linken Augenbraue." Schneider setzte beim Sprechen seinen Bauern von d7 auf d6.

„Seit dem Vorfall am Sonntag vor dem Haus ist er nicht mehr aufgetaucht. Komisch. Aber ich bin natürlich heilfroh darüber, denn ich mag solche verschlagenen Typen überhaupt nicht." Damit wandte er sich wieder dem Schachbrett zu.

René zog seinen Springer auf c3, was sein Gegenüber mit Springer von g8 auf f6 beantwortete. Herr Thomsen war zufrieden, dass er sich, wie erhofft, gut entwickeln konnte, während sein Gegner sich nur eingeigelt hatte.

„Vielleicht hat sich Paul die Kopfverletzung allein beim Sturz auf das Pflaster zugezogen, als er dem Jungen auf dem Fahrrad ausweichen wollte", überlegte Herr Thomsen laut und zog dabei seinen Läufer auf g5.

„Ja, so könnte es gewesen sein. Der Junge hat ihn angerempelt, Paul stürzt unglücklich, der Junge lässt ihn einfach liegen und haut ab. Fahrerflucht!" Ärger zog in seinem Gesicht auf, verfärbte es rot. „Diese gottverdammten Raser!" Er blickte ärgerlich über das Spielfeld und musste seinen Springer auf d7 zurücknehmen. Damit verbaute er seinem Läufer den Weg.

René Thomsen schob seinen Läufer auf e2. Das Spiel ging nur schleppend voran und am Ende verlor Herr Thomsen, da er sich nicht konzentrieren konnte, obwohl er einen guten Start hingelegt hatte. Die beiden Freunde verständigten sich darauf, dass eine Revenge fällig war und verabschiedeten sich mit einem festen Händedruck.

Auf dem Weg zum Bahnhof machte Herr Thomsen, einer Eingebung folgend, einen Umweg über den kleinen Park. Wie er sich erhofft hatte, schaute aus dem Fenster des Hauses dem Park gegenüber, die redselige Seniorin heraus.

Ihr molliger Arm lag auf der Fensterbank auf dem Kissen und die Hand es anderen stützte ihr Kinn ab.

„Guten Abend, wie geht es Ihnen," grüßte Herr Thomsen hinauf zum Fenster. „Heute weht endlich wieder einmal ein angenehmes Lüftchen." Möglich, dass sie die andere Zeugin war, von der sein neuer Freund Karl gesprochen hatte. Sie schien ihre Augen überall zu haben. Vielleicht wusste sie mehr über den Fall. Wenn sie den Jungen kannte, vielleicht könnte sie ihm etwas über ihn berichten, waren seine Gedanken, als er zu ihr hinaufblickte. Nachdem genügend Höflichkeiten ausgetauscht worden waren, nahm er allen Mut zusammen und sprach sie darauf an.

„Vielleicht erinnern Sie sich noch, wir sprachen das letzte Mal über den Unfall vor dem Hochhaus dort hinten. Ich habe von irgendwo gehört, dass der Junge, der meinen Bekannten beim Hochhaus angefahren haben soll, hier aus der Gegend stammt." Die Frau schaute ihn mit großen Augen an.

„Das hat sich aber schnell überall herumgesprochen." Ihr freundliches Gesicht verschwand augenblicklich und sie starrte ihn ärgerlich an. „Sind Sie von der Polizei oder etwa von der Zeitung? Mir wurde fest versichert, dass meine Aussage solange anonym bleibt, bis der Fall endgültig aufgeklärt ist. Ich habe alles gesagt, was zu sagen war und nichts verschwiegen."

„Nein, ich bin nicht von der Polizei und auch kein Detektiv oder ähnliches. Der Verstorbene hat in der Firma meines Sohnes gearbeitet und wir sind alle über seinen plötzlichen Tod erschrocken.

Er war in der Firma wegen seiner Pünktlichkeit und steter Freundlichkeit sehr beliebt. Es ist immer noch ein Schock für uns."

„Das war es für alle von uns, das können Sie mir glauben: Der Krankenwagen und die Polizeiautos, die mit Sirene und Blaulicht hier ankamen. Ich bin auch gleich bis zur Absperrung gelaufen, aber da hatte die Polizei schon alles mit Stellwänden abgedeckt, ich konnte nichts mehr sehen. Und gleich kam das Gerücht auf, dass er bestimmt von einem der Jungs überfahren worden ist, weil sich in der Vergangenheit schon zwei Mal ähnliche Vorfälle abgespielt haben, allerdings nicht so tragisch, wie dieses Mal. Aber das glaube ich nicht und ich habe es auch so bei der Polizei ausgesagt." Nach der langen Rede musste sie erst einmal etwas Luft schnappen. „Übrigens, ich kannte ihren Bekannten auch etwas. Wir haben hier im Park am Sonntag manchmal in der Seniorengruppe Boccia gespielt."

„Am Sonntag? Jeden Sonntag?"

„Nun, ich war nur selten dabei, ich bin da etwas ungeschickt. Aber wenn es geregnet oder gestürmt hat,
in dem Fall natürlich nicht und auch im Winter nicht,
sonst jeden Sonntag.“

„Wann begann die Runde immer?“

„Treffen war etwa gegen viertel nach Elf und Beginn war danach so um halb zwölf. Herr Heinze war
immer auf die Minute da.“

Die Frage, warum unser Fahrer am Sonntag an so
einem heißen Vormittag das Haus verlassen hatte,
hatte sich Herr Thomsen immer wieder gestellt und
sich gewundert, warum niemand anders darauf kam.

Wenn Paul also zum Bocciaspiel gehen wollte, so
war das Verlassen des Hochhauses kein Zufall. Und
die Uhrzeit auch nicht.

KAPITEL 8

Als Luis die Treppen zum Büro der WTC, World Trade Company, hinaufstieg, hatte er ein ungutes Gefühl. Er strich sich nervös durch die dunkelbraunen Haare. Die Besprechung würde auf keinen Fall erfreulich verlaufen, das wusste er, zumal der Boss sich angekündigt hatte. Aber es lag nicht an ihm, es waren die Kontaktpersonen, die einfach zu langsam arbeiteten und sich immer hinter irgendwelchen Schwierigkeiten bei der Beschaffung versteckten. Was konnte er da viel mehr machen, als geduldig zu warten? Mit Gewalt konnte er erst recht nichts erreichen, wie die Oberen sich das so vorstellten.

Auf sein Klopfen wurde die Tür geöffnet und ein stämmiger hochgewachsener Mann erschien. Es war Marvin, der wortkarge Gorilla vom Boss. Mit seinen langen Haaren, die ihm bis auf die Schultern reichten und den grünen Augen, sah er beinahe bezaubernd aus. Und dabei immer ein süßes Lächeln um den Mund, total der Player. Aber das war er ganz und gar nicht. Er war ein Schläger übelster Art, das wusste Luis nur zu gut.

Dass er beim Eintreten in das Apartment sofort nach Waffen durchsucht wurde, war ihm bisher noch nie passiert. Stand da doch etwas Größeres an, durchfuhr es ihn. Nach dem Abtasten öffnete Marvin die Zimmertür und Luis wurde unsanft in den Raum gestoßen. Marvin blieb regungslos im Türrahmen hinter ihm stehen. Die Vorhänge waren zugezogen und die eine Glühbirne in der Mitte des Raumes hüllte das Zimmer nur in ein Halbdunkel, an das sich Luis erst gewöhnen musste. Er erkannte seine beiden rumänischen Kumpel Adrian und Sorin links auf dem Sofa, die ihn versteinert ansahen und rechts saß Smirnow, sein Kontaktmann, der aus Russland kam. Alle sechs Augen waren auf ihn gerichtet. Im hinteren Teil des Raumes residierte in einem Korbsessel der große Boss, Horea, auch ein Rumäne, und daneben lungerten zwei Gestalten, die ihm unbekannt waren. Hatte sich Horea inzwischen etwa eine Leibgarde zugelegt? Luis kannte ihn aus der Zeit, als die beiden noch Teenager gewesen waren und gemeinsam kleine Gaunereien verübt hatten. Inzwischen war Horea aufgestiegen und der große Boss geworden. Gekleidet war er immer noch wie früher, im feinen, für seine korpulente Figur zu engen Nadelstreifenanzug, blütenweißen Hemd und roter Krawatte. Die übergroßen Manschettenknöpfe blinkten wie Edelsteine unter den Ärmelenden hervor. Das aufgedunsene Gesicht, übersät mit Narben, erzählte von seiner rauen Vergangenheit. Seine schwulstige Unterlippe hatte immer noch den Hang nach unten. Horea blickte lange auf seinen ehemaligen Freund, ehe er das Wort an ihn richtete.

„N'abend Luis." Für Luis klang das auf keinen Fall, wie eine freundliche Begrüßung, eher wie eine Feststellung.

„Guten Abend, Boss." Aber das: Was verschafft mir die Ehre, unterdrückte er lieber und schwieg. Horea starrte ihn an, langte in seine Jackentasche und holte eine weiß-rote Zigarettenschachtel mit zwei Segelschiffen daraus hervor. Er zog sich eine Zigarette heraus, steckte sie sich zwischen die Lippen, schob die Schachtel langsam in die Jackentasche zurück und nahm stattdessen ein goldglänzendes Feuerzeug heraus. Er ließ es aufschnappen und zündete sich die Zigarette ohne Eile an. Seine Augen waren dabei die ganze Zeit fest auf Luis gerichtet. Er ließ ihn noch eine Weile zappeln, ehe er weitersprach.

„Wie geht's dir Luis?" Auch das war eine Frage, auf die er lieber nicht mit: danke gut, antworten sollte und gut ging es ihm in diesem Augenblick tatsächlich nicht. Er entschloss sich zur Flucht nach vorne.

„Es ist in letzter Zeit nicht alles gelaufen, wie es sollte. Ich habe mich bemüht, die Sache zum Abschluss zu bringen. Ich denke in einer Woche oder so können wir die Ware übernehmen, wenn alles gut geht. Ich bitte für die Verspätung um Entschuldigung."

„Nebenbei auf eigene Rechnung arbeiten", donnerte Horea los, „nenne ich – Vertrauensbruch. Hast du das verstanden?" Horeas Stimme war kalt und dunkel, seine Worte waren bis ins unendliche gedehnt. „Wenn es dir bei uns nicht passt, kannst du jederzeit verschwinden. Natürlich nach Rückzahlung aller Kredite. Du weißt, du stehst bei uns in der Kreide."

Die Stille des Raumes wurde allein vom Ausblasen des Rauches aus Horeas schwulstigen Lippen unterbrochen. Luis fühlte Schweiß über den Rücken rinnen. Es drehte sich nicht um seinen Teil bei der Beschaffung von Waffen und Munition aus dem Lager der Bundeswehr, es ging um sein privates Drogengeschäft. Damit hatte er nicht gerechnet.

„Ich weiß, Boss, es war mein Fehler. Ich hätte nicht wieder damit anfangen sollen. Es war ja auch nur in meiner Freizeit und meine Aufgabe bei der Bundeswehr habe ich deswegen nie vernachlässigt. Es geht dort leider nur schleppend voran und zwingen kann ich sie ja auch nicht. Wir wollen ja was von denen, und nicht umgekehrt."

Es ist doch so einfach, ging es ihm durch den Kopf, der Stoff lagert in einem hundertprozentig sicheren Versteck und kann gefahrlos, nur ein paar Treppen rauf oder runter, unter Leute gebracht werden.

Ich kann bei meinen Kunden klingeln und fragen, was sie brauchen oder sie lassen eine Nachricht im wegen Umbau unbenutzten Briefkasten 1201. Abnehmer habe ich im Haus knapp zwanzig Prozent aller Bewohner, dreißig Prozent werden es sicher bald sein oder mehr und im Park davor konnte ich auch neue Kontakte knüpfen, nachdem die Polizei meinen Vorgänger aus dem Verkehr gezogen hat. Manche Junkies kommen inzwischen sogar von der Innenstadt zu mir, weil ich gute Ware habe, nichts Gestrecktes. Warum sollte ich mir in meiner Freizeit nicht ein paar Riesen dazuverdienen dürfen. Wer kann mir das verbieten? Als hätte Horea seine Gedanken gelesen, bellte der:

„Du bist völlig hacke, Luis. Wir sind keine Drogenticker. Wir sorgen für den Weltfrieden. In Syrien helfen wir inzwischen schon ganze Landstriche zu befrieden." Ein böses Grinsen erschien auf seinem Narbengesicht und ein zustimmendes Gemurmel, das in einem unterdrückten Lachen mündete, durchzog den Raum. „Die MG4 für den Jemen sind unser Einstieg in einen neuen lukrativen Markt, deutsche Wertarbeit, sechzig Schuss in der Minute. Da kannst du schon einiges niedermähen", kicherte Horea, „und du tickerst paar ärmliche Drogen so offen wie ein Amateur, dass wir es ohne Mühe herausbekommen haben." Horeas dröhnender Bass ließ den Raum erzittern. „Denkst du, die Bullen sind blöd? Willst du, dass die auf dich aufmerksam werden und dadurch unser ganzes Vorhaben auffliegt? Wir reden hier von paar hunderttausend Dollar Reingewinn. Bist du wahnsinnig geworden, Luis? Mach endlich deine Arbeit und schaff die verdammten Knarren her. Du hast höchstens noch zwei Wochen Zeit. Aber dann müssen wir spätestens liefern."

„Verstanden", flüsterte Luis. Im gleichen Augenblick fühlte er einen heftigen Faustschlag in seinem Rücken.

„Halt die Schnauze, wenn unser Boss mit dir redet." Das kam von Marvin, der nur zu gerne austeilte. Luis blieb für einen Augenblick die Luft weg, er konnte sich aber ein Stöhnen im letzten Moment noch verbeißen.

„Wir arbeiten auf einer anderen Ebene", fuhr Horea ungerührt fort, „solche dilettantischen Drogengeschäfte sind Gift für uns. Wann kapierst du das endlich, du gottverdammtes deutsches Stachelschwein?" Horea spuckte in Richtung Luis aus. Von jetzt an wurde seine Stimme weich, ein untrügliches Zeichen für seinen Zorn.

„Das war nun schon das zweite Mal mit deinen verdammten Drogengeschäften. Ich hatte es dir streng verboten, aber du machst einfach weiter. Ich werde nicht länger den Kopf für dich hinhalten, nur weil du mir vor vielen Jahren einmal das Leben gerettet hast. Das habe ich dir inzwischen schon tausend Mal gedankt. Von jetzt an ist endgültig Schluss. Verstanden?!"

„Ich schwöre, ich höre damit auf. Ich war früher gut drin, du weißt es, und kann es halt nicht lassen. Aber ich gebe es endgültig auf." Luis beugte demütig den Kopf und wartete auf Horeas Freispruch.

„Das würde ich dir auch raten, sonst passiert ein Unglück. Denke an das andere deutsche Schwein, den Rostocker Robert, der unbedingt drei Kisten russischer Sturmgewehre AK-47 für sich umleiten wollte. Und wie ist es für RoRo ausgegangen?" Luis musste schlucken, er konnte nicht sofort antworten. Wieder bekam er einen so heftigen Fauststoß in den Rücken, dass er nach vorne taumeln musste, ihm für Sekunden der Atem wegblieb und ein pulsierender Schmerz seinen Körper durchraste.

„Antworte, wenn der Boss dich was fragt", brüllte Marvin hinter ihm, begleitet abermals von einem heftigen Schlag, dieses Mal mit der Faust auf den Hinterkopf. Luis wurde es schwarz vor Augen.

„Er wurde begraben", stießt Luis endlich hervor.

„Und wie?"

„Lebend."

„Dich lasse ich am Leben, du weißt warum, aber dafür machen wir einen anderen kalt, wenn du nicht spurst. Einen, den du sehr gern magst, kapiert? Leider hast du keine Kinder oder Frau, nur ihn."

„Spuck's aus", hörte Luis Marvin hinter sich, begleitet von einem Nackenschlag, bei dem es Luis schien, als ginge nun auch das matte Licht im Raum aus.

„Mein Vater hat nichts mit dieser Angelegenheit zu tun. Er lebt sein eigenes Leben und weiß von allem nichts." Luis war totenbleich geworden, aber seine flehenden Augen erreichten seinen Boss nicht. Der ließ seine Finger knacken. Horeas Lachen dröhnte durch den Raum.

„Bitte Boss, Horea, nicht ihn."

„Doch – genau den nehmen wir uns vor. Und das wird für dich schrecklicher sein, als lebend begraben zu werden. Wir sind ja alle gute Christen." Dabei bekreuzigte Horea sich grinsend mit übergroßer Geste. „Er wird von uns ein prächtiges Begräbnis erhalten, nachdem sich Marvin ausgiebig mit ihm beschäftigt haben wird. Ein Begräbnis mit Priester, Kerzen und Weihrauch. Sein mit abertausend weißen Lilien geschmücktes Bild, wird dich die ganze Zeit anschauen, denn du bist natürlich während der Trauerfeier anwesend und musst dir das Loblied auf ihn anhören, das unser Priester vor allen Anwesenden verkündet. Was für ein guter Mensch er immer für dich gewesen ist. Er wird den treusorgenden Sohn erwähnen, der alles für seinen Vater getan hat. Wirklich alles, bis zum Ende". Horea grinste breit. „Es wird ein sehr bewegendes Begräbnis werden. Glaube mir. Für alle!"

Dass ihnen ein grausamer Mord nichts ausmachen würde, da war sich Luis sicher. Roro hatten sie gefesselt in eine zu kleine Kiste gestopft und Marvin hatte ihm das Klebeband mit einem Ruck von den Lippen gerissen. Die Kiste wurde zugenagelt, in eine Grube geworfen und Erde darüber geschaufelt.

Das Schreien und Bitten verschlang der Sand immer mehr, bis es nicht mehr zu hören war und sie sich zur Abschiedsfeier in eine nahegelegene Kneipe aufmachten. Luis fühlte, wie Rinnsale von Schweiß über den Rücken liefen. Das Unterhemd klebte fest an seiner Haut.

„Was wirst du mit dem Rest vom Stoff machen, den du noch hast?" Horea blickte lauernd auf Luis.

„Ich werde alles schnellstmöglich verkaufen, danach ist Schluss. Ganz bestimmt. Ich verspreche es dir bei meiner Ehre."

„Hast du immer noch nichts kapiert, du Idiot? Du sollst nichts mehr verkaufen, keinen einzigen Joint, kein Gramm Koks, kein Heroin oder was du sonst noch alles in deinem Bauchladen hast. Absolut nix mehr." Marvin betonte das Gesagte mit einem Faustschlag ins Rückgrat, der Luis nach vorne taumeln ließ.

„Ja Boss. Das schwöre ich dir. Ich mache keinen Ärger mehr, das verspreche ich hoch und heilig", stöhnte er mehr, als dass er sprach. Er musste würgen und schmeckte Erbrochenes in seinem Mund.

„Bring alles Zeug hierher. Wir werden uns darum kümmern." Ein weiterer Faustschlag von Marvin in den Rücken, ließ ihn noch weiter nach vorne stolpern.

„Das mache ich sofort, versprochen. Ganz bestimmt", konnte er nur noch röcheln. Ihm war schlecht, sein Magen rumorte und die Beine begannen, ihren Dienst zu versagen.

„Abgemacht, aber das ist deine letzte Chance. Du hast Glück, dass ich dich mag, denn sonst hätten wir dich heute ertränkt, was die in Bukarest am liebsten gesehen hätten. Sack und Steine liegen schon bereit", grinste ihn Horea unverhohlen an. „Wir können es immer noch nachholen. Schau mal in die Ecke hinter dir." Im Nu hatte Marvin Luis Kopf gewaltsam nach hinten gedreht und er erblickte einen schmutzigen Jutesack in der Zimmerecke. Seine letzte Behausung. Luis riss sich zusammen.

„Danke Boss, ab heute bin ich in deiner Schuld." Wieder ein heftiger Schlag in den Rücken. Luis wusste, was er jetzt zu tun hatte. Er musste sich vor Horea hinknieen und ihm die Hand küssen.

Als Luis halb taub und benommen die Treppe heruntertorkelte, überlegte er fieberhaft, wie mit seinem Drogenschatz zu verfahren war. Es waren um die siebzigtausend Euro, die er herausschlagen könnte. Die wollte er nicht so einfach aufgeben. In einem Jahr wären seine Schulden bezahlt und er könnte aus der Gruppe aussteigen und seinen Traum verwirklichen, sein eigener Boss zu sein. Er würde gut auskommen.

Im Monat könnten mindesten fünftausend Euro drin sein, vielleicht sogar zehntausend, fieberte er, denn genug Kunden hatte er. Aber seinen Vater wollte er auf keinen Fall gefährden, er musste vorsichtig taktieren, denn Marvin würde sich etwas Grausames ausdenken, wenn er aufflog. Wie bei RoRo. Da war sich Luis sicher. Die Organisation war in den letzten Jahren zu sehr gewachsen, es ging nur noch um Profit, persönliche Bindungen hatten sich aufgelöst. Das war nichts für ihn. Als er vor Jahren mit Horea gearbeitet hatte, nur sie beide, da war es noch wie Spaß gewesen, es waren auch nur kleine Schiebereien. Inzwischen war es für ihn zu heiß geworden und Schläger wie Marvin, setzten mit Gewalt durch, was im fernen Bukarest entschieden wurde.

Sein Versteck kannten sie nicht, da war er sich sicher, aber wie sie ihm auf die Schliche gekommen waren, das konnte er immer noch nicht begreifen. Verdammt, einer musste ihn verraten haben. Nur Adrian oder Sorin kamen in Frage, denn sie arbeiteten eng mit ihm zusammen. Bestimmt war es Adrian, der Schuft, der biederte sich ihm auch immer so eklig wegen paar Gramm Schnee an. Er hätte ihn von Anfang an abweisen sollen. Horea ließ ihn jetzt garantiert überwachen. Wenn es Marvin war, der ihn bespitzelte, dann musste er höllisch aufpassen, der war ein Teufel. Mit Adrian und Sorin käme er schon irgendwie zurecht.

KAPITEL 9

FRÜHLING, JONAS

„Es sind jetzt so vier Jahre her", stellte Jonas mit Nachdruck fest, „seitdem ich das letzte Mal bei MacDonalds war und im Knast gab's nur Pappe. Wie habe ich mich seitdem gesehnt, mal wieder einen echten Cheeseburger zwischen meinen Fingern zu haben, wie damals, als sie mich abholten." Für das erste Essen in Freiheit hatte sich Jonas sein altes MacDonalds Restaurant in der Kantstraße ausgesucht, zur Enttäuschung seiner Mutter, die gerne mit ihm groß zum Italiener gegangen wäre. Aber dort hatte er früher oft mit Kumpels abgehangen. Ihr Sohn bestellte sich mit leuchtenden Augen einen Cheeseburger, Chicken Nuggets, eine große Portion Pommes und Salat, was er von der Menütafel ablas. Denn alles war nach vier Jahren geschlossener Anstalt ungewohnt.

„Gibt es hier kein Bier?", fragte er enttäuscht am Tresen.

„Nein Jonas, bei MacDonalds nicht", flüsterte ihm Dr. Feldmann zu. „Das war früher vielleicht einmal und auch nicht überall." Wie gerne hätte Jonas zur Feier des Tages Bier getrunken.

Den Geschmack kannte er nicht, er hatte noch niemals Bier getrunken, aber Bier gehörte für ihn zur neugefundenen Freiheit, denn im Heim sprachen alle immer nur vom Besaufen, wenn sie rauskämen.

Dass es hier kein Bier gibt, ist gut, überlegte er sich, denn ich muss mich zusammennehmen und einen ordentlichen Jungen spielen, weil ich etwas vorhabe, das getan werden muss. Also verstellte er sich, was er ausgezeichnet konnte, und bat wie gutgelaunt um eine große Cola. Seine Mutter orderte für sich einen Hamburger mit Salat und Dr. Feldmann, der zu ihrem Bedauern zum Abholen hatte kommen müssen, einen Cheeseburger und einen großen Salat.

„Also, Jonas", intonierte Dr. Feldmann feierlich und doch mit einem Grinsen im Gesicht, als alle drei um einen Tisch versammelt saßen. „Dein erster Schritt ins neue Leben ist gemacht. Es wird nicht alles glatt laufen, aber das ist normal. Ich helfe dir dabei und du solltest mir vertrauen. Du wirst es schon schaffen. Ruhe dich erst mal zwei oder drei Wochen zu Hause gemütlich aus, anschließend sehen wir weiter. Und damit Prost." Die drei stießen an, Jonas mit seiner Cola, seine Mutter und Dr. Feldmann mit Apfelschorle. Frau Beckmann schlang den Arm fest um ihren Sohn und küsste ihn auf die Wange. Endlich hatte sie ihn nach vier Jahren wieder.

„Gut, dass du wieder da bist, Jonas, mein Sohn. Wie habe ich diesen Tag herbeigesehnt." Ihre Augen waren feucht geworden. Dr. Feldmann reichte ihr sein Taschentuch und Frau Beckmann wischte schnell damit über ihre Augen.

„Ich danke euch beiden, dass ihr mich aus der Hölle befreit habt", Jonas Augen glänzten. „Ich hätte es auch keinen Tag länger ausgehalten." Was dann plötzlich aus ihm herausbrach, erschreckte seine Mutter aufs Äußerste.

Er zischte: „Manche da sind echt krank, knallharte Verbrecher. Einer hat ner Verkäuferin drei Mal mit nem Messer ins Gesicht gestochen, weil sie ihn beim Klauen erwischt und festgehalten hatte. Und dass die jetzt fast blind ist, damit prahlt er dauernd rum. Und wie geil das war, als sie vor Schmerzen wie verrückt losschrie. Ein Anderer hat seine Mutter mit eim Spaten totgeschlagen. Der war siebzehn. Nachher ging er zu einem Kumpel gamen. Aber ich habe niemals Böses gemacht, hab doch niemand umgebracht. Wisst ihr, was die Verbrecher mit mir am ersten Tag zur Begrüßung gemacht haben? Ratet mal." Jonas' Gesichtszüge verfinsterten sich augenblicklich. „Mein Kopf in die Kloschüssel gepresst, wo einer reingepisst hatte. Ich musste alles, was sich da angesammelt hatte, aussaufen, und die standen dabei und haben gelacht." Jonas' Gesicht glänzte vor Schweiß, seine Pupillen rollten unruhig hin und her.

„Und danach haben sie mir ihren Steifen innen Mund geschoben und ich musste …"

„Jonas, nicht hier, wir sprechen nachher darüber", unterbrach ihn Dr. Feldmann streng, legte seine Hand beruhigend fest auf Jonas Schulter und drückte ihn zurück auf den Stuhl, den er vor Erregung beinahe umgeworfen hätte. „Es ist vorbei! Akzeptiere es. Du bist jetzt frei, solange du es nur willst. Es liegt alles in deiner Hand."

„Sorry, Timo, ich konnt's halt nich runterschlucken.

Das kam ganz plötzlich über mich, weil wir hier so friedlich dahocken. Tut mir ehrlich leid." Jonas schluckte und begann leise zu weinen.

„Was?" Frau Beckmann fuhr erschrocken hoch. „Das ist doch nicht möglich. Das kann doch nicht wahr sein. Was erzählst du denn da für einen Unsinn. So etwas ist passiert und die Ärzte und Pfleger haben es zugelassen? Warum hast du mir nichts davon gesagt, als ich dich besucht habe? Ich hätte sofort etwas unternommen und dich rausgeholt." Frau Beckmann war ebenfalls den Tränen nahe. Jonas schaute mit einem bitteren Lächeln zu Dr. Feldmann.

„Timo, sag's du ihr."

„Nun, Frau Beckmann, ein Kinderpflegeheim war es sicherlich nicht, auch wenn Jonas damals erst dreizehn war. Jonas war nicht strafmündig aber er ist in diese Anstalt eingewiesen worden, weil Gutachter ihn für einen gefährlichen Psychopathen hielten und er therapiert werden musste. Es gibt leider zu wenig von solchen spezialisierten Anstalten. Das heißt aber auch, er war leider mit Straftätern zusammen. Die Pfleger oder Ärzte können nicht überall sein. Es war sicher am Anfang eine harte Zeit für Ihren Sohn. Und wenn er es Ihnen, liebe Frau Beckmann, oder einem der Ärzte gesagt hätte, wäre es für ihn noch viel schlimmer gekommen. Das wusste Ihr Sohn genau. Heute wollen wir nicht darüber sprechen. Die Wunden müssen vernarben und werden später heilen. Nur das ist jetzt wichtig.

Komm, Jonas, zeig uns dein Lächeln, das kannst du
doch so gut." Dr. Feldmann schlug Timo freundschaft-
lich auf die Schulter.

„Heute wollen wir uns nur freuen, dass du wieder
bei deiner Mutter bist und Spaß haben."

Das Essen kam, die Aufregung flachte allmählich ab
und Jonas schien es gut zu schmecken. Sein Gesicht
hatte sich entkrampft. Frau Beckmann warf einen be-
sorgten Blick zu Dr. Feldmann, aber als der ihr mit einem Lächeln zunickte, erholte sie sich und erfreute
sich an dem zufriedenen Kauen ihres Sohnes.

„Tut mir leid, Mama", brachte er mit vollem Mund
hervor, „dass ich dich erschreckt hab, war ja auch
nicht so schlimm. Wie du siehst, habe ich's überstanden." Mit einem breiten Grinsen fügte er hinzu, „ich
hätt' nachher noch Appetit auf ein Eis oder Jogurt mit
roter Grütze oder beides." Jonas lachte laut auf, die
Augen glänzten. Sein Ausbruch von eben war erst einmal vergessen und seine Mutter bestellte gutgelaunt
für alle drei Jogurt mit roter Grütze und drei Eis.

„Wie war das eigentlich mit einem Handy. Ich
hätt' gern eins, bitte, Timo." Jonas rührte in seinem
Jogurt mit roter Grütze und schielte dabei zu Dr. Feldmann.

„Na klar bekommst du eins, wir beide müssen ja in
Kontakt bleiben. Ich muss dich jederzeit erreichen
können, du mich natürlich auch. In ein paar Tagen
fahre ich mit dir zu einem Handy-Shop und wir suchen etwas aus. Hast du schon eine Idee, was du für
ein Handy haben möchtest?"

„Ich brauch nichts Besonderes, halt so'n normales Smartphone für bischen surfen und Musik hörn. Und halt mit dir täglich in Kontakt zu bleiben." Jonas schmunzelte und fuhr sich durch die blonden Haare. „Ich weiß, das gehört zum Deal, macht mir auch nix aus."

„Sei bitte nicht ärgerlich, wenn erst einmal ein paar Sperren eingebaut sind, ich muss mich da noch informieren welche und ob überhaupt nötig. Ich verspreche dir, dass die bald verschwinden. Ich vertraue dir."

„Nein, ist doch okay mit den Sperren, danke Timo. Ich passe schon auf mich auf. Ich baue keine Scheiße mehr. Und außerdem finde ich es ehrlich super von dir, dass du mich mal zu deim Judo mitnehmen willst. Ich gehe da gerne mit dir mal hin. Ich glaub, Judo würde mich schon interessieren."

„Das freut mich sehr, Jonas. Aber erst einmal warten wir ab. Als ich in Japan war, stand ich schon fast vor dem schwarzen Gürtel, aber weißt du, was ich dort als Erstes machen musste? Mir war aufgetragen worden, jeden Morgen die Judohalle gründlich zu fegen! Verstehst du, ich sollte von ganz unten anfangen und mich langsam an die neue Umgebung gewöhnen, so wie du dich jetzt auch erst Schritt für Schritt an deine Freiheit gewöhnen musst."

„Du hast ja ein tolles Auto, Timo. Was kostet denn so'n Schlitten?", fragte Jonas mit Begeisterung, als sie nach dem Essen in Dr. Feldmanns dunkelroten BMW stiegen und er sich sofort auf dem ledernen Beifahrersitz breitmachte.

„Schon eine ganze Menge. Es ist ein 3er Touring Benziner 154 PS. Von null auf hundert in 5.9 Sekunden. Ich fahre ihn schon ein paar Jahre."

„Klasse, ich hätt später auch mal ganz gerne so einen."

„Werde Arzt, wie ich, und du schaffst es bestimmt auch." Jonas schwieg, blickte aus dem Fenster, seine Augen dicht an der Glasscheibe.

„In den letzten vier Jahren hat sich fast gar nichts verändert. Die Regierung ist immer noch die gleiche und die Häuser hier sind weiterhin wie angewachsen, du wirst sofort alles wiedererkennen", sprach Dr. Feldmann beruhigend auf Jonas ein. Der seufzte, strich sich die Haare aus dem Gesicht und wendete sich zu seiner Mutter.

„Und ich, habe ich mich in den vier Jahren verändert? Würde man mich wiedererkennen?"

„Du bist ordentlich groß geworden und hast auch etwas zugenommen, nur dein Gesicht und die Augen sind gleichgeblieben. Die kurzen Haare solltest du dir wieder etwas länger wachsen lassen, dann sichst du fast aus wie früher. Den Jonas, den ich immer so gerne hatte." Jonas wendete sich wieder zu Dr. Feldmann.

„Was meinst du, Timo, soll ich sie mir wieder über die Ohren wachsen lassen? Ich hätte arg Lust, mir mal die Haare zu färben. Im Knast war ja alles verboten, aber jetzt in Freiheit möchte ich gern dies oder das ausprobieren. Ist doch in Ordnung mit dir, oder?"

„Klar, ab heute gibt es keine Vorschriften mehr, aber gehe bitte alles erst einmal ganz langsam an.

Wenn du magst, kannst du dir sie auch violett färben. Oder was meinen Sie, Frau Beckmann?"

„Ich mag seine schönen blonden Haare am liebsten, aber wenn es nicht violett ist, wäre rot auch mal in Ordnung", lachte sie, umarmte ihren Sohn und küsste ihn von hinten auf den Hals.

„Super, morgen gehe ich zum Friseur und lasse mir die Haare rot färben."

KAPITEL 10

Als Kai einen Anruf auf sein Handy bekam, wusste er zuerst nicht, wer da sprach. Er musste noch zweimal nachfragen, ehe er verstand, wer in der Leitung war.

„Mensch Jonas, klasse, bist du das wirklich? Jo, ich glaub's nich. Is ja mega geil. Biste also raus?"

„Ja, ich bin's wirklich. Bin vor kurzem ausm Knast raus. Mir geht's supi und was geht bei euch so ab?"

„Is ja krass! Ich bin auch immer noch im *Knast*. Meine Alten woll'n das so bis zum Abi. Ich selbst hab aber null Bock auf Schule. Woll'n wir uns mal irgendwo mit allen treffen und ein zischen? Du hast doch bestimmt schon lange nicht mehr, oder?"

„Stimmt, würd gern mal ordentlich alken und endlich mal kiffen. Weißt, also so'n Gefühl von Freiheit bekommen. Ich bin jetzt schon siebzehn und war noch nich ein einziges Mal besoffen oder hab gekifft, wie so'n Looser. Die haben mich mit dreizehn weggesteckt. Im Knast gabs nix. Kein Alk, kein Stoff. Alles nur super steril."

„Kein Problem. Jo, kannst alles nachholen. Unser Tobi macht das schon, bei dem kann man alles kriegen, sogar Kokain und Heroin. Kennst den noch, den mit den großen Ohren?"

„Na klar kenn ich den, der war ja auch in unserer Clique. Hatte der nich mal bei Kaufland einen Computer geklaut und in der Schule versilbert? Da war der erst zwölf oder?"

„Ja, genau. Der kommt seit einem halben Jahr kaum mehr in die Schule. Klaun tut der wohl nicht mehr so richtich, denn er hat sich inzwischen mit som Ticker zusammengetan und die machen gute Geschäfte. Damit gibt er jedenfalls voll an, wenn wir uns treffen."

„Habt sicher ein saugeiles Leben draußen gehabt. Na ja, ab jetzt bin ich ja wieder auf dieser Welt. Ich hol' alles nach." Jonas lachte laut auf. „Sag mal, was macht eigentlich unser Klassenlehrer von damals, der Giftzwerg, wie wir den immer nannten. Unterrichtet der noch bei euch an der Schule?"

„Nee, Giftzwerg verschwand kurz nachdem du wegen der Sache mit dem Mädchen innen Bau kamst. Der war plötzlich weg. Wir hatten deswegen zwei Wochen lang kein Deutsch, bis ein Ersatz für ihn kam. Auch wieder so'n eingebildeter Pinkel, der alles besser weiß. Na, dem haben wir's gezeigt, was Sache ist. Der hat's nich lang bei uns ausgehalten. War ne geile Zeit."

„Weist, wo der jetzt ist, der Giftzwerg?"

„Nö, keine Ahnung, Wieso? Willst was von dem?

„Egal. Aber kannst ja mal im Sekretariat einfach so nachfragen, mag sein, die wissen an welcher Schule der jetzt ist. Brauchst nix von mir zu sagen, soll erst mal unter uns bleiben, dass ich nach dem Wixer gefragt hab."

„Okay Jo, ich mach mich schlau. Wie hieß er eigentlich richtig?"

„Keine Ahnung mehr. Hab nur sein affengeilen Spitznamen im Kopf. Versuch's irgendwie rauszukriegen. Denk Heitmann oder so."

„Okay, Jo, mach ich. Und wann treffen wir uns mal mit Tobi und auch den Anderen?"

„Vielleicht so inner Woche oder zwei. Ich muss jetzt auf guter Junge machen, muss erst mal clean bleiben und so. Bin ja halt nur auf Probe raus. Da darf ich jetzt nichts versieben, hab nämlich was für mich Wichtiges vor, dass muss ich erst durchzieh'n. Wenn das gelaufen ist, treffen wir uns mal zum Kiffen. Kann viel erzählen."

„Sag mal Jo, was issn das für ne komische Nummer, is das deine Handynummer oder rufst etwa ausm Festnetz an."

„Hab noch kein Handy, darf ich noch nicht haben. Die Schweine überwachen einen Tag und Nacht. Sprech aus so ner verdreckten altmodischen Telefonzelle. Ich ruf dich in paar Tagen wieder an. Versuch du inzwischen rauszufinden, wo der Giftzwerg steckt. Bye, ich muss los."

„Ciao, machs gut, Jo. Ich sag Tobi und den Andren aus unser alten Gang Bescheid, dass du wieder da bist. Du, Jonas, wir geben dir eine Willkommensparty, dass du Gehirnfasching kriegst. Das verspreche ich dir. Mach's gut."

Jonas hängte ein, nahm sein Smartphone aus der Jeanstasche und hörte über die App Spotify Musik. Sein Telefonverkehr sollte sauber bleiben. Jonas grinste in sich hinein. Nur die Nummern seiner Mutter und von Timo waren bisher gespeichert.

Die Ruhetage taten Jonas gut. Er schlief lange, ließ sich von seiner Mutter beköstigen, bummelte durch die Stadt und rief jeden Abend Timo an, um über einen faulenzend verbrachten Tag zu berichten. Jeden zweiten Tag joggte er die achthundert Meter bis zum EDEKA, besorgte dort, was seine Mutter ihm aufgetragen hatte und benutzte die Gelegenheit, von einem in der Nähe befindlichen, mit Graffiti beschmierten öffentlichem Telefon aus, Kai zu kontaktieren. Beim dritten Telefonat hatte er endlich Glück.

„Moin Jo, ich hab's rausgekriegt, der Giftzwerg arbeitet jetzt bei so ner Wachdienstfirma. War gar nicht so einfach, aber die Telefonnummer hab ich. Dann noch viele Grüße von Tobi. Wenn du nix zu tun hast, kannst ihm helfen. Sein Boss sucht noch jemand, die müssen umzieh'n. Kannst dir dabei paar Blotter oder Hasch Brownies verdienen. Cash gibt's vielleicht auch. Kannst mir als Dankeschön von den Blotter paar mitbringen." Jonas konnte Kais Lachen hören. „Dope is bei uns immer angesagt. Man, Jo, wie lange musst'n noch auf ein Handy warten? Ich kann dir ein gebrauchtes von Aldi besorgen, prepaid. Gehört einem Kumpel, der's wo *gefunden* hat. Das kann ich kriegen."

„Wär' geil, mach das. Wir treffn uns irgendwo und bring das Handy mit. Kann ich gut gebrauchen."

„Also, hier is die Nummer, wo Giftzwerg jetzt arbeitet." Jonas klemmte den verschmutzen Telefonhörer zwischen Kinn und Schulter und notierte sie und auch Tobias' Nummer.

„Thank you. Ich ruf morgen gleiche Zeit noch einmal an. Bye."

Über die Auskunft besorgte sich Jonas sofort die Adresse der Wachdienstfirma „All Time Secure". Nachdem er den Einkauf zu Hause abgeliefert hatte, machte er sich noch einmal auf; nur auf einen kurzen Sprung, wie er versicherte. Nach einer halben Stunde stand er vor einem siebenstöckigen Gebäude und fand am Eingang auf der Klingeltafel die Firma All Time Secure GmbH. Jonas schlug die Kapuze vom Hoodie über seine nun roten Haare.

Hier werde ich ihn also treffen, das Schwein, das mir vier wertvolle Jahre von meiner Jugend geraubt hat, ging es ihm durch den Kopf. Das soll er mir büßen. Die Eingangstür war verschlossen. Jonas drückte auf irgendeine Klingel, rief, „Post für Sie", und als ein Summton ertönte und die Türe aufging, huschte er hinein und begann langsam die Treppe hinaufzusteigen. Im dritten Stock erblickte er endlich, wonach er gesucht hatte: Ein schwach glänzendes Metallschild mit zwei gekreuzten Taschenlampen und der Aufschrift ‚All Time Secure GmbH'. Er stieg vier Treppenstufen wieder hinab, kauerte sich hin, zog den Hemdkragen über den Mund und die Kapuze seines Pullis weit über die nun roten Haare und wartete.

Fast vier Jahre hatte er auf diesen Augenblick gewartet und genügend Zeit gehabt, sich etwas zu überlegen. Er hatte beschlossen, seinen ehemaligen Lehrer so schwer zu verletzen, dass der sein Leben lang ein elender Krüppel bleiben wird. Jonas Gesicht verzog sich zu einem zynischen Grinsen. Im Krankenhaus würde er ihn mit einem Blumenstrauß in der Hand besuchen und seinem ehemaligen hochverehrten Herrn Lehrer sein tiefes Mitgefühl ausdrücken.

Ob er ihm einen Strauß weißer Lilien mitbringen sollte, die oft die Gräber Neuverstorbener schmückten? Jonas spuckte auf die Treppenstufe. Er war zufrieden, so schnell sein Opfer gefunden zu haben. Minuten vergingen, nichts geschah. Er wartete geduldig. Als nach über einer Stunde zwei Männer aus der Tür von All Time Secure traten, beide in Uniform und Mütze, drehte sich Jonas in Richtung Wand, versuchte aber gleichzeitig, die Gesichter der beiden zu erkennen. Der Giftzwerg war nicht dabei. Jonas blieb noch etwa fünfzig Minuten sitzen, bis er enttäuscht das Haus verließ. Seinem Opfer war er heute nicht begegnet. Wie hätte er es sich gewünscht, aber er musste unbedingt um neunzehn Uhr zu Hause sein, denn Timo hatte sich angesagt. Morgen wird er wiederkommen und auf den Giftzwerg warten.

Wenn ich den Dreckskerl von Giftzwerg vom dritten Stock durch den Lichtschacht nach unten werfe, was wird geschehen? Querschnittslähmung? Das wäre schon geil. Oder wird der Sturz für meinen ehemaligen Klassenlehrer das Ende bedeuten? Wäre eigentlich schade, das geht sicher zu schnell und zu schmerzlos, grinste Jonas in sich hinein, als er in den Bus einstieg, um nach Hause zu fahren. Er musste überlegen, schaute aus dem Fenster, ohne jedoch hinauszublicken. Außerdem brauchte er ein Alibi, das bereitete ihm noch Kopfschmerzen. Ein Schuss in den Bauch wäre auch poppig, kam es ihm in den Sinn, als er ein Filmplakat von Cicero erspähte. Da stirbt man nicht sofort, das wusste er. Ömer hatte ihm eine Pistole und Munition fest versprochen, nachdem sie sich im Heim angefreundet hatten.

Er hatte den im Wachstum zurückgebliebenen Jungen oft gegen die anderen in Schutz genommen. Wenn der tatsächlich zu irgendeiner türkischen Gang gehörte, wie der immer rumprahlte, wollte er ihn sich warmhalten. Eine Pistole hatte er sich schon lange gewünscht, aber Ömer kam höchstens in einem dreiviertel Jahr raus. Solange wollte er nicht warten, wenn er doch jetzt schon sein Opfer vor der Nase hatte.

Der Bus machte eine Linkskurve und Jonas erblickte den geschlossenen und verfallenen Kiosk in der Nähe, wo er wohnte.

Der war immer noch so, wie vor vier Jahren. Er musste aussteigen. Schräg gegenüber vor dem Mietshaus, bemerkte er den dunkelroten BMW von Timo am Straßenrand geparkt.

Sein hinterfotziger Schnüffler war also schon da. Jonas spuckte auf den Boden. Bestimmt wollte der ihn wieder mit allen möglichen Ratschlägen zutexten.

„Hallo Timo, bin ich zu spät? Jonas strahlte über das ganze Gesicht und reichte Dr. Feldmann die Hand. „Es tut mir ehrlich leid, wenn ich zu spät bin."

„Hallo Jonas, nein alles ist im grünen Bereich, ich bin etwas früher gekommen, weil ich mit deiner Mutter einiges zu besprechen hatte.“

„Ob ich auch artig war?“

„Ach was, du bist schon in Ordnung. Nein, es ging um etwas Anderes. Es ist eine komische Geschichte. Als es entschieden wurde, dass du in ein geschlossenes Heim kommst, zur Therapie, erhielt deine Mutter einen Brief von einer Stiftung, die ihr monatlich tausend Euro als Unterstützung zum Lebensunterhalt anbot. Seitdem ist per Drittem jedes Monats der Betrag auf ihr Konto eingegangen, auch wieder diesen Monat. Wir haben zusammen einen Brief aufgesetzt und der Stiftung mitgeteilt, dass du jetzt entlassen worden bist und uns bei ihnen für die großzügige Unterstützung über die vier Jahre bedankt.“

„Und von wem ist das Geld?“

„Der Spender oder die Spenderin will anonym bleiben. Der monatliche Betrag wird von der Stiftung ausbezahlt.

„Dann haben meine vier Jahre wenigstens etwas Positives für dich, Mum, gebracht“, grinste Jonas seine Mutter an und fuhr sich dabei durch die roten Haare.

„Jonas, ich hätte zu gern auf das Geld verzichtet, wenn du bei mir hättest bleiben können.“ Jonas’ Mutter seufzte. „Ich hatte sogar einen Rechtsanwalt eingeschaltet, um zu verhindern, dass du mit so frühen Jahren in ein geschlossenes Heim kommst, aber er hatte leider keinen Erfolg. Doch das Wichtigste ist, dass du nun hier bist und ein neues Leben, dein Leben, beginnen kannst.“ Sie umarmte ihren Sohn und ließ ihn nicht los. Dr. Feldmann wartete einen Moment, ehe er sich an Jonas wendete.

„Wie war's heute bei dir, Jonas, was hast du heute so alles erlebt? Erzähl mal."

„Ich habe mir ein Eis gekauft, in einem Bücherladen durch ein paar Bücher geblättert und bin danach einfach so durch die Straßen gepilgert. Ich hab die Leute angesehen und dabei nachgedacht. Im Knast hab ich nur den erweiterten Hauptschulabschluss machen können. Mehr ging da leider nicht. Ich hätte wieder Lust, aufs Gymi zu gehn, was meinst du dazu? Ob ich das schaffe? Und ob die mich da überhaupt wieder aufnehmen werden?"

„Super Jonas, wenn du das wirklich willst, helfe ich dir natürlich dabei. Ich finde es großartig, dass du dich so schnell wieder gefangen hast. Aber warten wir erst noch etwas ab. Bald ist Sommer mit den langen Sommerferien und danach beginnt das neue Schuljahr. Wenn du dann immer noch Lust hast, ziehen wir es durch. Vorher musst du aber unbedingt deine Therapien beginnen." Jonas zog sein Gesicht zu einer Fratze zusammen. "Ich weiß, Jonas, solche Sitzungen sind nicht angenehm für dich, aber du musst versuchen zu lernen, dich zu kontrollieren. Es geht um dein Gehirn und dein Leben, nimm es nicht zu leicht."

„Mein Gehirn. Ich weiß, etwas funktioniert da nicht. Ich muss die Insula trainieren um mehr Empathie zu fühlen. Ich werde bestimmt hingehen. Kommst du beim ersten Mal mit, Timo? Allein hab ich doch etwas Schiss. Kannst du das verstehen? Ich fühl mich noch so unsicher mit allem."

„Na klar. Ich komme mit. Für mich ist es auch sehr interessant. Wir beide werden das Kind schon schaukeln. Da brauchst du keine Angst zu haben. Ich bin immer bei dir, wenn du mich brauchst. "

„Danke Timo, super!"

„Sag mal, hast du inzwischen schon einige von deinen Schulkameraden getroffen? Vielleicht kannst du mit dem einen oder dem anderen Kontakt aufnehmen. Du musst ja in ein geregeltes Leben zurückfinden und brauchst Freunde. Wenn es dir schwerfällt, mache ich es gerne für dich."

„Nein, ich möchte erst einmal nicht, vielleicht später. Ich fühl mich dafür noch nich sicher genug. Ich komm dann auf dich zu."

Frau Beckmann hatte eine Apfeltorte gebacken, es gab Café au Lait und die Konversation begann sich erst einmal um das Wetter zu drehen. Jonas sprach mit Begeisterung, wie er sich auf den heißen Sommer freut, das Freibad und die Liegewiese, um endlich braun zu werden, was er die letzten vier Sommer versäumt hatte.

„Ach, Jonas, ich habe heut mein Handy vergessen. Kannst du mir bitte deins kurz leihen, ich muss in der Klinik anrufen." Mit einem Grienen reichte es Jonas seinem Betreuer.

„Du brauchst nicht extra rauszugehen, du kannst ruhig hier nachschaun, mit wem ich seit dem letzten Mal telefoniert habe. Mir macht's nichts aus, wenn du mich kontrollierst. Das ist doch dein Job. Du brauchst mir nich innen Arsch zu kriechen, mache ich bei dir ja auch nicht. Ich würde mich ehrlich freuen, wenn wir gute Kumpels werden." Fast wären Dr. Feldmann Tränen in die Augen getreten, aber er wusste auch, dass er Jonas noch nicht voll vertrauen durfte, obwohl er es zu gerne wollte. Es würde noch ein langer steiler Weg werden, bis sich Erfolge einstellen könnten.

„Also, wenn der hohe Herr es mir erlaubt, schaue ich mal kurz in dein Handy." Jonas hatte niemanden angerufen und auch keine Anrufe erhalten, das beruhigte Dr. Feldmann. Oder auch nicht.

„Als wir dich abholten, sprachen wir nach dem Essen über dein Handy und du meintest, dass du gerne eins hättest. Ich dachte, du würdest es auch benutzen." Dass Jonas es damals nur haben wollte, um seinem Bewacher glauben zu lassen, dass er niemanden anrief, brauchte er dem Doktor ja nicht aufs Butterbrot zu schmieren.

„Ich benutze die Apps, um Musik zu hören und um mich zurecht zu finden und wann die nächste Bahn kommt. Hast du gesehen, ich hab mir sogar eine geile Bibel-App installiert und ein Online-Kurs, ‚Mit Gott reden'." Jonas grinste Dr. Feldmann frech ins Gesicht.

„Für mich, damit ich dir über den Weg traue?" Dr. Feldmann kniff Jonas ordentlich in den Nacken. „Redest du denn da auch mit Gott und was sagt er dir denn so Tolles? Hast du etwa auf diese Art und Weise deine positiven Diagnosen erhalten, um das Heim früher verlassen zu können?" Dr. Feldmann war nachdenklich geworden.

„Na klar Timo, was denkst du denn?" Jonas lachte laut auf. „Alle habe ich damit um den kleinen Finger gewickelt. Gott liebt alle Menschen und wir sollen ihm nacheifern und auch unsre Feinde lieben und unsere linke Backe hinhalten", kicherte Jonas wie ein kleines Mädchen. Dr. Feldmann tätschelte Jonas auf den Rücken. Er war sich nicht im Klaren, was er aus dieser Antwort machen sollte. Hatte Jonas tatsächlich mit solchen Tricks seine Entlassung erreicht? Oder hatte er sich nur ihm gegenüber über die Ärzte dort lustig machen wollen. Intelligent war sein Patient, das war Dr. Feldmann klar.

„Ich hoffe aber, dass die Sache mit der Schule echt ist, das war nämlich wirklich gut."

„Ja, das war ehrlich gemeint, das kannst du mir glauben, Timo." Beide klatschten sich ab und Dr. Feldmann hatte das Gefühl, nein, es drängte sich ihm auf, in so kurzer Zeit einen guten Schritt mit seinem Patienten vorwärts gekommen zu sein, dass der über die Zeit im Heim schon scherzen konnte. Für Jonas bedeutete es, der Wachhund würde nicht mehr so wachsam sein.

Seinen ehemaligen Lehrer wollte er eigenhändig den Lichtschacht herunterwerfen und das Aufklatschen am Steinboden erleben, das Blut spritzen sehen und seine Schreie, sein Stöhnen hören, wenn er nicht mehr aufstehen konnte. Er würde sich etwas Teuflisches ausdenken, damit es klappte.

„Noch etwas Timo, wegen Judo. Du hast mir letztes Mal doch gesagt, am Anfang muss man immer und immer wieder das Fallen üben. Warum muss man das üben? Kann denn beim Fallen überhaupt etwas passieren, ihr habt ja Matten, da fällt man doch weich."

„Nein, eigentlich kann nichts passieren. Es gilt halt so zu fallen, dass man sich beim Aufschlagen nicht verletzt, sich abrollt und sofort wieder aufstehen kann, um weiter zu kämpfen, denn sonst hat man ja verloren. Es kommt schon mal vor, dass sich Anfänger beim Fallen etwas weh tun, das ist aber selten. Keine Angst! Ich zeige dir, wie es richtig gemacht wird."

„Angst hab ich doch nicht", strahlte Jonas Dr. Feldmann an. „Hab nur mal gehört, dass man sich was brechen könnte, Rückenwirbel oder so und dann für ewig querschnittsgelähmt ist."

„Nein, das ist mir nicht bekannt, aber passieren kann immer etwas. Ich habe von einem japanischen Sportlehrer gehört, der beim Abschwung vom Reck, glaube ich war es, so unglücklich auf die Matte gefallen ist, dass er für sein Leben querschnittsgelähmt war."

„Vom Reck, also nur von so ein meterfünfzig Höhe?"

„Ja viel mehr war es wohl auch nicht."

„Wie lange hat er noch gelebt?"

„Ich weiß es nicht, noch ziemlich lange, aber er war sein ganzes Leben an den Rollstuhl gefesselt und litt lange unter Depressionen. Er wollte sich sogar mehrere Male deswegen umbringen."

„Nun hört ihr beide doch bitte endlich auf mit solchen traurigen Geschichten. Es gibt noch Apfeltorte und genug Kaffee in der Kanne. Langen Sie bitte ordentlich zu, Herr Dr. Feldmann und du auch, Jonas." Der griff sofort nach einem großen Stück Kuchen, stopfte es sich, wie übermütig, in den Mund und überlegte dabei, ob er den Giftzwerg nicht lieber vom ersten Stock auf den Steinboden im Erdgeschoß werfen sollte, als vom dritten, sonst kratzte er ihm womöglich noch sofort ab und davon hätte er ja nichts. Er wollte ihn leiden sehen, möglichst lange und sich daran erfreuen.

„Du Jonas, an was Schönes denkst du denn gerade? Dein Gesicht schaut aus, als ob du mit dir und der Welt zufrieden bist."

„Ja, das bin ich auch, Timo, weil ich zu Hause bin und mir Mamas Torte so mega geil schmeckt", brachte Jonas mit vollem Mund heraus, dass ihm die Kuchenkrümel nur so aus dem Mund flogen. „Und dass du auch hier bist und dass morgen wieder die Sonne scheint."

KAPITEL 11

FRÜHLING, PAUL HEINZE

Der ältere Herr war Stammgast im ‚Wiener Eck' und deshalb belästigte ihn niemand, wenn er am Sonntag stundenlang vor einer Tasse Kaffee saß und in irgendeinem Buch las. Als sich ihm eine Dame im dunkelblauen Kostüm und dezenter Perlenkette näherte, bemerkte er sie nicht, so vertieft war er in seine Lektüre, bis sie ihm leicht auf die Schulter klopfte.

„Guten Tag Herr Heinze, wieder am Studieren? Ich hoffe, ich störe Sie nicht dabei."

„Guten Tag, liebe Frau Thomsen. Entschuldigung, ich habe Sie gar nicht kommen gehört. Sie sehen heute wieder bezaubernd aus, das Kostüm steht Ihnen sehr gut. Setzen Sie sich doch bitte. Was darf ich Ihnen bestellen?" Herr Heinze klappte das Buch zu und legte es vor sich auf den Tisch.

„Gern einen Cappuccino und auch gerne ein Stückchen von der Erdbeertorte, wenn ich darf; die blickte mich in der Theke am Eingang so verführerisch an. Aber eigentlich ist es ja meine Einladung."

„Ach was, gönnen Sie sich gerne ein Stück Kuchen, ich nehme auch eins. Die Torten sind hier alle handgemacht und schmecken vorzüglich. Sie haben den weiten Weg hierher gemacht, eigentlich hätte ich zu Ihnen kommen müssen. Aber Sie wollten mich ja unbedingt hier treffen."

„Ich gehe gerne mal aus dem Haus. Das ist hier ein schönes Eckchen, in einem Park gelegen und gar nicht weit von Ihrer Wohnung, soweit ich weiß."

„Das stimmt, ich bin auch gerne hier. Ich genieße den Park mit den schönen Linden, schaue zu, wie die Kinder spielen und entspanne mich beim Lesen. Wie geht es Ihrem Gatten?"

„Bei uns ist es wie immer. Ich habe meine Hausarbeit und René macht seine Spaziergänge und freut sich auf die nächste Schachpartie mit Ihnen. Es ist geheim, also psssst", dabei hielt sie lächelnd ihren Zeigefinger über ihre Lippen, „er hat sich neulich ein Schachbuch gekauft und studiert es fleißig."

„Na, dann werde ich wohl nächstes Mal eins auf die Mütze bekommen", schmunzelte Herr Heinze.

„Und was lesen Sie gerade, es scheint Sie ja sehr zu fesseln. Sie haben gar nicht bemerkt, dass ich gekommen bin."

„Entschuldigen Sie, Frau Thomsen, meine Unaufmerksamkeit. Ich lese gerade in einem Roman über einen jungen Judoka, der, um sich zu beweisen, Leute überfällt und dabei verbotene Judotechniken anwendet, die zu körperlichen Schäden, ja sogar zum Tode führen könnten. Er möchte feststellen, ob seine Schläge und Tritte wirklich den gewünschten Erfolg erzielen, das allein ist wichtig für ihn. Wer seine Opfer sind, ist ihm dabei egal."

„Also wieder etwas über Gefühlskälte, etwas, dass Sie seit vier Jahren bewegt und nicht loslässt."

„So ist es. Der Junge im Roman hat in seiner frühen Kindheit den Vater verloren, den er bewundert hatte, und sein Leben hat dadurch einen Knacks bekommen. Seit dieser Zeit zeigt er psychopathische Erscheinungen, wie den Verlust an Empathie. Damit gleicht er meinem ehemaligen Schüler Jonas wie aufs Haar, denn auch dessen Vater ist von heute auf morgen aus seinem Leben verschwunden. Er hat über Nacht Frau und Sohn verlassen. Von diesem Trauma, scheint mir, hat sich Jonas nie wieder erholt, denn er vergötterte seinen Vater. Nach dem Verlust seines geliebten Vaters hat sich ein Schleier um sein Gehirn gelegt."

„Und wie geht die Sache im Buch aus?"

„Gut, wie leider nur in Romanen. Sein Judolehrer führt ihn mit ostasiatischen Weisheiten zurück ins wirkliche Leben. Die Therapie ist wohl, dass der Junge über den Inhalt reflektieren musste und somit nach und nach erkannte, was richtig und was falsch war und er somit Empathie und Verständnis für andere Menschen wiedergewann. Natürlich trifft er auch ein Mädchen und wie das so ist, in der Liebe zu ihr gewinnt er auch das Mitgefühl für seine Umwelt wieder. Liebe spielt in vielen Romanen eine tragende Rolle. Sie steht fest zu ihm und will ihm den Start in ein neues Leben ermöglichen. – Aber sprechen wir über etwas Anderes, wie geht es bei Ihnen zu Hause?" Frau Thomsen seufzte.

„Ich bin sicher, dass meine Schwiegertochter sich von unserem Sohn scheiden lassen will. Es ist im

Augenblick allein meine Enkelin Kira, die die beiden irgendwie zusammenhält. Wenn Rita nach der Scheidung Kira zugesprochen bekommt, wird das ein Schock für meinen Sohn Christian sein, denn er hängt an seiner Tochter. Und für meinen Mann. Aber ich habe Christian schon hundertmal gesagt, einer muss in seinem Beruf zurückstecken, sonst geht alles auseinander. Er kann nicht fast jeden Abend bis spät im Büro hocken und seine Frau vernachlässigen."

„Aber es ist doch Ihre Schwiegertochter, die die Scheidung will, nicht Ihr Sohn. Also, warum sollte ihr in dem Fall überhaupt Kira zugesprochen werden?", gab Herr Heinze zu bedenken.

„Ich weiß nicht, wie das alles funktioniert, aber ein Rumgezerre um das Kind wäre das Allerschlimmste. Kinder sind bei Scheidungen immer die Leidtragenden."

„Beide sollten sich für ein paar Tage frei nehmen und irgendwo hinfahren, wo sie sich in Ruhe über ihr zukünftiges Leben klar werden sollten. Ich glaube, beide sind zu überarbeitet."

„Da haben Sie sicher Recht. Können Sie nicht einmal mit Christian darüber sprechen, Herr Heinze?"

„Ich weiß nicht, ob ich mich da einmischen kann. Ihr Sohn ist schließlich mein Chef und persönlich stehen wir uns nicht so nahe, dass ich mit ihm seine Eheprobleme diskutieren könnte. Was meint denn Ihr Herr Gemahl dazu?"

„Wie Sie wissen, René hält große Stücke auf Sie. Für ihn sind Sie nicht nur ein Fahrer im Geschäft seines Sohnes, für ihn sind Sie ein guter Freund. Es hat ihn sehr beeindruckt, als Sie ihm einmal erzählt haben, dass Sie für eine alleinstehende Mutter eine Patenschaft über tausend Euro monatlich übernommen haben. Läuft die Sache eigentlich immer noch?"

„Im Augenblick ja, aber es könnte sein, dass sich die Situation bald ändert. Der Betrag geht an die Mutter meines ehemaligen Schülers und es scheint, als ob er unter Umständen probeweise bald entlassen werden könnte, oder schon ist, wie mir gesagt wurde. Die Therapien haben anscheinend angeschlagen, aber genaueres weiß ich nicht. Ob ich danach die Zahlungen weiterlaufen lasse oder damit aufhöre, das werde ich später entscheiden. Ich wäre der glücklichste Mensch der Welt, wenn sich seine asozialen Persönlichkeitsstörungen ganz langsam in Richtung Normalität bewegen würden, denn ich hoffe immer noch, dass er kein vollkommener Psychopath ist. Das wäre schlimm!"

„Es ist Ihnen sicherlich bekannt, dass gewalttätige Psychopaten kaum geheilt werden können, sie werden immer eine Gefahr für sich und ihre Mitmenschen bleiben."

„Ja, ich weiß das, Frau Thomsen, aber ich hoffe immer noch, dass ich mich damals geirrt habe und er kein gewalttätiger Psychopath ist, sondern nur eine schwere Verhaltensstörung hat, die berichtigt werden kann. Es gibt schon verschiedene Therapien, wie man das Gehirn wieder in die rechte Bahn rücken kann. Die Verantwortlichen haben ihn als einen Psychopathen diagnostiziert und damit war sein Schicksal besiegelt. Ich habe ihn seiner Mutter weggenommen. Sie hat um ihn gekämpft, wie ich es damals hätte tun sollen, sogar ein positives Gutachten konnte sie vorlegen. Aber es hat alles nichts genutzt, er wurde weggesperrt. Es ist alles meine Schuld. "

„Wir haben schon einige Male darüber gesprochen, Herr Heinze, lassen Sie uns also abwarten, was geschieht, wenn er aus dem Heim kommt. Werden Sie ihn treffen, wenn er entlassen wird?"

„Nein, auf keinen Fall. Aber was ich machen werde, ich werde mich mit seinem Betreuer in Verbindung setzten. Ich muss nur herausbekommen, wer es ist. Das hat man mir nicht mitgeteilt."

„Wenn es Ihnen recht ist, werde ich gerne einmal in meiner ehemaligen Arbeitsstelle nachfragen, wer als Betreuer in Frage kommen könnte. Das kann ja nicht jeder x-Beliebige machen, es ist eine verantwortungsvolle und schwierige Aufgabe."

„Das wäre sehr lieb von Ihnen. Es ist eine moralische Verpflichtung, ich kann ihr nicht entgehen. Es war meine Schuld, dass ich das Wesen seines Verhaltens nicht sofort erkannt habe. Vielleicht hätte dann alles einen anderen Weg genommen." Herr Heinze rieb nachdenklich sein Kinn, ehe er fortfuhr: „Noch eins abschließend, liebe Frau Thomsen. Ich habe mich sehr mit psychopathischer Problematik beschäftigt und habe von speziellem therapeutischen Trainingsprogrammen gehört, mit dem die Psychopathen üben können, Gefühle zu spüren und zu steuern, was für ihre fehlende Selbstkontrolle notwendig ist. Die Spiegelneuronen müssen aktiviert werden. Es ist wichtig, dass sie Angst verspüren, denn weil sie keine Angst oder Emotionen kennen, begehen sie schreckliche Dinge."

Während sich die beiden unterhielten, hatte die Bedienung mit einem freundlichen Lächeln unbemerkt den Cappuccino und auch die zwei Stücke Erdbeertorte vor sie auf den Tisch gestellt.

„Wenn Sie bei dieser Angelegenheit so freundlich sind, mir zu helfen, Frau Thomsen, bin ich auch gern bereit zu versuchen, mit Ihrem Sohn zu sprechen. Zu Ihrer Schwiegertochter habe ich allerdings einen besseren Draht, sie ist zu mir immer offen und herzlich, fast wie zu einem lieben Onkel."

„Sie nehmen mir das Wort aus dem Mund, Herr Heinze. Ich wollte Sie nämlich heute bitten, auch mit meiner Schwiegertochter zu sprechen, denn ich vermute als Frau, dass sie mit unserem Sohn nicht zufrieden ist, ich meine auf sexuellem Gebiet. Wenn er nachts endlich einmal zu Hause ist, fällt Christian todmüde ins Bett und nichts passiert. Natürlich kann das auch umgekehrt sein, aber ich glaube, es liegt mehr an Christian. Es wäre natürlich besser von Frau zu Frau zu sprechen, aber meine Schwiegertochter hatte von Anfang an nie einen guten Draht zu mir. Vielleicht liegt die Schuld auch bei mir, dass wir uns nicht verstehen. Ich weiß es nicht."

„Ich muss Ihnen gestehen, Ihre Schwiegertochter hat mich kürzlich auf diese Angelegenheit angesprochen. Ich war selbst erstaunt darüber, weil wir eigentlich keinen engen Kontakt haben. Es ist so, wie Sie sagen, ihre Schwiegertochter ist mit ihrem Eheleben nicht zufrieden und es gibt einen Mann, der sie auf

Händen trägt und sie unbedingt heiraten will. Was sich für ihre Schwiegertochter bisher wie ein Traum gestaltete, soll nun plötzlich Realität werden und in diesem Augenblick weiß sie nicht mehr, was sie machen soll. Ich glaube, sie liebt Ihren Sohn immer noch, das kann ich Ihnen versichern. Und natürlich will sie auch Kira auf keinen Fall verlieren. Ich habe Ihrer Schwiegertochter geraten, eine Auszeit zu nehmen, um mit sich und ihrem Leben klar zu kommen. Mein Gefühl ist, dass sie gerne mit Ihrem Sohn zusammenbleiben möchte, wenn er sich ihr gegenüber ändert und ihm nicht sein Geschäft vorgeht."

„Herr Heinze, ich danke Ihnen vielmals, dass Sie mit meiner Schwiegertochter so ausführlich gesprochen haben, das werde ich Ihnen niemals vergessen. Ich tue nun meine Mutterpflicht und unterhalte mich mit meinem Sohn und ich werde einiges einfließen lassen, was ich heute von Ihnen gehört habe. Ich hoffe, Sie erlauben es mir, lieber Herr Heinze?"

„Natürlich Frau Thomsen, aber bitte diskret. Doch jetzt essen wir endlich unseren schönen Kuchen und trinken den inzwischen kaltgewordenen Kaffee," lachte Herr Heinze. „Beenden wir unser konspiratives Treffen und sprechen wir über etwas Positives, das Wetter zum Beispiel, das sich ja ganz gut anlässt."

„Lieber Herr Heinze, wenn Sie nicht da wären. Ich hoffe, Sie bleiben uns als guter Freund der Familie für immer erhalten."

KAPITEL 12

FRÜHLING, MARIO ROSSI

Dass Rita auf ihren Geliebten warten musste, war bisher nie vorgekommen, aber für diese Verabredung hatte sie eine SMS erhalten, dass er sich leider etwas verspäten wird, es gab Stress in seiner Klinik. Rita hatte sich an einen Tisch am Fenster gesetzt, um das Treiben auf der Straße zu beobachten, aber sie sah hindurch. Als der Ober kam, bestellte sie automatisch einen Orange Martini als Aperitif und sah weiterhin ohne Interesse auf die vorbeihuschenden Passanten und den Verkehr auf der Straße. Auf die Treffen mit Mario hatte sie sich stets gefreut, doch heute lag ein Schatten darauf. Zwei Nächte hatte sie mit ihm verbracht und es war schön gewesen, aber heute Abend wollte sie wieder nach Hause, Kira sehen, mit ihr schmusen und sich irgendwie doch wieder heimisch fühlen. Erst als er bereits dicht vor ihr stand, bemerkte sie ihn.

„Guten Abend, mein Schmetterling, so in Gedanken versunken? Ich hoffe, dich nicht zu lange warten gelassen zu haben." Was mit einem Kuss auf ihren Nacken besiegelt wurde.

„Was wollen wir essen? Ich sterbe vor Hunger und den Neuigkeiten, die ich dir berichten muss." Mario angelte sich eine Speisekarte. "Hast du dir schon etwas ausgesucht, Mon chérie?"

„Ich nehme das Iberico-Schwein mit grünen Bohnen und Essigschalotten. Und du, Mario?"

„Ich denke an Bärlauch-Ravioli mit Grillgemüsefüllung und Parmesanschaum." Nachdem die Bestellung aufgegeben und mit einer Flasche Wein aus dem Rheingau abgerundet worden war, konnte sich Mario Rossi nicht mehr zurückhalten und sprudelte los.

„Also, das mit unserer Hochzeit klappt. Ich habe mit einem italienischen Pater gesprochen, der in der barocken Schlosskirche Buch, die wir dafür mieten könnten, die Hochzeitsmesse feiern wird. Er stammt auch aus Süditalien, aus Salerno, wie mein Vater und das hat sehr geholfen. Er versteht meine Situation. Er hat mir ein Hochamt versprochen, also das ist eine sehr feierliche Messe bei uns Katholiken, und er wird sich dazu noch einen weiteren Pater holen. Zwei Priester werden also die Hochzeitsmesse zelebrieren, mit Weihrauch und allem Drum und Dran. Als das meine Mutter hörte, war sie vor Glück den Tränen nahe. Er wird auch für einen Organisten sorgen und die Glocken der Kirche werden läuten. Von Freunden hier kenne ich zwei süße Zwillinge, Junge und Mädchen, fünf Jahre alt. Die beiden können mit Kira Blumen streuen. Das wird für uns beide eine Traumhochzeit werden. Von meiner Seite kommen so fünfundvierzig Leute und meine Eltern und wie sieht es bei dir aus?"

„Ich habe noch gar nicht darüber nachgedacht. Meine Eltern werden bestimmt kommen und sicherlich auch einige Kollegen und Kolleginnen aus dem Krankenhaus.“

„Die Hochzeit wird nach katholischem Ritus vollzogen, mit Eheversprechen und so weiter. Aber das ist nur nach außen hin, also für meine Eltern“, fuhr Mario Rossi ohne Pause fort. „Du bleibst, was du bist und auch das Kira nicht getauft ist, wird übersehen. Eine Glocke für die Kirche des Paters in seiner Heimatgemeinde hat das Wunder vollbracht.“ Mario Rossi war vor eigener Begeisterung so aufgebracht, dass seine herumfliegenden Hände beinahe sein Weinglas umgeworfen hätten.

Nach einer Verschnaufpause setzte er wieder an. „Die Kirche liegt etwas außerhalb von Berlin nahe der S-Bahn-Station Buch. Weißt du wo das ist?“

„Ja, ich kenne die Gegend etwas und ich glaube, ich habe dort auch einmal beim Vorbeifahren die barocke Kirche gesehen.“

„Nicht weit von der Kirche befindet sich das Stadtgut Berlin Buch. Es ist ein elegantes Hotel mit Restaurant und einer Scheune als Festsaal. Ich habe die Weinkarte gesehen, wirklich exquisit! Die Scheune wird sich ausgezeichnet für die Hochzeitsfeier danach eignen, das meinte meine Mutter auch. Es ist tatsächlich ein riesiger Essraum. Sie hat sich gleich an den Chefkoch gewandt und das Hochzeitsmenü besprochen. Wegen ihr könnte die Hochzeit schon morgen von statten gehen.“ Inzwischen war das Essen gekommen. Für einen Augenblick herrschte Ruhe, nachdem sich beide einen guten Appetit gewünscht hatten und sich über ihre Teller hermachten.

„Und wie sieht es bei dir aus, Rita?"

„Entschuldige Mario, ich bin noch nicht ganz so weit, wie du. Es läuft zu Hause nicht alles glatt, wie du weißt. Ich habe inzwischen mit unserem Fahrer Herrn Heinze gesprochen, wie ich ja letztes Mal vorgeschlagen hatte. Ich habe ihm unsere Situation erklärt und meine Liebe zu dir gestanden. Es war ein sehr langes Gespräch unter vier Augen und er hat mir versprochen, dass er es vertraulich behandeln wird. Seine Meinung ist, ich soll mein Leben so leben, wie ich es für richtig empfinde. Er hat mir aber weder zu dem Einen, noch zu dem Anderen geraten. Ich sollte vielmehr langsam an die Sache herangehen, nichts übereilen und mir alles gut überlegen."

„Überlegen, was gibt es denn da noch zu überlegen? Ich fühle doch, dass du mich liebst und zu mir gehörst."

„Ja, ich weiß, die Zeit mit dir kommt mir immer wie ein Geschenk vor, wie wunderbare Ferien vom Alltag. Aber nach dem Gespräch mit Heinze denke ich doch, es ist gut, wenn ich von allem erst einmal etwas Abstand nehme. Es ist alles zu hastig. Meine Arbeit im Krankenhaus, der stetige Stress dort, die Abende mit dir, die Besuche zu Hause. Das kurze Wiedersehen mit meiner Tochter, ein schnelles Abendessen mit Kira und meinen Schwiegereltern, unruhiger Schlaf, darauf wieder stressige Arbeit im Krankenhaus und alles fängt von vorne an. Ich muss einfach einmal abschalten, hat mir der Heinze geraten. Ich soll versuchen, für ein paar Tage nur ich zu sein. Und das finde ich einen sehr guten Rat von ihm." Das bisher freundliche Gesicht des Dr. Rossi zeigte eine leichte Röte.

„Den Stress, den du jetzt hast, kann ich nur zu gut verstehen, mein Liebling. Aber wenn wir beide erst einmal zusammen sind, hast du ein entspannteres Leben. Ich werde dich auf Händen tragen."

„Ja Mario, das weiß ich natürlich." Rita legte Messer und Gabel auf die Tischdecke und blickte Mario entschlossen in die Augen.

„In Kürze gibt es ein Seminar in Mainz, das ich gerne aus beruflichem Interesse besuchen möchte. Es geht für zwei Tage und neben den Vorträgen und Diskussionen habe ich genügend Zeit, über mich und uns beide nachzudenken. Herr Heinze findet das eine gute Gelegenheit, etwas zu relaxen und hat mir sehr dazu geraten." Die Röte in Marios Gesicht war stärker geworden und seine Augen hatten ihren geheimnisvollen Glanz verloren.

„Und du willst ohne mich zwei Tage nach Mainz fahren? Ich mache mich hier frei und wenn du nach den Seminaren Zeit hast könnten wir mit dem Schiff ein Stückchen den Rhein herunterfahren, vielleicht bis nach Rüdesheim und dort in der Drosselgasse bei einem Glas Wein alles besprechen. Das wäre doch was!"

„Mario, du verstehst nicht. Ich muss ganz einfach einmal für mich alleine sein, von allem ausspannen. Das habe ich nach dem Gespräch mit Heinze eingesehen. Ich muss wissen, was ich wirklich will."

„Und wie wird deine Entscheidung danach aussehen? Du hast dich schon entschieden. Oder etwa doch noch nicht? Hat etwa euer Chauffeur dir einen Floh ins Ohr gesetzt und versucht uns jetzt zu trennen? So kurz vor unserer Hochzeit."

„Mario, so ist das auf keinen Fall und eine Hochzeit ist doch noch gar nicht angesetzt. Es war ein vollkommen offenes Gespräch und er hat auch viel Verständnis für meine Lage. Aber aus einem Stress heraus etwas zu entscheiden, ist nicht der richtige Weg, wenn es um einen Entschluss für das Leben geht, riet er mir und so sehe ich das jetzt auch." Die anfangs so heitere Atmosphäre hatte sich immer mehr verdüstert und beide hatten keinen Appetit auf den Nachtisch, als die Bedienung danach fragte.

„Und wie ist es mit uns heute Abend, kommst du wieder zu mir?" Marios Stimme war rau geworden.

„Ich habe schon zwei Tage meine Tochter nicht mehr in den Arm genommen, ich möchte heute Nacht bei Kira sein. Das kannst du sicher verstehen."

„Ja, natürlich verstehe ich das, mein Täubchen. Und morgen?"

„Lass uns morgen telefonieren. Heute bin ich zu müde, um klar denken zu können."

Als Mario Rossi allein zum Parkplatz ging, ließ ihn der Gedanke nicht los, mit Heinze von Mann zu Mann sprechen zu müssen. Wo der wohnte, das sollte er leicht herausbekommen. Was hatte sich überhaupt so ein Auslieferer von irgendwelchen Dokumenten zwischen ihn und Rita zu drängen und auch noch moralische Ratschläge zu geben? Was ging einen Außenstehenden ihre Liebe an? Dass Rita ihn, Mario Rossi, liebte, das stand für ihn außer Frage. Die Ehe mit ihrem Mann existierte überhaupt nicht mehr. Eine zerbeulte Coca-Cola Dose, die an einer Hauswand lehnte, kickte er ärgerlich auf die Straße, wo sie scheppernd liegen blieb.

Als er vor knapp einem Jahr Rita zum ersten Mal sah, wusste er sofort, dass sie für ihn bestimmt war.

Es war nicht ihre Figur, nicht die Haare oder Augen und auch nicht das immer etwas angespannte Gesicht. Es war etwas, das von ihr ausging und ihn fesselte und nicht mehr losließ. Wie groß war seine Freude gewesen, als sie sich zu einem ersten Abendessen verabredeten, denen darauf immer häufiger welche folgten. Zunächst sprachen sie über medizinische Probleme, sie im Krankenhaus und er mit Unfallopfern, aber schon bald berührten ihre Gespräche auch Persönliches. Dass Rita schließlich bei ihm übernachtete, war für ihn nur folgerichtig, denn sie hatte öfters über die Gefühlskühle ihres Mannes geklagt. Gerade nach einem anstrengenden Tag, brauchte sie etwas Empathie. Und alles dies war nun von irgendeinem herbeigelaufenen Chauffeur infrage gestellt worden.

Mario Rossi stieg die Zornröte ins Gesicht. Gleich morgen wollte er sich darum kümmern, zunächst dessen Wohnung ausfindig zu machen und dann würde er mit ihm Klartext reden.

KAPITEL 13

Es war Sonnabend und die Sonne schien mit aller Macht vom Himmel. Es würde wieder ein heißer Tag werden. Herr Thomsen und seine Frau deckten den Frühstückstisch auf dem Balkon für fünf Personen, denn Christian, seine Frau Rita und Kira wurden zum Frühstück erwartet.

Obwohl Kira erst fünf Jahre alt war und sich bei Tisch oft wie der Zappelphilipp benahm, hatte Frau Thomsen heute den Tisch mit ihrem Lieblingsporzellan gedeckt, Meissner Zwiebelmuster-Porzellan.

Rita war schon lange nicht mehr bei ihnen gewesen, daher sollte es heute etwas festlich sein. Es war schon beinahe elf Uhr, aber ihre Gäste waren immer noch nicht eingetroffen.

„Wenn sie nicht bald kommen, werden die Pfannkuchen kalt", rief seine Frau von der Küche. Herr Thomsen wurde unruhig, beugte sich über den Balkon, aber auf der Straße war noch immer nicht das Auto von seinem Sohn zu erkennen.

„Du Liebes, ich komme immer noch nicht darüber hinweg, dass Paul Heinze nicht mehr da ist. Wie ist es nur möglich, dass jemand durch einen Zufall so plötzlich aus dem Leben gerissen wird? Es war doch ein ganz normaler Sonntagvormittag. Ich saß wie immer gemütlich beim Frühstück und schaute das Morgenprogramm, du warst bei deiner Mutter im Altenheim und Christian verlebte endlich einmal das Wochenende bei super Wetter mit Frau und Tochter. Paul wollte gerade zum Boccia spielen. Und auf einmal …“

„Es trifft jeden früher oder später, oft eben unerwartet“, kam es aus der Küche mit einem Seufzer. „Der Tod von Paul geht mir auch sehr nahe, das kannst du mir glauben. Er war doch so oft unser Gast, wenn ihr beide Schach gespielt habt. Und die Abende, wo wir drei gemütlich Abendbrot gegessen haben, werde ich bestimmt nie vergessen. Er war ein ausgemachter Gentleman und immer ein angenehmer Gast. Ich mochte ihn sehr.“

In das betretene Schweigen erklang die Klingel.

„Endlich, sie sind da“, rief Herr Thomsen erleichtert aus, lief eilig zur Tür und als er sie öffnete sprang Kira an ihm hoch und umarmte ihren Opa wie eine Schlange.

„Hallo meine Kleine, wie geht es dir an diesem schönen Samstagmorgen, meine liebe Kira?“ Beim Herzen bemerkte er, dass nur zwei Gäste gekommen waren. „Wo ist denn Rita? Ist sie wieder nicht mitgekommen?“

„Sie will später nachkommen. Sie ist müde und hat eine leichte Migräne. Es ist immer zu viel zu tun im

Krankenhaus und auch noch der Bereitschaftsdienst nachts. Manchmal kommt es mir vor, als ob ich alleinerziehender Vater wäre. Und dabei steht mir die Arbeit im Geschäft bis zum Hals. Wir sollten schon erst einmal mit dem Frühstück anfangen, hat sie mir auf den Weg mitgegeben. Also lasst uns beginnen."

Als alle vier um den gedeckten Frühstückstisch saßen drehte sich die Unterhaltung bald nur noch um Kiras sechsten Geburtstag, der in drei Wochen anstand.

„Was wünscht du dir zum Geburtstag, mein kleines Mäuslein", fragte Herr Thomsen beim Absetzten der Kaffeetasse. Seine Enkelin lächelte ihn an. Ein spitzbübisches Schmunzeln, in das sich die Großeltern verliebt hatten.

„Ein Kaninchen, aber Papi und Mami sagen, das geht leider nicht in unserer Etagenwohnung, denn wir haben keinen so großen Balkon wie Opa und Oma."

„Ja, ich glaube, da haben deine Eltern Recht. Weißt du, Kira, so ein Mümmelchen will über Wiesen hoppeln und braucht ganz viel Platz. Das geht ja bei euch in der Etagenwohnung nicht und du willst doch sicherlich nicht, dass es sich bei euch nicht glücklich fühlt." Kira schwieg und trankt Schluck für Schluck ihren Kakao.

Süß, das kleine Schokoladenmäulchen, schmunzelte Herr Thomsen in sich hinein. Er holte sein Taschentuch hervor und wischte ihren Mund sauber.

„Wenn Mama nachher kommt, gehen wir zusammen in den Zoo und in der Streichelecke kannst du so viele Kaninchen streicheln, wie du willst." Kira nickte gedankenverloren zu ihrem Vater.

„Und was wünscht du dir von Opa und Oma?"

„Eine Geburtstagstorte wie letztes Jahr! Ich lade wieder meine Freundinnen ein und deine Torte hat sooo gut geschmeckt", entschied Kira, ohne lange zu überlegen.

„Das mache ich natürlich gerne für meine liebe Kira und eine kleine Überraschung sollst du natürlich auch noch bekommen. Wir freuen uns alle auf deinen Geburtstag."

Das Frühstück war schon lange beendet, aber Rita war immer noch nicht gekommen. Sie warteten und sprachen über Alltägliches. Christian hätte zu Hause anrufen können, aber er wollte seine Frau nicht im Schlaf stören.

„Ich rufe von unterwegs an. Wir können uns vor dem Zoo treffen. Also Kira mach dich fertig, wir wollen gleich los."

„Aber erst bitte noch eine kurze Pferdegeschichte von Opa", drängelte Kira und als Christian ihr lächelnd zunickte, hüpfte sie zum Bücherregal, zog das neue Pferdebuch heraus und setzte sich ganz dicht an ihren Opa. Wie leicht ist es doch, ein Kind glücklich zu machen, kam es ihm in den Sinn, als er die strahlenden Augen seiner Enkelin sah. Was machen Kinder nur für Freude. Ich könnte stundenlang hier auf dem Sofa sitzen und meiner kleinen Prinzessin etwas vorlesen. Dummerweise hatte er sich heute wieder mit Karl zum Schachspiel verabredet, sonst wäre er nur zu gerne mit in den Zoo gegangen. Aber jetzt zu seiner allerliebsten Kleinen.

„Also liebe Kira, das Pony springt zur Weide …

Kiras strahlendes Gesicht hatte Herr Thomsen noch vor Augen, als er sich von der U-Bahnstation kommend, in Richtung Hochhaus aufmachte.

„Hallo, da bist du ja René und fast so pünktlich wie es Paul immer war." Herr Schneider erwartete ihn vor dem Hochhaus und führte seinen Gast sofort in die Pförtnerloge. Wie letztes Mal, waren die Figuren schon aufgestellt und erwarteten den ersten Zug.

„Also heute habe ich einen französischen Rotwein vorbereitet, den können wir auch gerne während der Partie trinken und ich denke du fühlst dich dabei heimisch, mein lieber René."

„Mache dir bitte keine Umstände; aber zu Rotwein sage ich niemals nein." Während der Hausmeister die Flasche entkorkte, kam er auf den kürzlichen Unfall vor dem Hochhaus zu sprechen.

„Du René, Entschuldigung, aber ich konnte leider nicht zur Beerdigung meines Schachbruders kommen. Den schwarzen Anzug hatte ich schon an, da machte eine elektrische Leitung schlapp und ich musste leider auf die Techniker warten. Erzähle doch einmal, wie es war. Waren viele Leute da?"

„Na ja, so um die zwanzig schon, vielleicht noch mehr. Also von der Firma meines Sohnes die gesamte Mannschaft und natürlich auch sein Sohn, der die ganze Zeit schluchzte und sich immer etwas abseits hielt. Ihn muss der Tod seines Vaters schwer getroffen haben, das sah man. Andere Verwandte waren keine da. Meine Frau hat auch die ganze Zeit ein Taschentuch vor den Mund gepresst und war den Tränen immer wieder nahe. Es war alles sehr ergreifend."

„Also, ich habe eigentlich nie den Eindruck gehabt, dass der Sohn seinem Vater sehr nahestand, eher andersrum. Ab und zu besuchte er seinen Vater und kam mit einer großen Tasche. Anscheinend brachte er ihm etwas, denn wenn er zurückkam, war die Tasche leer. Sein Gesichtsausdruck war immer angespannt, nie freundlich. Auch zu mir nicht. Er fuhr stets mit seinem protzigen Mercedes Cabriolet vor und gleich auf den Parkplatz hinter dem Haus, der eigentlich nur für Anwohner bestimmt ist." Der Hausmeister nahm einen Schluck vom Rotwein und senkte seine Stimme. „Ich sah ihn zufällig kurz nach dem Unfall mit dem Vietnamesen ziemlich eng etwas diskutieren. Als er mich sah, nahm er schnell seine Hand von dessen rosa Unterhose. Kannst dir ja denken, was die dort gemacht hat. Das die das unbedingt in aller Öffentlichkeit treiben müssen, die Schweine. Können sie dazu nicht in die Wohnung gehen?" Herr Thomsen überging den Ausbruch seines Freundes.

„Was mir bei der Beerdigung auffiel, Karl, bei seinem Sohn klebte immer ein Mann, schlimmer wie eine Klette. Oft hatte er die Hand fest auf Luis Schulter gelegt. Er war stämmig und hochgewachsen, hatte lange blonde Haare, die ihm bis fast auf die Schultern reichten und grüne Augen. Zudem hatte er immer so ein Lächeln um den Mund, das zu der Situation gar nicht passte."

„Kannst du dir nicht vorstellen, Rene, dass das sein Busenfreund war? Das würde mich bei dem nicht wundern, wenn du verstehst, was ich damit meine. War wohl bei dem Vietnamesen nicht anders. Dem traue ich alles zu." Der Hausmeister grinste verschlagen, Herr Thomsen reagierte nicht auf die Bemerkung und fuhr fort.

„Sonst waren noch einige ältere Damen und Herren anwesend, vom Boccia Club, die alle nur Gutes über Paul sprachen und zwei Damen, die mir mitteilten, sie wohnten auch im Hochhaus. Weiterhin waren da noch zwei Männer, die wie zufällig etwas abseitsstanden und sich nicht rührten. Der eine hatte einen dunkleren Teint, schwarz glänzende, lockige Haare und eine gebogene Nase, während der andere fast Glatze hatte und einen Regenmantel trug, obwohl es nicht nach Regen aussah. Was mich aber besonders erstaunt hat, die Beerdigung leitete ein Priester mit Soutane, weißem Kragen und Stola, also katholisch, obwohl Paul doch evangelisch und aus der Kirche ausgetreten war. Ich weiß das, weil ich ab und zu in der Buchhaltung bei meinem Sohn bei der Lohnabrechnung aushelfe. Woher kam also der Priester? Aber dadurch war alles sehr feierlich und sogar ein schwarzweiß gekleideter kleiner Junge war dabei, der dem Priester zur Hand ging. Es war sehr emotional, als Luis beinahe wie von dem Blondhaarigen geführt oder gestoßen, zum offenen Sarg seines Vaters trat und ihn auf die Stirn küsste. Um den Sarg und selbst noch im Sarg war alles voll von Blumen. So etwas habe ich noch nie bei einer Beerdigung erlebt."

„So etwas habe ich auch noch nie gesehen. Normalerweise ist der Sarg doch währen der Trauerfeier geschlossen. Aber jetzt genug davon, lass uns auf Paul anstoßen und ihm alles Gute dort oben wünschen. In den Himmel ist er bestimmt gekommen."

„Auf Paul!" Beide standen auf und stießen ihre Gläser leicht gegeneinander.

„Weißt du übrigens, René, dass Paul früher ein Lehrer war. Ich hatte mich schon immer gewundert, warum er so gut Schach spielt, aber er war auch Mathematiklehrer, daher kam das wohl", schmunzelte Karl.

„Ja, das ist mir bekannt, Karl. Es gab wohl einen Vorfall an seiner Schule, weswegen er aufgehört hat oder aufhören hatte müssen. Aber mehr weiß ich auch nicht. Bevor er zu uns kam, war er bei einer Wachdienstfirma beschäftigt. Meine Frau hat über die Affäre in der Schule mit ihm einige Male diskutiert. Sie hat ja vor unserer Hochzeit in der physiologischen Beratungsstelle am städtischen Krankenhaus gearbeitet und ist wohl sehr an dem Fall interessiert. Er scheint nicht darüber hinwegzukommen."

Noch einmal stießen beide auf Paul an, darauf setzten sie sich. Karl nahm noch schnell eine Zigarette und eröffnete das Spiel während er sie anzündete mit seinem Bauern von d2 auf d4. René zog seinen Bauern auf d5. Karl antwortete sofort mit Springer auf f3 und sein Gegenüber platzierte den Bauern auf c5. Karl schmunzelte, er rocht die Falle und ging mit dem Läufer auf f4.

„Weißt du René, es gibt inzwischen eine neue Entwicklung in dem Unglücksfall vor dem Haus. Der

Junge wird jetzt nur noch als Zeuge betrachtet. Er hatte ja alles abgestritten und tatsächlich hat die Polizei keine Unfallspuren an seinem Fahrrad festgestellt. Dummerweise hatte die Polizei ihn nicht sofort gründlich untersucht, ich meine auf Abdrücke beim Zusammenprall, denn irgendetwas müsste er ja beim Zusammenstoß mit Paul auch abbekommen haben. Vielleicht ist er bei dem Zusammenstoß sogar vom Rad gefallen und hat sich verletzt. Seine Mutter hatte jede Untersuchung strikt abgelehnt. Da konnte die Polizei nichts machen. Bestimmt hat sie ihren Sohn geschützt und jetzt ist es zu spät, da wohl alles verheilt ist. Er war auf jeden Fall am Ort des Geschehens, will aber nichts gesehen haben. Also geht die Polizei erst einmal davon aus, dass Paul verunglückt ist, nachdem der Junge das Hochhaus passiert hat, also in einer sehr engen Zeitspanne von wenigen Minuten zwischen kurz nach elf Uhr und viertel zwölf. Aber als möglichen Zeugen können sie den Jungen jederzeit weiterhin befragen."

„Vielleicht ist Paul beim Herausgehen einfach nur gestrauchelt und so unglücklich auf den Kopf gefallen, dass er sofort gestorben ist. So etwas soll es ja geben, meinte René Thomsen, und damit zog er seinen Springer auf c6.

„Das könnte natürlich auch so gewesen sein, aber Paul war gesund und so ohne Weiteres fällt man nicht hin und stirbt. Mein Bekannter bei der Polizei hat mir berichtet, die Obduktion hätte ergeben, dass Paul durch das Aufschlagen des Kopfes auf das Pflaster tödlich verletzt wurde. Leider wird mein Freund in acht Monaten pensioniert und danach habe ich vielleicht keinen Verbindungsmann mehr bei der Polizei. Das wäre schade." Karl Schneider seufzte und genehmigte sich einen guten Schluck Rotwein.

„Auf uns Rentner, René." Beide tranken sich zu und Karl fuhr fort: „Also ich tippe immer noch darauf, dass der Junge ihn überfahren hat. Und einige von der Polizei sehen das im Augenblick auch immer noch so. Warum war seine Mutter gegen eine körperliche Untersuchung, wenn da nichts zu verbergen gewesen wäre", stellte Karl entschlossen fest und zog seinen Bauern auf e3. Renè konterte mit seiner Dame auf b6. „Du René, ich traue keinem von den Kids."

Auch dieses Spiel verlor Herr Thomsen, dieses Mal sogar schon nach zwanzig Minuten und beim Abschied wurde deswegen eine neuerliche Revenge verabredet.

Schach spielen und dabei an das Begräbnis seines Freundes zu denken, da hatte sich Herr Thomsen nun einmal nicht konzentrieren können.

Für den Heimweg nahm sich Herr Thomsen vor, noch einmal am Fenster der stämmigen Dame vorbeizugehen, vielleicht hatte sie Neuigkeiten. Und wie erhofft, von Weitem erkannte er ihr weißgraues Haar und wie sie auf ihr Kissen gestützt aus dem Fenster schaute. Herr Thomsen beschleunigte seine Schritte, aber ehe er das Haus erreichte, musste er noch einer Horde Jungs Platz machen, die kreischend den Abhang heruntergedonnert kamen.

„Hallo, guten Abend die Dame, wie geht es Ihnen heute an dem schönen Samstagabend?" Die Frau strahlte über ihr ganzes Gesicht und reckte sich noch etwas weiter aus dem Fenster.

„Danke der Nachfrage. Und wie steht es bei Ihnen, ist alles in Ordnung? Glauben Sie mir, ich wäre gerne zur Beerdigung von Herrn Heinze gegangen, aber meine Füße machten wieder einmal nicht so recht mit. Waren Sie auf dem Friedhof?“

„Ja, natürlich. Paul war mein Schachpartner und oft bei uns zu Hause, auch zum Abendessen. Meine Frau und ich haben seine Gesellschaft sehr genossen, er war ein höchst intelligenter Mensch. Wir beide vermissen ihn sehr. Wie schade, dass immer diejenigen zuerst gehen müssen, die wir am meisten mögen.“

„Ich wollte ihn eigentlich gerade an dem Tag zum Boccia spielen treffen, aber der Termin wurde abgesagt. Jetzt werde ich ihm leider nie wieder begegnen können.“

„Es gab also kein Bocciaspiel an dem Sonntag?“

„Nein, es ist leider ausgefallen, unser Leiter musste zu einer Hochzeit.“ Wenn das Bocciatreffen ausgefallen war, warum hatte Paul die Wohnung wie immer verlassen, nur aus Gewohnheit? Wohin wollte er in der Hitze gehen, überlegte Herr Thomsen.

„Die Unfallursache ist immer noch nicht abschließend geklärt“, führte er das Gespräch fort, „aber der Junge scheint wohl doch nicht involviert zu sein, wie es am Anfang hieß.“

„Bestimmt nicht, ich kenne ihn gut. Er ist ein ordentlicher Junge und wenn er den Mann wirklich angefahren hätte, wäre er auf keinen Fall einfach so abgehauen, das habe ich auch bei der Polizei klar und deutlich gemacht."

„Wissen Sie, wie er heißt und wo er genau wohnt? Ob ich einmal mit ihm sprechen könnte? Ich bin ja nicht von der Polizei. Ich will ihm natürlich auch nichts anhängen, aber vielleicht weiß er etwas, was er der Polizei aus Angst verschweigt."

„Ich möchte mich auf keinen Fall einmischen", erwiderte seine Gesprächspartnerin, „aber ich könnte einmal seine Mutter fragen. Ich kenne sie nur vom Sehen, weil sie oft ihren Sohn dabeihat, wenn ich im Supermarkt einkaufe."

„Das wäre wirklich sehr freundlich von Ihnen. Ich komme in den nächsten Tagen wieder vorbei. Ich habe mich etwas mit dem Hausmeister vom Hochhaus angefreundet, wir spielen Schach."

„Sie werden es glauben oder nicht, lieber Herr …"

„Thomson, René Thomson," warf er schnell in ihre Rede.

„Sie sind nicht der Einzige, Herr Thomsen, der mich nach dem Unfall fragt. Ein junger Mann, so um die dreißig, dunkelbraune Haare, wollte genau wissen, wie es bei dem Unfall zugegangen war. Ich sagte ihm, er soll das doch bei der Polizei nachfragen, aber er ließ sich nicht abschütteln. Ich bin übrigens Helga Wagner."

„Konnten Sie ihm irgendwie helfen, Frau Wagner?"

„Nein, schließlich habe ich auch nichts gesehen, denn als ich am Unfallort ankam, war schon alles abgedeckt. Er zeigte mir Fotos von irgendwelchen

Leuten und ob ich die hier schon einmal gesehen habe, aber ich kannte keinen von denen.“

Herr Thomsen kreuzte durch den Park in Richtung Bahnhof. Also war noch jemand hinter der Sache her, neben ihm und der Polizei, ging es ihm durch den Kopf. Natürlich erhoffte er sich nichts von dem Gespräch mit dem Jungen, aber vielleicht war er der letzte gewesen, der seinen Freund noch lebend gesehen hatte.

KAPITEL 14

FRÜHLING, PAUL HEINZE

Als Herr Heinze mit seinem Passat nach getaner Arbeit die Firma verließ, glaubte er verfolgt zu werden. Es war dämmrig geworden und einige Autos hatten ihr Licht eingeschaltet, doch der Wagen hinter ihm, der an ihm wie eine Klette klebte, folgte im Standlicht.

So etwas hatte er bisher noch nie erlebt. Es war für ihn fast wie im Film. Einmal war der Verfolger so dicht hinter ihm, dass er im Rückspiegel den Wagentyp erkennen konnte. Es war ein Lancia Delta 3, unverkennbar an der Kühlerhaube, die etwas dem BMW glich. Ein recht auffälliges Auto, das sich sicherlich nicht für eine unauffällige Beschattung eignete, schmunzelte Herr Heinze in sich hinein. Aber der Wagen blieb hinter ihm, auch als er in eine Seitenstraße abbog.

Sobald er am Straßenrand eine Lücke erspähte, wollte er es wissen. Er hielt an und fuhr vorsichtig rückwärts in die Parklücke.

Der Lancia fuhr vorbei, hielt aber etwa zwanzig Meter entfernt in der zweiten Reihe und setzte seine Warnblinker.

Natürlich hätte er zu dem Wagen gehen können und fragen was los war, aber vielleicht war das doch alles nur ein Zufall und er würde sich lächerlich machen. Er entschloss sich, weiterzufahren, nicht mehr auf den Lancia hinter ihm zu achten und er begann ‚Und heut Nacht will ich tanzen' zu summen, seinen Lieblingsschlager.

Nach etwa fünfundzwanzig Minuten hatte er die U-Bahnstation erreicht und bog in den Plattenweg ab. An der Abzweigung musste er immer gut aufpassen, denn oft standen hier Jugendliche mit ihren Fahrrädern mitten auf dem Weg und unterhielten sich, nachdem sie den Hügel herabgerast waren. Heute versperrte ihm niemand den Weg und er konnte nach wenigen Metern in den Parkplatz des Hochhauses einbiegen und den Passat auf seinem reservierten Platz abstellen. Sein Schild war wieder beschmiert. Der Hausmeister hatte es erst vor drei Tagen gereinigt. Das ging schon seit Monaten so, seitdem er dem Vietnamesen ordentlich die Meinung gesagt hatte, er solle sich was anziehen, wenn er im Hausflur herumläuft. Ob er ihm das übel genommen hatte? Oder vielmehr sein Freund Amir, der sich immer wie dessen Beschützer aufführte, recht ausfallend werden konnte und auch einmal ihm gegenüber handgreiflich geworden war. Vielleicht war es besser, sich da nicht einzumischen. Aber nur mit einem Slip im Hauseingang herumzustehen, das war doch nicht normal. Schließlich gab es auch Kinder im Haus. Herr Heinze stieg verärgert aus, schloss den Wagen ab und betrachtete lange das beschmierte Schild. Von dem Lancia war nichts mehr zu sehen und er schlenderte zum Nebeneingang des Hochhauses, der zum Parkplatz führte.

Als er den Code für die Türe eingeben wollte, hörte er ein Geräusch hinter sich und drehte sich um. Vor ihm stand ein junger gutaussehender Mann, braun gebrannt, mit schwarzen lockigen Haaren.

„Guten Abend, kann ich Ihnen helfen?", fragte Herr Heinze erstaunt über die plötzliche Begegnung.

„Ich bin sicher, dass Sie mir helfen können, Herr Heinze." Ein verbindliches Lächeln erschien auf dem Gesicht des Fremden und er machte eine galante Verbeugung.

„Sie kennen mich?"

„Darf ich mich vorstellen, mein Name ist Mario Rossi." Seine Stimme klang angenehm weich. "Sie haben bestimmt schon von mir gehört." Der Mann lächelte ihn an. Den Nachnamen hatte Paul Heinze noch nie gehört, wohl aber den Vornamen. Rita hatte mit ihm vor kurzem über ihn gesprochen. Herr Heinze fasste sich sofort und blickte ihm freundlich in die Augen.

„Wenn Sie etwas mit mir zu besprechen haben, Herr Rossi, lassen Sie uns doch nach oben in meine Wohnung gehen. Da ist es gemütlicher als hier draußen. Ich lade Sie zu einem Feierabendbier ein."

„Gerne, Herr Heinze, das ist sehr nett von Ihnen, aber ich möchte Sie und Ihren wohlverdienten Feierabend nicht stören."

„Nein, Sie stören gar nicht. Ich habe heute Abend nichts vor, kommen Sie einfach mit nach oben." Sein Gegenüber nickte und Herr Heinze ließ ihn als erster durch die Tür. Beim Vorbeigehen an der Pförtnerloge grüßte der Hausmeister mit einem lauten „Guten Abend, Herr Heinze".

Er hätte gerne noch etwas vom nächsten Schachtreffen hinzugefügt, da aber Herr Heinze einen Gast mitbrachte, was selten war, unterließ er es. Er konnte an der Anzeige erkennen, dass die beiden bis in den zwölften Stock fuhren.

„Schön haben Sie es hier, Herr Heinze, und erst der Blick über die Lichter von Berlin! Ich hätte niemals gedacht, dass unsere Stadt von oben so weltstädtisch aussieht."

„Es sieht nachts sehr schön aus und am Tag kann man bei gutem Wetter weit hinaus ins Land, bis nach Brandenburg schauen." Der Smalltalk wurde von Herrn Mario Rossi unvermittelt beendet, als er sich räusperte und zum Thema seines Besuches kam.

„Sie haben mit Rita über mich und unsere gemeinsame Zukunft gesprochen. Ich weiß, dass Rita Sie um das Gespräch gebeten hat und ich möchte die heutige Gelegenheit dazu benutzen, mich vorzustellen, damit Sie auch die andere Seite kennenlernen.

Ich heiße Mario Rossi, bin sechsunddreißig Jahre alt, unverheiratet, in Deutschland geboren und leite als Arzt eine Klinik für Unfallchirurgie. Meine Absichten gegenüber Rita sind ernst und ich sehe es als meine Pflicht an, Rita aus einer Lage zu befreien, in der sie nicht glücklich ist. Es ist ähnlich, wie in der Unfallchirurgie. Brüche oder Frakturen darf man nicht unbehandelt lassen, sonst leidet der Kranke sein gesamtes Leben daran. Nein, sie müssen unbedingt behandelt und korrigiert werden, damit der Patient sein Leben wieder genießen kann."

Mario Rossi war sichtlich von seinem Vortrag angetan und griff mit großer Geste nach dem Bierglas, das Paul Heinze inzwischen mit einer exakten Krone aufgefüllt hatte. „Ich liebe Rita und ich weiß, sie liebt mich auch."

„Das ist alles schön und gut und ich will auch nicht Ihrer Liebe entgegenstehen, aber warum kommen Sie damit zu mir? Es ist doch eine Sache nur zwischen Ihnen beiden."

„Rita scheint große Stücke auf Sie zu halten und hat mit Ihnen ihr Eheproblem besprochen. Aber entgegen dem, was Sie eben andeuteten, dass Sie nämlich unserer Liebe und Hochzeit nicht entgegenstehen, haben Sie ihr geraten, erst einmal abzuwarten, die Hochzeit aufzuschieben. Mit anderen Worten, der Bruch, unter dem Rita leidet, kann erst einmal nicht behandelt werden. Abwarten ist das Unvernünftigste, was man in so einem Fall machen kann und darf. Ich hoffe, lieber Herr Heinze, Sie sehen das auch so."

„Von der Sicht eines Unfallchirurgen ist das sicherlich richtig, was Sie mir mitteilen. Aber von meinem Verständnis der Dinge ist es immer klüger, mit einem gewissen Abstand an Veränderungen heranzugehen. Halten Sie es meinem Alter zugute, ich bin vielleicht etwas zu konservativ. Ich habe einmal in meinem Leben überstürzt gehandelt, das war mir eine Lehre." Herr Heinze griff nun auch zum Bier, hob das Glas in Richtung seines Gastes, „auf Ihr Wohl, Herr Rossi", und nahm einen kräftigen Schluck.

„Ich möchte mit Ihnen, lieber Herr Heinze, nicht lange hin und her diskutieren, was richtig oder was falsch ist. Ich liebe Rita und sie mich. Und ich möchte Sie einfach bitten, unserem Glück nicht im Wege zu-stehen."

„Das werde ich niemals tun, bestimmt nicht. Wenn sich Frau Thomsen tatsächlich zu einer Verbindung-mit Ihnen entscheidet, dann werde ich sie dazu be-glückwünschen und auch zu ihrer Hochzeitsfeier kommen, falls ich eingeladen werde." Herr Heinze nahm einen weiteren Schluck aus seinem Glas.

„Darf ich das so verstehen, dass Sie nichts gegen die Scheidung und Ritas Heirat mit mir haben?"

„Wenn Frau Thomsen sich selbst so entscheidet, na-türlich nicht. Sie hat sicherlich das Recht, ihr Leben in ihre eigenen Hände zu nehmen."

„Aber sie hat sich doch bereits entschieden, wir sind fest zusammen. Rita will weg von ihrem Mann und sie hatte gehofft, dass Sie Rita darin bestätigen. Sie hat sich in Ihnen getäuscht. Jetzt weiß sie nicht mehr, was sie machen soll und ist verzweifelt."

„Das war keineswegs meine Absicht, Herr Rossi. Frau Thomsen bat mich um einen Rat, und den habe ich ihr gegeben."

„Unter welchen Umständen würden Sie Rita zu der Verbindung mit mir raten? Ich meine, wenn zum Bei-spiel ihr Mann sich von ihr abgewendet hat und Rita mit einer anderen Frau schon lange betrügt, wie mein Rechtsanwalt herausbekommen hat. Das wäre doch ein Grund zur Scheidung."

„Ich bin ziemlich sicher, das ist nicht der Fall, Herr Rossi. Dazu kenne ich Herrn Christian Thomsen zu genau."

Mario Rossi seufzte, nahm einen Schluck Bier und schaute Herrn Heinze lange forschend ins Gesicht, ehe er langsam und betont weitersprach.

„Sie arbeiten als Fahrer bei Ritas jetzigem Mann, Herr Heinze. Ich weiß nicht, ob Sie mit der Arbeit zufrieden sind und wieviel Sie bei ihm verdienen. Das geht mich auch nichts an. Wenn ich Sie nun beschäftigen würde und Ihnen einen interessanteren Job anbiete als der jetzige und das doppelte Gehalt zahle, würden Sie in dem Fall bereit sein, Ihren Arbeitgeber zu wechseln?" Es dauerte nicht einmal zwei Sekunden, bis Herr Heinze antwortete.

„Sie können gerne noch Ihr Bier austrinken, aber danach muss ich Sie bitten, meine Wohnung sofort zu verlassen." Mario Rossi bereute das Gesagte sofort und ärgerte sich, dass er wieder einmal zu plump vorgegangen war, aber jetzt war nichts mehr zu ändern. Er schob das Bierglas zur Seite, stand abrupt auf, ging zur Tür und wendete sich noch einmal um.

„Sie haben das falsch verstanden, lieber Herr Heinze. Ich will Sie keineswegs bestechen oder zu irgendetwas zwingen. Ich dachte nur, Rita würde sich freuen in ihrem neuen Leben mit mir, auch Sie, ihren alten Freund, stets zur Seite zu haben. Ich wünsche Ihnen nun noch einen angenehmen Abend, den Weg aus dem Haus finde ich selbst. An meiner ewigen Liebe zu Rita ändert sich nichts! Auch Sie nicht."

Die Türe schlug zu und der Besucher war verschwunden, nur noch sein feiner Geruch von Eau de Toilette schwebte im Raum. Dass es wohl nicht bei diesem einen Besuch bleiben würde, da war sich Herr Heinze sicher.

Mit einem Seufzer trank er sein Bier aus, stand auf, nahm das Glas seines Besuchers und schüttete den Rest des Bieres in den Ausguss.

Mario Rossis Stimmung war auf dem Tiefpunkt als er in den Lancia einstieg. „Verflucht", brummte er in sich hinein. „Das Treffen hat nichts gebracht und wenn der Kerl von einem Chauffeur sich weiterhin stur stellt, muss ich mir etwas Neues ausdenken." Mario Rossi startete den Motor und fuhr mit Wut im Bauch los. Niemals würde er sich von so einem kleinen Angestellten, einem einfachen Fahrer, der irgendwelche Dokumente hin und her transportierte, seine Zukunft verbauen lassen. Er würde ihn rumkriegen, so oder so. Oder zumindest, dass er sein verdammtes großsprecherisches Maul hielt. Beinahe hätte er eine rote Ampel überfahren

KAPITEL 15

FRÜHLINGSENDE,
JONAS AN EINEM SONNTAG

Jonas bog nach der U-Bahnstation von der Hauptstraße in einen Plattenweg ab. Drei Jungs auf Fahrrädern versperrten ihm den Weg, er musste sich durchschlängeln. Einer der Jungs rauchte und sah ihn dabei herausfordernd stolz an. Vielleicht vierzehn, fünfzehn Jahre, schätzte Jonas. Da saß er im Knast. Die drei diskutierten über Fußball. Er ließ sie hinter sich und war bald an dem Hochhaus, das ihm Luis beschrieben hatte. Die Anzeige auf seinem Handy zeigte 11:36, gut in der Zeit, in der er hier sein sollte. Auf keinen Fall früher. Links erstreckte sich ein Park und daneben stand eine Reihe dreistöckiger Häuser. Die Frühlingssonne schien heute kräftiger, als in den letzten Tagen. Es versprach ein super Sonntag zu werden; für Jonas sein erster Arbeitstag. Tobias hatte ihm den Job vermittelt. Eine Katrin Schwarzenbach sollte im dritten Stockwerk wohnen, also durchsuchte er die unteren Namensschilder, fand was er suchte und drückte auf die Klingel.

Es vergingen einige Minuten, Jonas wurde unruhig, bis endlich eine verschlafene Männerstimme ertönte.

„Wer ist da?“

„Der Kurier von Luis.“ So hatte ihn Luis instruiert.

„Ein Kurier? Kommt er nicht selbst?“

„Keine Zeit, er hat mich geschickt.“

„Bist ja verdammt früh. Komm rauf, dritter Stock, Wohnung 3013.“ Der Türöffner summte und Jonas trat ein. Die Pförtnerloge war nicht besetzt, wie es Luis vorausgesagt hatte. Er fuhr bis zum dritten Stock, suchte nach der Nummer 3013 und klopfte. Es dauerte, bis ihm ein junger Mann mit Dreitagebart und wild zerzausten Haaren die Tür einen Spalt öffnete, während er mit der freien Hand versuchte, sich über seine Blöße Boxershorts zu streifen und dabei die Nase hochzog.

„Moin, los, komm rein“, brummte er und öffnete die Tür. Jonas trat in den Vorraum, nahm seinen Rucksack ab, öffnete ihn und reichte seinem Gegenüber ein braun umwickeltes Päckchen.

„Hat er's mit?“, rief eine helle Frauenstimme aus dem hinteren Zimmer und schon erschien eine junge Frau – splitternackt! Sie torkelte und hielt eine Zigarette zwischen ihren Lippen. Jonas hatte in seinem Leben noch nie eine nackte Frau gesehen, außer in seinen Träumen und er empfand augenblicklich eine starke Erregung. Es brannte in seinen Augen, aber wegschauen wollte er auch nicht, konnte er auch nicht. Seine Augen blieben an ihrer Nacktheit kleben.

„Bist du neu? Wo bleibt denn Luis?“, fragte sie unbekümmert und näherte sich ihm. „Wie heißt du denn, Kleiner?“

„Jonas. Luis kann heute nich, mach' für ihn Vertretung.“

Jonas versuchte seine Stimme so alltäglich wie möglich klingen zu lassen, aber es gelang ihm nicht. Seine Kehle war wie zugeschnürt, ihm wurde plötzlich heiß, er schwitzte unter den Armen.

„Schau mal, Schneemann, wie rot unser Jonas geworden ist. Ist doch süß, oder?" Mit diesen Worten stellte sie sich dicht vor Jonas und lächelte ihn an. „Wie alt bist du, mein Süßer?"

„Kaulquappe, halt die Schnauze, du notgeile Fotze. Hast noch immer nich genug Sex gehabt. Hau ab und hol die Mäuse, damit der Kerl endlich abhauen kann und mach hier nicht alle Leute an. Los, verschwinde!"

In Jonas brodelte es. Ihre Nippel standen auf den Brüsten wie kleine Nadeln. Sie war bis auf einen dünnen Strich rasiert. Die Scheide war deutlich zu erkennen, als sie beim Sprechen mit ihrem Zeigefinger ganz langsam darüberstrich und ihre Beine etwas öffnete. Spucke träufelte aus ihren Lippen.

„Ich hol schon die Lappen keine Angst, liebes Schneemännlein", flüsterte sie, wobei ihre Worte wie über unebenes Gelände stolperten. „Mir is grad sauschlecht, ich vernasch heute den kleinen süßen Boy nicht, aber vielleicht nächstes Mal." Sie schaute Jonas dabei an, versuchte ein Lächeln und entwich unter Husten, ihren Po hin und her bewegend, in das hintere Zimmer. Jonas wusste nicht, was er aus dieser Situation machen sollte. Sollte er ihr vielleicht folgen, war sie darauf aus? Jonas zögerte. Er hatte keine Erfahrung und wollte sich nicht blamieren. Aber geladen war er bis zum Platzen.

Ihr Macker ist hier, der schaut wohl nicht einfach so zu, wenn ich seine Kleine ficke.

Oder macht ihm das vielleicht gar nichts aus? Es soll ja so Leute geben, die sich dran aufgeilen. Ob ich's riskiere? Was kann schon passieren? Jonas kam es vor, als wurde er gekocht.

„Hast ja ne spitze Freundin, is gar nicht so übel. Wieso nennst du sie überhaupt Kaulquappe?", fing er erst einmal eine Konversation an, um die für ihn ungewohnte Situation zu erkunden.

„Das geht dich einen feuchten Dreck an, halt die Klappe, du Idiot. Hast nich geschnallt, dass sie komplett zu is. Die würd doch jetzt jeden Schwanz fickn, sogar den vom Wildschwein. Bild dir nur nix ein, du Wichser. Auf son Babygesicht wie du, steht die nich."

Ein Tritt in die Genitalien und ein Faustschlag ins Gesicht und der Kerl könnte zuschaun, wie ich seine Freundin ficke. Als er sich mit diesen Gedanken Karsten schlagbereit näherte, klang ihm Timo im Ohr. ‚Slow down Jonas, zähl immer erst bis tausend und dann überleg, was zu tun ist.' Der hatte gut reden mit seinem ewigen slow down, wenn so'n nacktes Weib vor eim die Beine breit macht. Er schwankte noch, was zu tun war, als Katrin nur in einem Männeroberhemd bekleidet zurückkam und ihm wortlos drei Einhundertmarkscheine hinhielt.

Für einen Augenblick zögerte Jonas. Sollte er ihr das Hemd herunterreißen und es einfach versuchen, sie vollzufüllen, wie es im Knast hieß.

Jonas gab sich einen Ruck, nahm die drei Scheine und steckte sie in seine Hosentasche. „Scheiße, bin ja heut nich zum Ficken hier, hab ja noch was zu erledigen", murmelte er widerwillig, wie auch erleichtert.

Die Hälfte der drei Lappen hatte ihm Luis versprochen, wenn er den heutigen Auftrag schaffte, und der war noch nicht erledigt.

„Ich komm aber gern wieder mal vorbei", brachte er mit einem breiten Grienen heraus, wobei er dem, der Schneemann genannt wurde, frech ins Gesicht blickte. „Ich steh auf sowas geiles, wie deine Freundin, mit so heißen Titten und ner mega Fotze. Da stecke ich nächstes Mal meinen rein."

„Halt deine verdammte Schnauze, du jämmerlicher Ticker."

„Ich schick ne Mail" keuchte Katrin, „wenn ich wieder Stoff brauch." Jonas glaubte ein Zwinkern in ihren Augen zu erkennen, als sie ihre Arme rechts und links auf seine Schultern legte, allerdings wohl mehr um nicht zu straucheln, und ihm einen Kuss auf den Mund gab. „Luis soll dich wieder schicken. Bye, cooler Boy. Ich wart auf dich."

„Hau endlich ab, du verdammter Wichser", brummte ihr Freund schlechtgelaunt, riss Jonas von Katrin weg und schob ihn energisch durch die Tür auf den Hausflur und schmiss sie mit Krachen hinter ihm zu.

Von dem eben erlebten noch benommen, wankte Jonas zum Fahrstuhl, fuhr hinauf bis zum zwölften Stock, stieg aus und suchte die Nummer 1209. Niemand ist zu Hause, hatte Luis gesagt und ihm die Türschlüssel gegeben. Jonas schloss auf und betrat einen halbdunklen Flur. Er schaltete das Licht ein. Drei

Glastüren gingen von dem Flur ab. Es war der gleiche Flur, wie unten. Links war ein Wandspiegel angebracht und daneben Kleiderhaken, behangen von nur einer Jacke und darunter stand der dunkelbraune Lederkoffer, den er öffnen sollte. Jonas beschloss, das Apartment zunächst zu erkunden.

Die Tür links führte ins Badezimmer, das ihm grade recht kam und er urinierte in die offene Kloschüssel. Beim Händewaschen betrachtete er sich im Spiegel. Bin eigentlich ein attraktiver Bursche, stellte er befriedigt fest, mit den langen roten Haaren und den blauen Augen. Die geile Kleine von eben war doch voll auf mich abgefahren. Nur meine Haut ist noch zu weiß. Das wird sich jetzt im Sommer ändern. Jonas gab sich selbst das Daumen-hoch-Zeichen. Auf einer Glasplatte unter dem Spiegel standen verloren ein Zahnbecher mit Zahnbürste, eine Kristallflasche mit der Aufschrift Aftershave und ein Kamm lag daneben. So spartanisch wie bei uns im Knast, grinste Jonas in sich hinein. *Spartanisch*, das Wort hatte er dort gelernt und fand es passte gut zu ihm.

Also wohnt hier ein Mann, den ich gleich beklauen werde, schmunzelte Jonas. Wer das wohl ist? An das Badezimmer schloss sich eine gut aufgeräumte Miniküche. Jonas durchsuchte den Kühlschrank, holte sich eine Flasche Bier heraus, fand einen Flaschenöffner, öffnete sie und nahm einige Schlucke. Mit dem Bier in der linken Hand, schlenderte er ins Wohnzimmer, das mit Bücherregalen vollgestellt war. Ein übergroßer Flatscreen TV war an einer Wand angebracht. Vom Fenster aus konnte man auf einen Park hinabsehen.

Heute, am Sonntag, war er belebt. In einer Ecke entdeckte Jonas eine Gruppe älterer Leute, die zusammenstanden und sich unterhielten. Jonas betrachtete die Gruppe und trank Bier.

Die dritte Tür führte ins Schlafzimmer. Über dem sehr breiten Bett war lose eine Decke ausgebreitet. Es war totenstill, nichts rührte sich.

„Ich bin gut in der Zeit", sprach Jonas zu sich selbst, um der Stille zu entkommen. „Ich haue mich bisschen hin, muss über das eben nachdenken." Jonas warf sich aufs Bett und breitete die Beine aus. Das Erlebnis von eben ließ ihn einfach nicht los. Eine nackte Frau zum ersten Mal in seinem Leben! Und direkt vor ihm. Langsam öffnete er seine Jeans, zog sie und die Boxershorts bis weit unter die Kniee und verspürte Lust sich zu befriedigen. Wie alt mochte die geile Kleine gewesen sein? Fünfundzwanzig oder etwas älter. Ihre Brüste waren schon super und in ihr Loch wäre meiner bestimmt nur so hineingeflutscht. Ob sie mich auch geblasen hätte? Ich hätte sie einfach nehmen solln, einfach vergewaltigen, das wäre bestimmt geil gewesen. Und wenn ich mich dabei ungeschickt angestellt hätte? Is doch egal! Warum habe ich Idiot das nicht mal probiert. Das war doch die Gelegenheit! Und wenn ihr Kerl mir komisch gekommen wäre, hätte ich ihn einfach zusammengeschlagen. Mit der Puppe wäre es auf jeden Fall geiler gewesen als der Sex mit den Jungs im Knast und mit ihrem ekligen Arschficken.

Als es ihm kam, wusste er nicht wohin damit. Auf dem Tisch neben dem Bett fand er bei einem

Radiowecker eine Packung Tempotaschentücher. Wir Männer sind doch alle gleich, stellte er mit Wohlbehagen fest. Er fühlte sich erfrischt, warf die Tempos in den Abfalleimer in der Küche, wusch sich in der Spüle mit warmem Wasser seinen Penis und die Hände und machte sich an seine Arbeit, weswegen er in dieses Apartment gekommen war, denn allmählich wurde es Zeit. Er ging zum Flur und öffnete den Koffer unter der Jacke. Die Kombination hatte ihm Luis aufgeschrieben.

Der jetzt offene Koffer war vollgestopft mit diversen größeren und kleinen Paketen mit je einer Bezeichnung darauf, die er nicht verstand. Was drin war, wusste er allerdings, jede Menge Drogen. Das hatte ihm Luis gesagt. Er sollte alle die mit einem roten Haken versehenen Päckchen herausnehmen und in seinen Rucksack stecken. Sonst aber nichts anrühren. Fast ein Viertel verstaute er aus dem Koffer in seinen Rucksack. Ob Luis seinen Dealer beklaute? Jonas musste Grinsen. Soll mir aber egal sein. Der zweite Teil meiner heutigen Aufgabe ist geschafft, jetzt muss ich die Scheiße nur noch abliefern.

Jonas streifte noch einmal durch die Zimmer, trank sein Bier aus, stellte die Flasche ab und blieb an dem mit Büchern und Zeitungen überfrachteten Schreibtisch stehen. Vorher hatte er eine Schachtel Marlboro hinter Illustrierten hervorlugen gesehen und hatte Lust bekommen, auf dem Rückweg zum Bahnhof eine zu rauchen. Beim Kramen nach den Zigaretten stieß er auf ein Foto im Silberrahmen. Sein Herz blieb für einen Augenblick stehen. Auf dem Foto war ein Mann so um die dreißig abgebildet, der seinen Arm um eine Frau legte, sicherlich etwas jünger als er und beide schauten lächelnd in die Kamera. Anscheinend war das Paar auf einer Schiffsreise, denn man erkannte im Hintergrund eine Reling und blaues Meer. Aber das war es nicht, was Jonas einen freudig schaurigen Schreck nach dem anderen durch den Körper jagte. Der Mann auf dem Foto war der Giftzwerg! Jonas kramte wie besessen in den Papieren auf dem Schreibtisch und fischte einen Brief von einer Autovermietung heraus. Sehr geehrter Herr Paul Heinze, wir haben … Heinze! Ja, Heinze. Genau, das war der Name vom Giftzwerg.

Und weiter: Lieber Pauli, ich freue mich auf unser Treffen wie immer in dem netten Kaffee beim Rathaus. Und noch einer: Sehr geehrter Herr Paul Heinze, Ihre Buchbestellung wird … Keine Frage der Giftzwerg wohnte hier.

Jetzt habe ich dich endlich, du entkommst mir nicht mehr. Wie ein Verrückter habe ich auf der Treppe vor All Time Secure vier Tage lang gehockt und du Mistkäfer bist nicht rausgekommen. Aber jetzt entgehst du mir nicht mehr. Jonas riss beide Arme hoch in die Luft, als wollte er den Himmel ergreifen und entließ einen Freudenschrei. Die vielen Sitzungen und Therapien waren vergessen. Ebenso die Bilder, die sie ihm immer wieder gezeigt hatten, von den zerschossenen Leibern von Kindern und Frauen in Syrien. Fotos von Kindern, denen Hutu-Milizen mit Macheten Arme und Beine abgehackt hatten. Zuerst hatte er lange nicht verstanden, was sie mit den Bildern meinten, warum sie solche grässlichen Bilder zeigten. Doch endlich hatte er kapiert, was sie von ihm hören wollten. Er erriet das Zauberwort. Er wusste, es musste flüsternd und wie abgehackt ausgesprochen werden, wenn es wirken sollte. Mi…t…lei…d. Er sollte mit den Opfern Mitgefühl haben, zeigen, dass er Mitleid fühlen konnte. Empathie. Jonas grinste. Was Timo ihm inzwischen alles gesagt hatte, blendete er in diesem Augenblick ebenfalls aus. Der Giftzwerg musste ihm für die verlorenen vier Jahre bezahlen.

Seine Gedanken überschlugen sich, sein Körper zitterte. Wenn er ihn von hier oben aus dem Fenster schmiss, war der Kerl erledigt. Ein unheimliches Vergnügen durchfuhr ihn, seine Handflächen wurden feucht. Wie viele Sekunden würde er noch leben, bis er unten zerschmetterte?

Jonas' Gehirn arbeitete rasend. Es müssten von hier oben so sechsunddreißig Meter sein, überlegte er, also runde 3.7 Sekunden Fall. Das konnte er ausrechnen. Er kannte die Fallgeschwindigkeitsformel von 9,81 Meter in der Sekunde. Aber 3.7 oder maximal vier Sekunden waren zu wenig für die vier Jahre, die er ihm genommen hatte. Jonas setzte sich auf den Stuhl vor dem Schreibtisch, legte die Füße darauf und wischte dabei die Bücher und Hefte auf den Boden. Er überlegte, zog seine Stirn in Falten und atmete tief durch.

Der muss mit seinem verfickten Leben dafür büßen, dass er mich vier Jahre lang weggesperrt hat. Wenn ich von Timo einen Wurf lerne, dass der Gegner so auf den Rücken knallt und sein Leben lang Querschnittsgelähmt bleibt, dann hätte ich selbst etwas davon und könnte mich jahrelang daran erfreuen, nicht nur die paar ärmlichen Sekunden. Der würde nichts mehr als eine Pflanze sein, die sich nicht rühren kann und die jemand gießen muss, damit sie nicht vertrocknet. Und wenn sie verdorrt ist, wird sie weggeschmissen.

Timo wird sich wundern, wie gut ich von ihm lernen werde. Auf jeden Fall mache ich mir heute noch einen Nachschlüssel. Jonas stand auf, steckte sich die Schachtel Zigaretten in die Hosentasche, kramte auf dem Schreibtisch nach etwas Brauchbarem und fand ein Passbild von Paul Heinze, das er nachher in der U-Bahn mit Genuss in kleine Stücke zerreißen wollte.

Er entdeckte noch einen 12mm Permanentmarker und wusste, was er jetzt zu tun hatte. Er ging noch einmal ins Badezimmer. Dem Giftzwerg wollte er einen höllischen Schreck einjagen.

Über die Breite des Spiegels schmierte er einen Halbmond mit einem Kreuz darin, mit dem Querbalken nach unten. Er hatte bewusst zu stark aufgedrückt, und die überflüssige rote Tinte rann wie Blut den Spiegel und die darunter befindlichen Kacheln hinunter. Das Zeichen hatte er von Ömer, seinem türkischen Mitgefangenen gelernt. Was es bedeuten sollte, wusste er nicht mehr, nur irgendetwas mit ‚Den Todesengel meinen Feinden'. Darunter kritzelte er in Großbuchstaben T O D. Mit Stolz betrachtete er sein Werk, spuckte auf den Fußboden und verließ das Apartment.

Als Jonas zum Fahrstuhl ging, wunderte er sich, dass der Giftzwerg jetzt im Drogengeschäft mitmischt. Das hätte er von seinem ehemaligen Lehrer niemals erwartet, der doch immer auf Ehrlichkeit und Anstand Wert gelegt hatte. Hatte er sie nicht auch einmal während des Unterrichtes vor Drogen gewarnt? Und jetzt dealte der sogar selbst, der Heuchler. Wie der wohl zu Luis stand? Was verband die zwei? Ist mir aber auch egal, ich bringe den Kerl ganz langsam um. Ich muss mir nur noch ausdenken, wie ich ihn lange genug quälen kann, ehe er schließlich abkratzt. Jonas hatte sich entschieden.

KAPITEL 16

SOMMER

Über das tagelange Blau des Himmels, hatten sich heute dichte Wolken geschoben. Herr Thomsen war für dieses Mal gut auf das Nachmittagstreffen mit Karl Schneider vorbereitet, er hatte sein Schachbuch noch einmal gründlich durchgearbeitet. Noch einmal wollte er nicht gegen Karl verlieren. Als er in den Plattenweg zum Hochhaus einbog, sah er schon die untersetzte Gestalt des Hausmeisters, wie er vor dem Hauseingang hin und her lief und nach ihm Ausschau hielt.

„Entschuldige Karl", rief er ihm atemlos zu, „die S-Bahn hat sich mal wieder verspätet, es tut mir leid."

„Das ist doch kein Problem, René. Ein paar Minuten machen doch keinen Weltuntergang."

„Heute habe ich einmal etwas mitgebracht", und damit schwenkte Herr Thomsen eine Flasche über seinem Kopf. „Dieses Mal aber etwas aus dem Rheingau." Die beiden Schachfreunde umarmten sich und Karl Schneider führte seinen Gast in die Pförtnerloge, wo die Schachfiguren bereits auf den ersten Zug gespannt warteten.

„Das wäre aber wirklich nicht notwendig gewesen, René. Du brauchst mir doch nichts mitzubringen. Ich freue mich, dass du mich besuchst. Das reicht mir."

„Ich möchte dich mit dem Wein bestechen", brachte Herr Thomsen verschmitzt hervor, „und fragen, ob du diesen Aushang am Hochhaus anbringen kannst. Mein Sohn und ich haben ihn fabriziert. Schau mal."

Das Blatt zeigte ein 10 x 10 Zentimeter Foto von Paul Heinzes Kopf, Datum und etwaige Tageszeit des Unfalls. Und fett mit roten Buchstaben gedruckt: Wer etwas um diese Zeit bemerkt hat, soll sich bitte an die nächste Polizeistelle wenden. „Wir haben den Inhalt mit der Polizei abgesprochen, sie haben nichts dagegen. Nur sollen wir es nicht an Bäume oder Lichtmasten anbringen, wie es die Leute gerne machen, denen ihre Katzen entlaufen sind. Das ist nämlich verboten. Also wollte ich dich bitten, ob ich es an der Hauswand befestigen darf. Es ist leider schon viel Zeit vergangen, aber der Fall ist immer noch nicht gelöst. Vielleicht gibt es ja neue Zeugen. Die Idee dafür kam mir erst vor ein paar Tagen und mein Sohn hat es auf seinem Computer hergestellt."

„Aber na klar, Ehrensache. Das ist sicherlich eine gute Idee, das bewerkstelligen wir nachher gleich nach unserem Schachspiel. Hoffentlich hilft es uns weiter.

„Danke, das ist sehr freundlich von dir. Stelle bitte die Flasche für einen Moment in den Kühlschrank, ich glaube, sie ist im Zug in meiner Tragetasche etwas zu warm geworden. Und was gibt es Neues bei dir?"

„Du wirst staunen, eine ganze Menge sogar. Zuallererst, die Untersuchungen des Unglücks vor der Haustür, haben endlich Fahrt aufgenommen.

Ein Kriminalkommissar mit seinem Team kümmert sich von nun an um diese Angelegenheit, da die örtliche Polizei nicht weitergekommen ist. Du hast ihn sogar schon einmal gesehen. Das war der Mann mit der Glatze und dem Regenmantel, der bei der Beerdigung etwas abseitsstand. Er heißt übrigens Mayer, Holger Mayer. Also, das Fahrrad des Jungen wurde noch einmal untersucht und sie haben sich ihn noch einmal gründlich zu Hause vorgenommen. Was dabei herausgekommen ist, weiß ich noch nicht. Ich habe es ja gleich gesagt, der Junge hat Paul umgenietet und schließlich Fahrerflucht begangen. Solche Kerle gehörten sofort weggesperrt.“

Der Hausmeister stand mit glühendem Kopf auf und holte den Rotwein aus dem Kühlschrank, entkorkte ihn gekonnt und füllte beide Gläser. „In Erinnerung an Paul und dass sein Mörder bald gefasst wird!“ Herr Thomsen stand ebenfalls auf, sie tranken sich zu und setzten sich danach vor die aufgebauten Schachfiguren. „Lassen wir alles andere erst einmal ruhen. Heute hast du die Ehre, René, anzufangen.“

Herr Thomsen beugte sich über die Figuren, wartete einen Augenblick und zog den Bauern von c2 auf c3. Wie erwartet war Karl Schneider über den unkonventionellen Zug verwirrt und konterte nach einigem Nachdenken mit seinem Springer auf c6. René Thomsen platzierte seinen Bauern auf d4 und Karl seinen auf e6. Das Spiel hatte begonnen.

„Was ist es eigentlich aus der Dame geworden, die Paul gefunden hat? Sie müsste eigentlich den Jungen gesehen haben. Er müsste doch zumindest an ihr vorbeigefahren sein."

„Genau, das hat die Polizei schon von Anfang an beschäftigt. Das ist auch wieder so eine Sache. Sie ist einundzwanzig und war angeblich am Handy mit ihrer Freundin und hat nichts gesehen oder bemerkt, bis sie beinahe über Paul gestolpert ist. Du kennst ja die jungen Dinger, die stecken in ihren Handys drin und schauen weder nach rechts oder links und schon gar nicht nach vorne." Der Hausmeister machte eine kurze Pause. „Anscheinend war sie von den sie plötzlich anstarrenden leblosen Augen von Paul so schockiert, dass sie eine Polizistin nach Hause begleiten musste. Wie es weiter heißt, sie kann sich sonst an nichts mehr erinnern."

„Ja, Karl, da hast du recht, viele rennen einen manchmal regelrecht um." René zog seinen Bauern auf e4 und sein Gegner rückte mit seinem Bauern auf d5 vor, den René mit seinem Bauern schlug, der wiederum von Karls Bauern geschlagen wurde.

„Was bei den neuerlichen Vernehmungen durch den Kriminalkommissar Mayer auch herausgekommen ist, wie es aussieht, dass noch ein anderer Junge involviert war. Ich hatte dir doch von dem Rothaarigen erzählt, der sich vor dem Unfall immer hier herumgetrieben hatte. Der mit dem Pflaster über der linken Augenbraue und dem geschwollenen Gesicht, als käme er gerade von einer Rauferei. Der soll die Jungs zu der Raserei noch extra animiert haben. Er hat ihnen wohl gesagt, wenn sie es in genau sieben Minuten von oben vom Hügel bis zur Straße schaffen, gibt's fünf Euro. Er stand wohl hier vor dem Haus und hat auf seinem Handy die Zeit gestoppt, wenn sie vorbeikamen."

„Was sich die Kinder nur immer so ausdenken."

„Ich bin der Meinung, da sind vor allem die Videospiele schuld, an denen die Kids wie festgeklebt hängen", fuhr der Hausmeister fort, „ich kenne das von meinem Neffen. Mein Bekannter bei der Polizei erzählte, die anderen Jungs haben ausgesagt, sie kannten ihn nicht, sie hätten ihn hier auch noch nie gesehen und dass der auf jeden Fall unter zwanzig wäre. Die Polizei hat jetzt eine Fahndung ausgeschrieben."

„Ob das was mit dem Unfall zu tun hat, eher unwahrscheinlich", bemerkte René nachdenklich und schobt seinen Bauern von g2 auf g3. „Sie wollen wohl einfach nur das F1 Rennen nachahmen, es gibt ja auch entsprechende Videospiele. Sogar mein Sohn hat so eins, aber er kommt jetzt nicht mehr dazu. Ich bin zu ungeschickt, fahre andauernd an die Banden. Aber Spaß macht es mir auch."

„Man kann nie wissen, jedenfalls war das bisher noch nicht bei den Vernehmungen des Jungen ans Licht gekommen. Da musste erst die Kriminalpolizei eingreifen." Der Hausmeister ging zum Angriff über und platzierte seinen Läufer auf d6. „Aber da ist noch eine andere Sache, die ich nicht so recht verstehe, denn ich dachte Paul gut zu kennen und habe ihn immer als einen sehr ehrlichen Menschen betrachtet."

„Das war er aber auch, da würde ich meine Hand dafür ins Feuer legen. Er ist sogar in einer Stiftung für Mütter mit kriminell gewordenen Kindern involviert und das nicht nur passiv, sondern sogar aktiv. Er stiftet jeden Monat einen festen Betrag. Und so dicke hat er es ja auch nicht, trotzdem tut er es." Mit diesen Worten stellte Renè seinen Läufer auf h3 und Karl antwortete sofort damit, dass er diesen Läufer mit seinem schlug.

„Also, ich wollte es erst auch gar nicht glauben, aber bei der Hausdurchsuchung, die der neue Mann angeordnet hat, fand man in der Garderobe einen Beutel mit weißem Pulver. Kein Waschmittel, sondern – Kokain, im Straßenwert von zweihundert Euro, wie es hieß. Es lag eingeklemmt zwischen Boden und Fußleiste."

„Was, Kokain, also Rauschgift? Bei Heinze in der Wohnung?"

„Doch, du hast richtig gehört, Kokain, und das gibt der Polizei große Rätsel auf. Paul kann man ja nicht mehr befragen."

„Das muss ein Irrtum sein, ich kann das einfach nicht glauben."

„Meinst du ich? Aber es ist kein Irrtum, ich habe es direkt von meiner Quelle. Sie haben inzwischen seinen Sohn vernommen, der soll wegen Drogenhandel schon früher aufgefallen sein, aber er bestreitet, etwas damit zu tun zu haben."

„Da muss ich mich erst einmal erholen." René griff zum Glas und leerte es mit einem Zug. Er konzentrierte sich wieder auf das Schachbrett und mit

„ich kann es immer noch nicht glauben“ schlug er den Läufer auf h3 mit seinem Springer. Beide starrten auf das Schachbrett. Ihr ehemaliger Schachpartner und Kokain! Ob er etwa süchtig war? Der Hausmeister rückte schließlich seine Dame auf d7 und bedrohte damit Renés ungeschützten Springer.

„Du hast mir doch erzählt, René, sein Sohn hat etwas bei ihm untergestellt, vielleicht war das Rauschgift, das sie gefunden haben, von ihm. Du solltest das auf jeden Fall deine Beobachtung bei der Polizei melden.“

René zog seinen Springer aus der Gefahrenzone auf f4, worauf der Hausmeister mit seinem Springer auf f6 antwortete, um seinen nun bedrohten Bauern auf d5 zu schützen.

„Die Polizei hat sich nur einmal bei mir blicken lassen und als ich ihr mitteilte, dass ich am Sonntag nicht hier arbeite, hat sie mich links liegen gelassen.“ Karl klang beleidigt. „Dabei bin ich doch der, der hier im Haus am besten Bescheid weiß. Aber du hast recht, ich werde mich bei dem Kriminalkommissar Mayer auf jeden Fall einmal melden.“ René zog seine Dame auf f3 und griff somit den Bauern nochmals an. Sein Gegenspieler zögerte nicht lange und schlug den weißen Springer auf f4 mit seinem Läufer. René überlegte. Sollte er nun den Läufer mit seinem Läufer auf c1 oder mit der Dame auf f3 oder mit dem Bauern auf g3 schlagen.

„Ist dir bekannt, ob noch jemand anders Paul besucht hat?“

„Nein, René, leider überhaupt nicht. Ich sitze eigentlich kaum hier in der Pförtnerloge, dazu gibt es immer etwas anderes zu tun, außer mal mit dir jetzt und früher eben mit Paul." Herr Thomsen schlug den feindlichen Läufer mit seinem und der Hausmeister igelte sich mit einer großen Rochade ein.

„Ich weiß inzwischen, Karl, dass Paul keinen Grund hatte, das Haus zu verlassen, denn an dem Tag gab es kein Boccia, und wer geht eigentlich bei so ungewöhnlich heißem Wetter nach draußen, wenn man nicht muss? Was kann ihn nur veranlasst haben, seine Wohnung zu verlassen und wohin wollte er gehen?" René seufzte und vollführte seinerseits die kleine Rochade.

„Das muss doch rauszukriegen sein. Die Polizei hat sicherlich sein Handy untersucht. Aber ich bleibe dabei. Warum auch immer Paul sich vor der Haustür aufgehalten hat, der Junge ist in ihn hineingefahren, hat ihn umgeworfen, ist abgehauen und Paul hat sich den Kopf am Pflaster aufgeschlagen und ist verblutet. Außer dem Jungen war sonst niemand in der Nähe, das steht inzwischen fest." Der Hausmeister rückte seine Dame auf h3, gefährlich nahe an den weißen König.

„Aber nehmen wir mal an", René zog mit seinem Läufer von f4 auf g5, „der Junge sagt die Wahrheit, nur mal so als Annahme. Er hat nichts gesehen, also stand Paul auch noch nicht vor der Tür, als der Junge am Hochhaus vorbeifuhr. Er müsste also kurz vor viertelzwölf aus dem Haus gekommen und sofort hingefallen sein. Aber warum? Man fällt doch nicht so einfach um. Etwas anderes muss passiert sein, was wir noch nicht auf dem Schirm haben." Karl zog angriffslustig seinen Springer auf g4 und René musste daraufhin eiligst seine Dame auf g2 zurücknehmen, um nicht Schachmatt zu werden. „Vielleicht hat ihn jemand gestoßen. Es könnte doch zum Beispiel ein Bewohner vom Hochhaus gewesen sein, der eiligst zur U-Bahn wollte. Er rempelt Paul versehentlich an und läuft weiter, ohne zu wissen, dass Paul aufs Pflaster gestürzt ist. Der Junge mit dem Fahrrad war nur zufällig um die gleiche Zeit unterwegs."

„Warum ich mir da so sicher bin weiß ich auch nicht, aber es kann nur der Junge gewesen sein." Der Hausmeister schlug mit seiner Dame Renés Dame und die wurde von Renés König eliminiert. Beide hatten ihre Damen verloren.

„Wir zwei Amateure kommen da nicht weiter, hoffentlich ist die Kriminalpolizei etwas schlauer." Der Hausmeister baute das Spiel wieder mit seinem Bauern auf f6 auf. „Oder vielleicht war es ja auch Mord?" Karl schaute dabei seinem Gegenüber ironisch lächelnd ins Gesicht.

„Mord?" René machte die Mordtheorie fassungslos. „Wer sollte denn Paul umbringen? Er hat doch niemals Feinde gehabt." René atmete tief ein und aus, überblickte das Spielfeld und rückte mit seinem Läufer zurück auf d2. Der Hausmeister konterte mit seinem Turm von h8 auf e8 und René nach kurzem Überlegen mit seinem Turm auf e1. „Kannst du dir vorstellen, Karl, dass jemand Paul Heinze umbringen könnte?"

„Nein, natürlich nicht, es kam mir nur so in den Sinn. Man stirbt doch nicht so einfach. Ich verstehe das alles nicht mehr", und damit schlug er mit seinem Turm den von René auf e1. Der wiederum eliminierte den Turm mit seinem Läufer. In diesem Augenblick klopfte jemand an die Glasscheibe der Pförtnerloge. Hung van Tran, der Vietnamese, stand mit betretenem Gesicht davor, nur in rosa Boxershorts bekleidet und seiner übergroßen gelben Brille. Der Hausmeister richtete sich auf und öffnete das Schiebefenster.

„Meine Nachbarin, die Frau Sternburg, ist vor kurzem an dem sehr heißen Sonntag nach Paris abgereist." Der Vietnamese sprach im hohen Stakkato. „Sie hat mir ihre Wohnungsschlüssel zur Sicherheit gegeben, falls etwas passiert. Die ältere Dame ist doch immer so ängstlich. Aber nun fahre ich ebenfalls für eine Woche weg und möchte deswegen Ihnen die Schlüssel zur Aufbewahrung geben. Sie kommt ein paar Tage vor mir zurück. Bitte, Herr Hausmeister, übergeben Sie ihr die Schlüssel."

„Natürlich, das geht in Ordnung, vielen Dank Herr Dang. Keine Sorge und eine schöne Reise. Wohin soll es denn gehen?"

„Ich fahre mit meinem Freund Amir an die Nordsee."

„Na dann viel Spaß ihr beiden." Ihr beiden Süßen dachte er bei sich, und bestimmt an einen FKK-Strand.

„Läuft der tatsächlich immer so rum?", fragte Renè erstaunt, als sich der Vietnamese entfernt hatte. "Wie alt ist der eigentlich, der sieht ja nur wie etwas über zwanzig aus."

„Da wirst staunen, der ist schon achtunddreißig. Und wieso der so rumrennt? Er kommt wohl aus einer *warmen Gegend*. Manchmal hat er sogar nur einen Slip an", grinste der Hausmeister. „Aber wie gesagt, ich kümmere mich nicht darum, solange er alle Hausregeln befolgt. Es gibt jede Menge Verrückte hier im Haus, er ist nicht der einzige. Viele harzen, arbeiten nicht und kiffen lieber. Paul war auch nicht begeistert, dass der immer fast nackt herumlief und hat es ihm wohl auch öfters deutlich gesagt. Es soll deswegen ein paar Mal zu einem heftigen Wortwechsel gekommen sein, als Paul grade von der Arbeit kam und der Vietnamese nur im Minislip mit seinem Freund Arm in Arm seinen Müll herunterbrachte. Sein Freund, der Amir, hat Paul sogar angerempelt und geschrien, er soll ja Hung von Tran in Ruhe lassen, sonst setzt es was. Das habe ich selbst gesehen und gehört, aber ehe ich noch dazwischengehen konnte, hatte sich Amir wieder beruhigt. Früher hat er ebenfalls hier gewohnt."

Der Hausmeister setzte sich wieder an den Tisch und platzierte seinen Turm nach kurzem Bedenken auf e8. „Aber ich hoffe und glaube auch nicht, dass jemand von den Hausbewohnern in die Angelegenheit verwickelt ist. Viele sind etwas schräg, aber Mord? Machen wir mit unserem Spiel weiter und zerbrechen uns die Köpfe lieber beim ungefährlichen Schach."

Luis zog den Läufer auf d2 und sein Gegenüber seinen zurück auf h6.

„Was ist eigentlich, Karl, mit dem Autor der verrückten Geschichte geworden, über die du letztes Mal gesprochen hast. Er hatte doch alles, sogar die Kleidung, so beschrieben, wie es auch wirklich war." René zog seinen Springer ebenfalls zurück auf f1 und schaute dabei sein Gegenüber fragend an.

„Der und seine Freundin scheinen sich die ganze Geschichte wohl total bekifft aus den Fingern gesogen zu haben. Jedenfalls haben die beiden das so bei der Vernehmung zu Protokoll gegeben. Nur, seine Freundin wohnt auch hier im Haus. Das ist die Katrin Schwarzenbach im dritten Stock. Ihre Fenster gehen direkt auf die Straße vor dem Haus. Angeblich dachte sie in ihrem Drogenrausch an einen Jungen, den sie schon ein paar Mal auf seinem Fahrrad den Hügel hinunterrasen gesehen haben will." Der Hausmeister rückte seinen Springer auf f5 vor. „Von dem Unfall selbst will sie nichts bemerkt haben. Mein Kontakt bei der Polizei meinte, so eine wie die gehört sofort in eine Klapsmühle. Wie sich Menschen nur so zurichten können." René nickte und platzierte seinen Läufer auf d2, was der Hausmeister mit Springer von f5 auf d6 konterte.

Das Spiel dauerte noch zehn Minuten, zu guter Letzt hatte Herr Thomsen den König des Hausmeisters auf d6 Schachmatt gesetzt.

Nachdem er glücklich gewonnen hatte und die Flasche Wein zur Neige gegangen war, machten sich beide Männer daran, den Aushang gut sichtbar neben der Haustür zu befestigen. Sie verabredeten ein weiteres Treffen und René machte sich mit einem Umweg über den kleinen Park auf den Heimweg.

Wie er gehofft hatte, war die Seniorin wieder am Fenster. Nach einer Begrüßung wie alte Bekannte, erzählte sie Herrn Thomsen, dass sie bei der Mutter des Jungen, der in den Unfall verwickelt sein soll, kein Glück gehabt hatte.

„Es tut mir leid, aber sie teilte mir mit, dass ihr Sohn Ihren Bekannten an dem Tag nicht vor dem Hochhaus gesehen hat und ihn auch sowieso gar nicht kennt. Er hat beim Vorbeifahren niemanden gesehen. Mutter und Sohn wollen den Vorfall so schnell wie möglich vergessen. Sie hat nur noch erwähnt, dass Ihr Sohn sich an dem Tag mit einem Freund verabredet hatte, der aber nicht gekommen war. Daher war ihr Sohn bald zurückgekehrt und mit den Anderen zum Schwimmbad gegangen.“

„Wie war es eigentlich nach dem Unfall, sind danach die Jungs auch wieder so wild den Hügel herabgerast?“

„Eine Zeitlang war es ruhig, aber seit ein paar Tagen scheint es wieder los zu gehen.“ Die Seniorin lächelte verschmitzt.

„Und ist der Junge, den sie kennen, auch wieder dabei?“

„Nein, seine Mutter hat es ihm streng verboten, hat er mir vor ein paar Tagen erzählt, als er wieder eine Besorgung wegen meiner Beine für mich erledigte. Aber er macht bestimmt später wieder mit. So sind Jungs eben.“

„Sie sehen ihn also öfters?“

„Nein, nach dem Unfall nur das eine Mal.“

„Vielen Dank für Ihre Bemühung und sagen sie seiner Mutter viele Grüße von mir. Ich bin sicher, dass ihr Sohn nichts weiß. Es war wohl ganz einfach so, dass mein Bekannter aus irgendeinem Grund gestrauchelt und unglücklich hingefallen ist. Damit möchte auch ich die Sache abschließen. Wir treffen uns bestimmt noch mehrere Male, denn ich spiele mit dem Hausmeister vom Hochhaus ab und zu Schach. Danach können wir wieder etwas schwatzen.“

KAPITEL 17

FRÜHLING, JONAS AN DEM SONNTAG

Als Jonas in der Eingangshalle aus dem Fahrstuhl stieg, erinnerte er sich, dass er auch noch einen Auftrag mit dem Päckchen mit der Markierung Krebs-IV, zu erledigen hatte, das er ohne roten Haken ebenfalls aus dem Koffer geholt hatte. Er fuhr hinauf in den neunten Stock, suchte die Nummer 9004, holte aus seinem Rucksack das Päckchen hervor und klingelte. Als nichts passierte und er sich schon abwenden wollte, wurde die Tür hastig geöffnet und ein hagerer, etwa fünfzigjähriger Mann mit ein paar verschwitzten Haarsträhnen, erschien im Türrahmen und schaute ihn mit leeren Augen an.

„Hi, ich bin der Kurier von Luis und bring das hier." Damit hielt er dem Mann das Päckchen hin.

„Wo ist Luis?"

„Der hat heute was zu tun. Ich komme für ihn und soll zweihundertfünfzig dafür einsacken."

„Zeig her!" Als Jonas ihm das Päckchen reichte, versuchte der Mann, als er es ergriffen hatte, die Tür schnell zu schließen. Doch Jonas war schneller.

Er stellte seinen Fuß zwischen Tür und Rahmen und entriss dem Mann das Päckchen.

„Hey du Fixer", brüllte Jonas, „bist du gaga? Wenn du mir so kommst, kriegst nie wieder was, das petz ich Luis." Jonas wusste vom Heim, die Drohung einem Abhängigen gegenüber, nie mehr was zu liefern, ließ jeden zu Kreuze kriechen. Aber es war vielmehr der kalte starre Blick und das zu einer Fratze verzogene Gesicht, das bei seinem Gegenüber sofort Wirkung zeigte.

„Schon gut Mann, war doch nur Spaß. Ich bin halt manchmal so drauf, das weiß auch Luis." Damit kehrte der Mann ihm den Rücken, schlurfte in ein Zimmer und kam mit fünf zerknitterten Fünfzigmarkscheinen, die er Jonas mit zitternder Hand reichte. „Musst ja nicht gleich so heftig werden und schönen Gruß an Luis."

„Dein Glück Alter, sonst hätt's mir Spaß gemacht, dich zu killen. Bin heut nämlich grad so in Killerlaune." Und das stimmte. Als Jonas das Hochhaus verließ, war er mit sich und der Welt vollauf zufrieden. Da war das sexy Girl, das auf ihn wartete und da war vor allem der Giftzwerg, der jetzt in der Falle saß und nur noch einige Tage zu leben hatte. Ein erfolgreicher Tag für mich, schmunzelte er in sich hinein. Was wird der Giftzwerg wohl fühlen, wenn der das Zeichen am Spiegel sieht? Sein Gesicht dazu hätte ich zu gern gesehen. Ob er ahnt wer das auf seinen Spiegel geschmiert hat? Sicher, ganz sicher!

Wie von Luis instruiert fuhr er zum Hauptbahnhof. Dort lungerte er eine Zeit lang in der Bahnhofshalle herum, genoss seine Freiheit, kaufte sich ein Döner-Kebab-Sandwich und verschlang es mit Heißhunger beim Umhergehen.

Anschließend rauchte er bei den Schließfächern eine von den beim Giftzwerg mitgenommenen Zigaretten. Luis hatte ihn instruiert, dort eine Zeit lang gut sichtbar herumzulaufen. Warum, das hatte er ihm allerdings nicht gesagt. Als ihn jemand ansprach, hier nicht zu rauchen, antwortete er nur mit seinem Stinkfinger und rauchte ungerührt weiter. Der Schlüsseldienst im Bahnhof hatte ihm vorher nach langem hin und her eine Kopie angefertigt. Jetzt konnte er jederzeit in die Wohnung vom Giftzwerg, was ihm eine höllische Freude bereitete. Er ließ den Schlüssel wieder und wieder durch seine Finger gleiten.

Nach etwa einer dreiviertel Stunde ließ er sich vom Handy zur nahegelegenen Lehrter Straße Nr. 60 führen. Vor ihm erhob sich ein roter Vorkriegsziegelbau mit einigen vergitterten Fenstern im Erdgeschoss. Daneben gab es einen NETTO Supermarkt. Bei WTC, World Trade Company, klingelte er und als der Türöffner ertönte, stieß er die Haustür mit dem Fuß auf. Jonas musste nur eine Treppe hinaufsteigen und als er bei der Tür nach einer Klingel suchte, wurde er von hinten angesprochen.

„Bleib stehn und dreh dich nicht um", zischte es hinter ihm im ausländischen Deutsch. Sofort tasteten zwei Hände ihn von oben bis unten ab.

„Du arbeitest für Luis?" Eine Hand umspannte sein Genick, dass es schmerzte. „Hast du alles mit?" Jonas versuchte zu nicken, denn vor Anspannung konnte er kein Wort herausbringen. Er sollte nur den Inhalt des Rucksacks abgeben und sofort verschwinden. Alles ganz einfach, hatte ihm Luis gesagt.

Doch jetzt fühlte er sich bedroht. Jonas bemerkte irgendwo in seinem Körper etwas, was er nicht kannte, nicht definieren konnte, eine leichte Vibration durchzog sein Inneres.

Mit einem heftigen Stoß wurde er nach vorne getrieben, die Tür öffnete sich und vor ihm stand eine stämmige, hochgewachsene Gestalt mit blonden Haaren, die ihm bis auf die Schultern reichten, und grünen Augen, die ihn kalt anstarrten. Ein Lächeln war um seinen Mund, das sich Jonas nicht erklären konnte.

„Lass ihn los, Sorin." Der Griff an seinem Hals lockerte sich endlich, er konnte wieder freier atmen.

„Wo ist das Zeug?" wollte sein Gegenüber mit barscher Stimme wissen und Jonas war sich sicher, einen Rumänen vor sich zu haben. Zwei junge Rumänen waren mit ihm im Knast gewesen und ihr deutsch klang genauso.

„Im Rucksack", brachte Jonas unter keuchen hervor und streifte ihn ab.

„Hol alles raus!", befahl sein Gegenüber. Jonas tat, wie ihm befohlen und legte die Päckchen, eins nach dem anderen, auf einen Tisch.

„Ist das alles?!" Obwohl es Jonas klar war, dass es keine Frage war, antwortete er mit einem Kopfnicken. Was sollte er sonst tun?

„Du lügst, du Arschgesicht." Ein Faustschlag traf ihn auf die linke Wange, der ihn nach rechts taumeln ließ und im gleichen Augenblick spritzte Blut aus seinem Mund. Für einen Moment war Jonas benommen. Er presste die Lippen zusammen und sammelte Kraft, um auf seinen Gegner einzuschlagen.

Aber ehe er sich auch nur regen konnte, wurden seine beiden Arme von hinten umklammert und heftig nach oben gedrückt und er musste sich weit nach vorne beugen, um die Schmerzen im Rücken wenigstens einigermaßen ertragen zu können. Er verstand nicht, was hier vor sich ging.

„Wo hast das Zeug her?" Jonas erwartete einen weiteren Schlag. Sein stämmiges Gegenüber starrte ihn für Sekunden mit seinem unverschämten Lächeln an, ehe er ihm in die Genitalien trat. Ein Blitz durchraste Jonas' Körper und tötete jegliches Leben ab. Er biss sich auf die Lippen, stöhnte vor Schmerzen und krümmte sich.

„Los, wird's bald!", bellte der hinter ihm.

„Aus dem Schließfach vom Hauptbahnhof. Von dort sollte ich es abholen und hierherbringen." Jonas war über seine eigene Stimme erstaunt. Er hatte sich noch nie so herumstottern hören. Sie kam ihm vor, wie ein dünner Bindfaden, der jeden Augenblick reißen könnte. Luis hatte ihm die Sache mit dem Schließfach am Hauptbahnhof gesagt, deswegen sollte er sich dort auch herumtreiben, falls er gesehen würde.

„Du lügst. Spuck's aus oder du kannst dir den Sonnenaufgang morgen abschminken. Woher hast du das Zeug?" Ein Faustschlag in die Magengrube ließ Jonas zu Boden stürzen. Es wurde dunkel um ihn. Sein Körper bebte und da war wieder etwas in ihm, was er nicht benennen konnte, das aber alles in ihm auszufüllen schien. Er musste von hier weg, egal wie. Er musste raus aus dem Zimmer, raus aus dem Haus, sonst brachten sie ihn um. Jonas' Kopf wollte vor Hitze explodieren, denn er glaubte zu ahnen, was er in sich fühlte.

Es war etwas, über was sie im Heim mit ihm immer wieder gesprochen hatten, die Ärzte, die Pfleger. War das etwa die – Angst, die er fühlte, die er bisher nicht gekannt hatte? Fühlte sich Angst so an? Es war ihm, als sei die Erde und alles mit ihr umgekippt.

„Wir haben dich noch nie beim Luis gesehen", schrie ihn der an, der ihm so heftig auf die linke Wange geschlagen hatte. „Seit wann arbeitest du für den Fixer?"

„Heut zum ersten Mal. Den Schlüssel zum Schließfach hab ich von ihm", keuchte Jonas. „Und das habe ich total ausgeräumt, wie mir Luis befohlen hat. Es ist wirklich nix mehr drin." Jonas musste schlucken. Er versuchte mit Gewalt, das unbekannte Angstgefühl, das sich ihm stärker und stärker bemächtigte zu unterdrücken, so normal wie möglich zu klingen, was ihm aber nicht gelang. Nur noch ein Röcheln konnte er hervorbringen. „Ich weiß sonst nichts", stieß er endlich hervor. Das Sprechen machte ihm Mühe. Blut floss unaufhörlich aus Nase und Mund. Er spuckte den ausgeschlagenen Zahn aus und wischte sich mit dem Ärmel das Blut vom Gesicht.

„Du Mistkäfer, erzähl uns hier kein Stuss." Jonas versuchte, sich aufzurichten und suchte nach der Zimmertür. Sie war etwa zwei Meter entfernt. Das war nicht so weit. Er versuchte, auf sie zuzukriechen. Wenn ich nicht abhaue, schlagen die mich tot, ging es wieder und wieder durch seinen Kopf und sterben will ich noch nicht. Ich möchte noch etwas erleben, ich habe doch noch nichts erlebt. Ich war bisher nur weggesperrt. Jonas versuchte, zum Ausgang zu kriechen, alle Glieder taten ihm weh, aber er musste hier raus.

„Nicht so eilig Kleiner, wir haben uns ja noch gar nicht bei dir für die Lieferung bedankt." Von dem, der hinter ihm stand, bekam er einen Tritt in den Rücken und von dem vor ihm, einen heftigen Tritt gegen den Kopf. Sein rechter Backenknochen schmerzte, als hätte man mit einem Messer hineingestochen und er fühlte wieder Blut über seine Haut laufen.

Wie lange werden die beiden noch auf mich einprügeln? Bis ich endlich tot bin? Ich werde sterben, wo ich doch noch gar nicht richtig gelebt habe. Jonas umhüllte eine nie gekannte Trauer.

„Sag deim scheiß Luis, sein Trick mit eim kleinen unschuldigen Bübchen, der uns was aus einem Schließfach bringt, durchschaut doch jede Waschfrau. Entweder er kommt selbst und bringt uns den Rest oder das geschieht, was ihm Horea angekündigt hat. Sag ihm, wir machen seinen Vater kalt und zwar auf eine Weise, die ihn zum Selbstmord treiben wird." Der Stämmige lachte laut auf. Jonas war wie betäubt, die Worte erreichten kaum sein Gehirn.

„Hast du das verstanden, du Hurensohn?", schrie ihm der ins Gesicht, der Sorin genannt wurde, und versetzte Jonas einen Schlag auf das linke Auge, einen weiteren auf die Brust. Sein Keuchen und Husten verringerten nicht den Schmerz, Jonas konnte nicht mehr atmen.

„Lassen wir ihn für heute laufen, Sorin, sonst schafft er es nicht mehr bis zu seinem Boss und kratzt uns noch vorher irgendwo auf der Straße ab. Das wollen wir doch nicht, oder?" Ein höhnisches Lachen wurde von einem Fußtritt in Jonas' Gesicht begleitet.

Vier Hände ergriffen ihn und warfen ihn aus der Wohnungstür auf den Hausflur. Jonas schlug hart auf, sein Kopf schmerzte, er rutschte und beinahe wäre er kopfüber die Treppe heruntergestürzt.

Als die Tür laut zuschlug umgab ihn unendliche Ruhe. Er war allein. Mühsam versuchte er, die Augen zu öffnen, alles schmerzte höllisch. Er erkannte verschwommen die Treppe abwärts, aber er hatte keine Kraft mehr, sich aufzurichten. Ich muss um Hilfe schreien, dämmerte es ihm, jemand muss mir helfen, mich hier rausholen. Ich kann nicht mehr. Hilfe! HILFE! Zum ersten Mal in seinem Leben versagte ihm die Stimme. Jonas schloss die Augen. Für einen Moment erblickte er Leah aus der Klasse unter ihm, wild verzweifelt im Wasser um sich schlagend, ihre Augen auf ihn gerichtet, mit dünner werdender Stimme um Hilfe rufend und sich selbst auf der Bank sitzend und Kaugummi kauend zuschauend, wie ihre Kräfte allmählich schwanden und sie versank. Es wurde Nacht um ihn, sein Kopf kippte zur Seite und schlug hart auf die Steinfliesen auf.

KAPITEL 18

ETWA UM DIE GLEICHE ZEIT

Luis Heinze wartete schon seit über einer Stunde in seinem Hotelzimmer in Köln, aber der Anruf kam nicht. Vielleicht war es von mir nicht richtig gewesen, reflektierte er, einem mir Unbekannten die Sache anzuvertrauen. Aber er war der Einzige, den die Organisation nicht kannte und konnte deswegen unbemerkt ins Hochhaus gelangen und auch wieder heraus. Ihn hätten sie sicher gleich abgefangen und sein Versteck wäre aufgeflogen. Und den Tobias kannten sie inzwischen auch schon. Tobias hatte seine Hand für Jonas ins Feuer gelegt, und so hatte er ihn für den Job genommen und instruiert, was zu tun war, ehe er nach Köln abfuhr. Vielleicht hätte er ihm eine größere Belohnung anbieten sollen, als einhundertfünfzig Euro, aber das war jetzt alles zu spät. Als er schon die dritte Tasse Kaffee gelehrt hatte, wurde er immer unruhiger und rief Tobias an.

„Nö", kam die prompte Antwort, „hab nix von ihm gehört. Wir hatten auch nix weiter verabredet."

„Ich mache mir Sorgen, ob alles geklappt hat. Er sollte schon vor über einer Stunde hier angerufen haben, aber er meldet sich nicht."

„Is vielleicht was dazwischengekommen. Ich denk auf Jo kannst dich voll verlassen, der is ein harter Kerl." Das brachte Luis Heinze auch nicht weiter.

„Kannst du mir seine Handynummer geben? Mir hat er gar nichts dagelassen."

„Jo hat nur son altes Prepaid Handy von eim Kumpel. Wart mal, kannst ja mal versuchen. Ich geb dir die Nummer." Aber wie oft er auch die Nummer wählte, er bekam keine Verbindung mit Jonas. Das machte ihn nur noch unruhiger. Nach einer halben Stunde hielt er es nicht mehr aus und entschloss sich, die Katrin, eine seiner besten Kundinnen im Hochhaus, anzurufen. Wie er erwartet hatte ertönte vom Handy nicht ihre, sondern eine Männerstimme.

„Ja?"

„Ist Kaulquappe da, ich muss sie mal kurz sprechen."

„Die is da, aber komplett abgeschmiert." Luis schien, dass der Sprecher auch nicht mehr weit davon entfernt war. „Sie hat sich wieder mal so einiges reingegeigt." Luis vernahm ein Rülpsen.

„Weißt du, ob heut mittags jemand was gebracht hat? Ich bin Luis."

„Hi Luis, wie geht's? Meinst Stoff oder was? Denk schon. Du, ich brauch auch wieder mal ne Ladung Koks." Die Worte dehnten sich wie Kaugummi. „Der Schneemann hat mir vorhin erzählt, son kleiner

Klugscheißer war hier, der Kaulquappe am liebsten gefickt hätte. Son rothaariger Pimmel."

„Und hat er?" Luis bekam einen Schreck.

„Keine Ahnung, kann sein. Aber der Schneemann hat mir gesagt …", allmählich versickerten die Worte, „dass er ihn hochkantig rausgeschmissen hat." Luis legte auf, mehr war wohl nicht zu erfahren, aber auf jeden Fall hatte der Junge planmäßig mit seiner Arbeit begonnen. Als nächstes war er bei seinem Vater, aber wenn alles nach Plan gelaufen war, wüsste der nichts von Jonas. Luis tippte die Nummer von Arschloch in sein Handy, wie alle Konstantin nannten. Eigentlich hieß er Konstantin von und zu Bergen, wie Luis herausbekommen hatte. Sein Stammbaum sollte bis ins Mittelalter reichen. Es dauerte eine Ewigkeit, ehe sich die zittrige Stimme von Konstantin meldete.

„War heute mein Bote bei dir? Hat alles geklappt?"

„Hi Luis. Ja, son rothaariger Fatzke war heute hier, aber schick mir nächstes Mal nich wieder son Killer auf'n Hals."

„Killer?"

„Na, wie der mich angestarrt hat, als ich mit ihm bischen Spaß machte, als ob ich nich bezahlen wollte. Ich dachte der dreht mir gleich den Hals um."

Alles lief also nach Plan. Luis atmete erleichtert aus. Wenn Jonas beim Arschloch die Ware abgeliefert hatte, dann musste er auch vorher bei seinem Vater gewesen sein und hatte sicherlich auch die Sachen für die Organisation mitgenommen. Aber warum meldete der verdammte Kerl sich nicht? Ob er erkannt hatte, welchen

Wert der Koffer enthielt und ist damit durchgebrannt? Etwa mit allem? Luis schauderte es.

Wenn es so war, war er am Arsch. Nach einer halben Stunde griff er wieder zum Handy und versuchte noch einmal Tobias zu erreichen. Laute Musik prallte ihm entgegen.

„Hallo Tobi, ich bin's nochmal. Hast du die Festnetznummer von Jonas Wohnung?" Außer rhythmischem Gestampfe war nichts zu verstehen. „Tobias?"

„Hi, nee kenn ich nich", schrie Tobias. Für einen Moment war nur Getöse in der Leitung. „Ich weiß nur, dass er in der Grubenstraße, glaub Nummer 117, wohnt." Wieder dröhnten die Bässe. „Wenn du ihn triffst, sag, wir sind beim ‚Hoxy' und er soll kommen. Es geht hier ordentlich was ab."

Luis besorgte sich über die Telefonvermittlung die Nummer und rief sofort bei Jonas zu Hause an. Seinen Familiennamen kannte er von der Vorstellung vor ein paar Tagen.

„Bei Beckmann." Eine hastige Frauenstimme.

„Guten Abend Frau Beckmann, ich möchte nicht stören. Ich bin ein ehemaliger Schulfreund von Jonas und wollte kurz mal mit ihm sprechen, ist er zu Hause?" Das mit dem Schulfreund hatte er sich ausgedacht und seine Stimme entsprechend etwas in die Höhe geschraubt.

„Nein, immer noch nicht. Ich weiß auch nicht, wo er bleibt. Er wollte bis spätestens siebzehn Uhr zu Hause sein." Jonas spürte Sorge in ihrer Stimme, eine

Sorge, die er mit ihr teilte, sicherlich aber aus einem anderen Grund.

„Wissen Sie, wo er sein könnte?"

„Nein, ich habe leider auch keine Ahnung."

Seine Nummer wollte er ihr lieber nicht geben und er verabschiedete sich hastig. Natürlich könnte er Adrian oder Sorin anrufen, einer von beiden war am Sonntag im Büro. Aber was ist, wenn der Junge dort gar nicht aufgetaucht war? Nein, das konnte nicht sein, in dem Fall hätten sie oder Marvin ihn garantiert schon längst angerufen und nachgefragt, was mit der versprochenen Lieferung los war? Das Warten auf eine Nachricht von Jonas oder von Adrian oder auch Sorin, zermürbte Luis. Als er gerade in die Küchenecke gegangen war, um sich noch einen Kaffee zu machen, spielte sein Handy ‚Guten Morgen liebe Sorgen'. „Endlich!" stieß er befreit aus, lies den Kaffeebecher beinahe fallen und stürmte zurück ins Zimmer. Auf dem Display die Nummer seines Vaters!

„Hallo Pa, euer Boccia-Spiel erfolgreich beendet?" Luis gab sich alle Mühe, seine Enttäuschung zu verbergen und so normal und unbefangen zu klingen, wie immer. „Ist alles in Ordnung bei dir?"

„Warst du heute am Mittag hier in der Wohnung?"

„Nein, wieso?"

„Jemand war hier. Mein Schreibtisch ist durchwühlt und die Zigaretten fehlen." Was hatte der verrückte Jonas nur angestellt? Wieso klaute der Kerl Zigaretten? Er sollte doch nur die markierten Sachen aus dem Koffer holen, sich etwas ausruhen und nachher weiter zum Hauptbahnhof fahren. Und nichts anrühren. Für den hatte Tobias seine Hand ins Feuer gelegt. Zornröte stieg in Luis' Gesicht und der Körper zitterte leicht vor Anspannung. Den Tobias werde ich mir vornehmen, versprach er sich.

„Ach, Entschuldigung Pa", versuchte Luis es so unbefangen wie möglich herauszubringen, „ich wollte selbst kommen, ich brauchte was aus meinem Koffer, aber ich musste dringend nach Köln reisen, wo ich grade bin. Ich habe einen meiner Angestellten geschickt. Wenn ich ihn morgen treffe, bekommt er von mir ordentlich was zu hören."

„Du hast ihm die Schlüssel zu meiner Wohnung gegeben? Wie lange arbeitet er schon in deiner Firma?"

„Seit über einem Jahr", log Luis. „Entschuldigung, es war wirklich eine Notlage. Ich brauchte die Unterlagen dringend. Nochmals Entschuldigung. Ich weiß nicht, was ich sagen soll. Er ist sonst eigentlich immer ein ganz zuverlässiger Mitarbeiter. Ich weiß wirklich nicht, was in ihn gefahren ist. Wenn ich ihn morgen treffe, werde ich ihn zur Rede stellen. Da kannst du sicher sein."

„Da ist noch etwas, was mich sehr beunruhigt. Dein Mitarbeiter hat etwas auf den Spiegel im Badezimmer geschmiert." Luis biss vor Wut die Zähne zusammen.

„Geschmiert, was?", presste er hervor.

„Mit meinem roten Marker einen Halbmond mit einem Kreuz darin, allerdings mit dem Querbalken unten."

„Ich verstehe das alles nicht, Pa. Wieso sollte er so etwas tun? Er kennt dich doch überhaupt nicht. Es tut mir wirklich leid, dass der Kerl dir solche

Unannehmlichkeiten bereitet hat. Ich lade dich morgen am Abend bei unserem Griechen zum Essen ein, als Wiedergutmachung. Der Kerl muss total ausgerastet sein. Den schmeiß ich sofort raus, das verspreche ich dir."

„Das ist schon schlimm genug, aber noch etwas. Unter dem Graffiti stehen drei Buchstaben T-O-D."

Luis' Ärger über Jonas wendete sich augenblicklich in Angst. Vor seinen Augen flimmerte es. Hatte Horea herausbekommen, dass er ihn nur mit einem Teil seiner Drogen abspeisen wollte und Jonas war in Wahrheit ein Agent der Organisation? Sie wollen es wahrmachen und meinen Vater umbringen, durchfuhr es ihn.

„Ist der Koffer noch da?"

„Ja, der steht so wie immer." Luis atmete tief durch.

„Ich glaube, Vater, das alles war niemals mein Angestellter, jemand anderes muss in deine Wohnung eingebrochen sein." Dass der Koffer noch vorhanden war, hatte ihm erst einmal eine Entwarnung gegeben. Vielleicht löste sich doch alles irgendwie auf, hoffte er, ein Missverständnis oder was auch immer. „Ich komme morgen am frühen Nachmittag sofort zu dir, lasse bitte erst einmal alles so, wie es ist. Wir müssen wahrscheinlich die Polizei benachrichtigen. Wir machen das dann zusammen."

„Das ist nett von dir, Luis, dass du kommst. Ich fühle mich nicht gut. Einbrecher hatte ich noch nie. Und dann noch das Geschmiere!"

„Natürlich, kein Problem Pa. Morgen bin ich bei dir, versprochen. Es wird alles gut. Bis morgen." Luis beendete das Gespräch und ging noch einmal alles durch. Jonas war bei Katrin und beim Arschloch, also war er vorher auch bei seinem Vater gewesen, war aber immer noch nicht aufgetaucht. Warum nicht? Wenn er ein Agent war, warum hatte er erst noch Katrin und Arschloch bedient. Er hätte doch gleich bei Horea anrufen können, als er den Koffer fand. Und wieso war der Koffer immer noch da?

Und die drei Buchstaben T O D? Wie sehr er auch seinen Kopf marterte, etwas passte da nicht zusammen. Diese Nacht konnte er nicht schlafen.

Auf der Fahrt von Köln nach Berlin überlegte er, was mit dem Koffer zu tun war. Wenn der Rest noch vorhanden war, wäre erst einmal alles in Ordnung. Aber in der jetzigen, unübersichtlichen Situation, war es auf jeden Fall geraten, den Koffer aus Vaters Wohnung verschwinden zu lassen. Auf keinen Fall durfte er ihn mit hineinziehen. Wenn er den Koffer bei Katrin, seiner besten Kundin, unterstellte, wäre er in einem Monat leergeräumt, grinste Luis in sich hinein, beim Arschloch wohl auch. Aber der Vietnamese Hung van Tran war ehrlich, da könnte er ihn erst einmal verstecken. Wenn ich an seine Unterhose greife, überlegte er widerwillig, und seinen Onkel bisschen massiere, stimmt er vielleicht zu. Für son super Versteck wieder im Hochhaus, muss man das schon mal machen. Der mag sowas halt als Freundschaftsbeweis. Ab Hannover entspannte sich Luis und wurde ruhiger. Vom Hauptbahnhof nahm er ein Taxi. Der Verkehr war schwach, er kam gut durch und nach zwanzig Minuten konnte er bereits das Hochhaus erkennen.

Nur, warum kam immer noch keine Nachricht von der Organisation und wo steckte der verdammte Junge?

KAPITEL 19

Nachdem Herr Thomsen seine Enkelin Kira vom Kindergarten abgeholt hatte, gingen beide Eis essen. Bis ihre Eltern kamen, gab es noch genügend Zeit und sie betraten ein Eiscafé.

„Und auf was hast du heute Lust, Schokolade oder Vanille oder Banane, mein Mäuslein?" Kira stand mit großen Augen vor dem Tresen und konnte sich nicht entscheiden, denn es gab noch so viele andere Sorten.

„Ich möchte gern Sahne-Kirsch und Schokolade", kam es endlich mit einem Kichern heraus, das Grübchen in ihre Wangen trieb. „Und noch eine Kugel Erdbeereis. Und was magst du, Opa?" Ihr Opa musste unbedingt mitessen und er bestellte eine Kugel Joghurt und eine Kugel Mango, mehr glaubte er nicht zu schaffen.

„Und wie war's bei dir heute im Kindergarten?"

„Oh, ganz lustig, Opa. Ich habe ein Bild für Mama gemalt. Sie sitzt auf einem Stuhl und liest mir vor."

„Und Papa, ist er auch auf dem Bild?"

„Ja. Papa ist in der Küche und kocht was ganz Schönes für uns drei."

„Das ist aber ein schönes Bild!" Herr Thomsen atmete lange erleichtert aus, einmal, zweimal. Tatsächlich hatte sich das Verhältnis seiner Schwiegertochter zu Christian seit dem Tod von Herrn Heinze unerwartet entspannt. Er arbeitete nicht mehr bis in die Nacht, seitdem er einen älteren Herrn für die Büroarbeit eingestellt hatte. Auch Rita hatte seit einiger Zeit endlich viel weniger Bereitschafsdienst in der Nacht oder Nachtschichten.

„Was hat denn deine Erzieherin dazu gesagt?"

„Carola fand es sehr schön und sie hat gefragt was mein Papa da kocht. Da hab ich ihr gesagt, er macht da eine Pizza vom Supermarkt warm und belegt sie noch extra mit Tomatenscheiben, weil Mama das so gern mag."

Ob sich die Gewitterwolken tatsächlich verzogen hatten, konnte Herr Thomsen noch nicht sagen, aber die beiden waren wenigstens mehr zusammen, als noch vor einigen Wochen.

Durch das Fenster, vor dem sie saßen, konnten sie auf der gegenüberliegenden Seite einen blauen Audi erkennen, der gerade eben gekommen war und mit kurzem Hupen angehalten hatte.

„Papa!", rief Kira aufgeregt, „schau Opa, er ist schon da. Sie sprang hoch, wobei sie beinahe den inzwischen fast leeren Eisbecher umgeworfen hätte. Die Tür ging auf und Christian kam ins Eiscafé, breitete seine Arme weit aus und ließ seine Tochter, wie einen Kletteraffen, ihn anspringen und umarmen.

„Hallo mein Liebling", und zu seinem Vater gewandt, „danke Pa, dass ihr hier auf uns gewartet habt."

Zu seiner Tochter fügte er mit einem breiten Lächeln hinzu, „ab gehts in den Zoo, Mama ist im Auto und kann es kaum mehr erwarten, mit dir die Affen, Löwen und Elefanten zu beobachten." Eigentlich sollte sein Vater zu dem gemeinsamen Zooausflug mitkommen, aber Herr Thomsen war der Meinung gewesen, es ist besser, wenn Christian und Rita unter sich waren.

Der letzte Schachnachmittag lag erst drei Tage zurück, aber heute hatte Karl Schneider seinen freien Tag und das sollte ausgenutzt werden. Sie wollten sich dieses Mal nicht im Hochhaus treffen, sondern hatten ihr Tournier ins gemütlichere Café ,Wiener Eck' verlegt. Als René Thomsen eintraf, erwartete ihn sein Schachpartner mit bereits aufgestellten Figuren an einem Ecktisch mit Blick in den Park.

„Hallo René, schön dass du da bist, ich habe mir schon einen Hauswein bestellt. Was möchtest du trinken? Ich lade dich ein." Herr Thomsen setzte sich und bat nach einigem Nachdenken die Bedienung auch um den Hauswein.

„Und was gibt es Neues bei dir im Hochhaus? Hast du wegen des Unfalls inzwischen etwas von deinem Bekannten bei der Polizei gehört?"

„René, da ist tatsächlich einiges zusammengekommen, aber alles wird unklarer für mich." Herr Thomsens Wein kam und die beiden stießen an. „Auf einen gemütlichen Nachmittag. Heute habe ich weiß, wenn es dir recht ist, René." Als der ihm zunickte, zog der Hausmeister seinen Bauern von e2 auf e3 und Herr Thomsen konterte mit Bauer e7 auf e5, was der Hausmeister mit seinem Bauern auf e4 beantwortete.

René überlegte einen Augenblick, ehe er seinen Springer auf f6 vorrückte und schaute Karl dabei fragend an.

„Was hat sich denn so alles Neues ergeben, Karl? Na, dann schieß doch mal los."

„Also ich habe dir doch von dem älteren Jungen erzählt, der sich bis kurz vor dem Unfall vor dem Hochhaus herumgetrieben hat. Und jetzt kommts. Die Polizei hat ihn gefunden. Und nun halte mal den Atem an: Der Bursche ist erst vor kurzem aus einem Gefängnis oder so entlassen worden. Angeblich wegen guter Führung. Der saß da wohl wegen versuchten Mordes. Genaueres weiß ich nicht." Der Hausmeister antwortete Herrn Thomsens Zug mit seinem Springer auf c3, um seinen Bauern zu schützen.

„Ja, und weiter?" Herr Thomsen platzierte seinen Läufer auf c5 und sein Gegenspieler seinen auf c4.

„Und jetzt kommts. Von dem jugendlichen Delinquenten hat man überall Fingerabdrücke in Pauls Wohnung gefunden. Kannst du dir das vorstellen?"

„Was, der Junge hat Paul in seiner Wohnung besucht? Herr Thomsen blickte erstaunt in Karl Schneiders Gesicht. „Was wollte er denn da? Das kann doch niemals wahr sein!"

„Doch, ist es aber. Ich habe dir doch neulich von dem Beutel mit weißem Pulver erzählt, den man eingeklemmt zwischen Fußleiste und Boden in der

Garderobe gefunden hatte. Erst Kokain und jetzt ein krimineller Jugendlicher in seiner Wohnung." Herr Thomsen seufzte, er konnte das alles nicht fassen. Der Heinze war doch so ein ordentlicher Mensch. Er hatte doch einer wohltätigen Organisation monatlich Geld gespendet. Hatte er etwa im Verborgenen ein zweites, geheimes Leben geführt? Gar ein kriminelles?

Mit Drogen und einem Straftäter bei sich zu Hause. Nach einem weiteren Seufzer führte er, mehr aus Verlegenheit, die kleine Rochade aus. „Karl, hilf mir. Ich kann das immer noch nicht verstehen. Sicherlich hat alles einen ganz anderen Grund."

„René, selbst am Bett waren seine Fingerabdrücke. Ich komme da auch nicht mehr klar, mit einem sechzehn, siebzehn jährigen Jungen." Für einen Augenblick hörte man nur Vogelgezwitscher von dem offenen Fenstern her. Der Hausmeister rückte mit seinem Bauern auf d3 vor, was sein Gegenüber nach kurzem Nachdenken mit Bauer auf c6 beantwortete. „Ich habe den Jungen noch nie im Haus gesehen, nur immer, wenn er auf der Straße stand und das Haus anglotzte. Da hat er wohl auf Paul gewartet. Die ganze Zeit bin ich ja nicht in der Pförtnerloge, aber eigentlich müsste ich ihn doch einmal gesehen haben, wenn er zu Paul hinaufgefahren ist." Der Hausmeister platzierte seinen Springer auf f3.

„Meint die Polizei, der Junge könnte etwas mit dem Tod zu tun gehabt haben?" Herr Thomson schob seinen Bauern von d7 auf d5.

„Auf jeden Fall. Der andere Junge ist allmählich gesprächiger geworden, nachdem die Kriminalpolizei sich seiner angenommen hat. Sie hatten sich für genau den Sonntagvormittag verabredet, als Heinze zu Tode gekommen ist. Der ältere Junge hatte ihm gesagt, er sollte exakt drei Minuten vor elf Uhr losfahren, und so schnell wie möglich. Die Zeugin hat ausgesagt, dass der Junge kurz nach elf Uhr an ihrem Fenster vorbeigerast ist und die Polizei hat ausgerechnet, dass er demzufolge geringfügig später den Eingang des Hochhauses passiert haben musste."

„Du meinst, der ältere Junge hat einen Anschlag auf Paul geplant und den jüngeren als Waffe benutzt?"

„Genau, so sehe ich das." Damit schlug er auf d5 den Bauern von Herrn Thomsen. „Und die Polizei wohl auch."

„Aber woher wusste der ältere Junge, wann genau Paul aus der Haustüre kommt? Ich meine, Karl, da muss es sich doch um Sekunden handeln, das kann man doch gar nicht ausrechnen." Herr Thomsen schlug den Bauern auf d5 mit seinem, worauf der Hausmeister seinen Läufer auf b3 zurücknahm.

„Ja, genau, René, da tappen noch alle im Dunkeln, wie er ihn zu der Zeit aus dem Haus gelockt hatte. Normalerweise verließ Paul das Haus immer am Sonntag um diese Zeit, weil er zum Bocciaspiel ging, aber gerade an diesem Tag gab es keins, wie mir gesagt wurde. Und dennoch hat er wie immer das Haus verlassen."

„Das habe ich auch so gehört, also muss es einen anderen Grund gegeben haben, warum er das Haus verlassen hat." Herr Thomsen zog seinen Bauern von h7 nach h6. „Wenn man den Grund kennt, kommt man der Sache bestimmt näher. Denn ich kann mir nicht im Geringsten vorstellen, dass jemand bei der Hitze freiwillig das Haus verlässt."

„Die Polizei hat sein Handy ausgewertet, aber nichts."

Der Hausmeister nahm einen heftigen Schluck aus dem Weinglas und zog ebenfalls seinen Bauern auf h3. „Die Zeugenbefragungen haben auch nichts weiter ergeben. Wir sind immer noch da, wo wir am Anfang standen. Aber dass da ein Verbrechen vorliegt, da bin ich mir jetzt sicher." Herr Thomsen brachte seinen Springer auf c6 in Position und sein Gegner rochierte. Viel hatte sich auf dem Schachbrett bisher nicht getan, nur Herr Thomsens Figuren waren etwas besser entwickelt.

„Aber was sollte der ältere Junge für ein Motiv haben?" Herr Thomsen rückte mit seinem Läufer auf e6 vor.

„Das weiß ich nicht. Die Kriminalpolizei hält sich da vollkommen bedeckt. Aber eins ist klar, der Junge war ein Schüler von Paul, als der noch Lehrer war. Das ist durchgesickert." Der Hausmeister machte auch eine kleine Rochade. „Ich stelle mir da einen Racheakt vor, vielleicht wegen schlechter Zensuren." Renè antwortete mit seinem Läufer auf e6 und der Hausmeister zog seinen Springer auf e2 zurück.

„Aber da bringt man doch nicht gleich den Lehrer um, und das nach Jahren! Ich kann mir das absolut nicht vorstellen." Herr Thomsen ließ seinen Läufer auf b6 zurückfallen und der Hausmeister rückte seinen Bauern auf d4 vor.

„Immerhin war der Junge Jahre im Kittchen. Da weiß man nie, was sich in deren Köpfen zusammenbraut", gab Karl Schneider zu bedenken. „Und seine Besuche in Pauls Wohnung?" Das Spiel ging noch eine Weile hin und her, bis Herr Schneider nach dem selbstverschuldeten Verlust seiner Dame aufgab.

Gegen Abend verabschiedeten sich die beiden und Herr Thomsen nahm wieder den Umweg durch den Park, um vielleicht die Seniorin im Fenster zu treffen. Die Luft war jetzt angenehm kühl.

Ihre molligen bloßen Arme und die weißgrauen Haare konnte er schon von weitem aus dem Fenster ragen sehen. Unbeabsichtigt schritt er eiliger aus.

„Guten Abend", grüßte Herr Thomsen freundlich. „Wie geht es Ihnen heute?"

„Danke der Nachfrage, mein lieber Herr Thomsen. Ich freue mich immer, Sie zu treffen. Mir geht es gut und Ihnen?" Als Herr Thomson auf den Unfall vor dem Hochhaus zu sprechen kam, hatte sie zu seinem Bedauern keine Neuigkeiten.

„Was ist aus dem Herrn, so um die dreißig, mit den dunkelbraunen Haaren geworden, der Ihnen Fotos gezeigt hatte. Hat er sich wieder einmal gemeldet?"

„Nein, er ist danach nie mehr erschienen." Herr Thomsen verabschiedete sich und machte sich gedankenverloren auf den Weg zum Bahnhof. Ob diese Angelegenheit jemals geklärt werden könnte? Wegen des Anschlages, den sie an der Hochhauswand angebracht hatten, war von der Polizei bisher leider keine Nachricht eingetroffen.

Seine Stimmung hellte sich in der Untergrundbahn langsam auf, als er an den Abend dachte, der vor ihm lag. Endlich werden sein Sohn, Rita und Kira mit ihnen gemeinsam am Tisch sitzen und nachher gab es wie immer eine Leserunde vom dem Pferd Wildfang und seinen Abenteuern.

KAPITEL 20

FRÜHLING, JONAS

Gegen zwanzig Uhr rief Dr. Feldmann wieder an und endlich hatte er eine gute Nachricht.

„Alles ist gut, Frau Beckmann – Lena, keine Sorge. Jonas ist wieder aufgetaucht und befindet sich im Augenblick in der Klinik eines Freundes von mir. Bitte, hab keine Angst, alles ist mit deinem Sohn in Ordnung", fügte er hastig hinzu. „Heute soll er dort auf jeden Fall übernachten, aber mein Bekannter meinte, übermorgen kann er wohl schon wieder normal herumlaufen."

„Was ist denn passiert? Hatte er einen Unfall? Ist mein Sohn zu dir gekommen? Ich habe mir solche Sorgen um ihn gemacht."

„Was genau passiert ist, weiß ich auch nicht. Jonas hat bisher nicht gesprochen, wir reden darüber, wenn du hier bist. Aber bitte, keine Hast, keine Eile, liebe Lena. Alles ist mit deinem Sohn im grünen Bereich.

Wir beide können nach dem Besuch bei ihm etwas Essen gehen und uns austauschen. Jonas braucht jetzt erst einmal Ruhe."

Als Frau Beckmann mit der Tram an der beschriebenen Adresse Berliner Allee 94 ankam, stand sie vor einem modernen achtstöckigen Gebäude, einem Ärztehaus. Im Parterre befand sich eine Apotheke. Im Hauseingang drückte sie, wie von Dr. Feldmann instruiert, die Klingel bei ‚Dr. Mario Rossi – Klinik für Unfallchirurgie‘ und hatte sofort ein ungutes Gefühl im Magen, als sie *Unfallchirurgie* las. Ein Summen, sie drückte die Tür auf und auf einer Tafel las sie, dass sich die Klinik im zweiten Stockwerk befand. Sie eilte die Treppe hinauf und konnte es kaum erwarten, ihren Jonas in die Arme zu schließen. Vor der Kliniktür erwartete sie Dr. Feldmann, der ihr aufmunternd lächelnd seine Hand entgegenstreckte.

„Guten Abend, Lena. Wie gesagt, es ist alles in Ordnung, mache dir bitte keine Sorgen. Ehe wir zu Jonas hineingehen, möchte ich noch kurz mit dir sprechen." Dr. Feldmann führte sie in ein Wartezimmer und nachdem sie sich gesetzt hatten, fuhr er fort.

„Jonas ist von zwei jungen Frauen blutend und ohnmächtig in einem Hauseingang gefunden worden. Die beiden haben sofort die Polizei gerufen und nicht den Krankenwagen. Das war gut, sonst wäre die Sache wohl bekannt geworden. Die Polizei hat bei Jonas meine Notfallkarte gefunden und mich benachrichtigt. Eine der beiden Damen war noch da, als ich nur kurz danach ankam. Sie war ganz durcheinander und nannte mir nur ihren Vornamen, Mia. Ich habe mir ihre E-Mail-Adresse notieren können. Vielleicht kann sich Jonas später einmal bei ihr bedanken. Ich habe ihn ins Auto gesetzt und bin hierhergefahren. Hier ist er gut aufgehoben. Ich kenne Dr. Rossi vom gemeinsamen Studium in Berlin, er ist ein guter Freund von mir. Ich möchte nicht, dass etwas nach außen dringt. Du weißt ja, die kleinste Sache kann ihn ins Heim bringen. Bei mir im Universitätskrankenhaus kommt gleich alles zu den Akten. Die Polizei wird auch nichts weiter unternehmen, wenn er oder wir keine Anzeige machen, wurde mir versichert. Kleine Schlägereien gibt es ja viele und die Beamten waren heilfroh, ihn mir übergeben zu können, zumal ich mich als Arzt ausgewiesen habe."

„Timo, vielen Dank, wenn du nicht immer gleich zur Stelle wärst. Aber was ist denn nun tatsächlich passiert? Warum ist er verletzt? Gab es einen Verkehrsunfall oder etwa eine Schlägerei, wie die Polizei sagt? Was hat dir Jonas erzählt?" Ihre Worte hasteten wie Hürdenläufer über Hindernisse.

„Ich weiß nicht, was passiert ist." Dr. Feldmann sprach ruhig auf Frau Beckmann ein. „Seitdem ich ihn ins Auto gesetzt habe, hat er die ganze Zeit nur geweint. Nicht laut, mehr in sich hinein. Seitdem er hier ist, liegt er starr im Bett und schweigt wie ein Grab. Aber ich kann in seinem nicht verbundenen rechten Auge lesen, dass etwas in seinem Gehirn arbeitet. Nur weiß ich nicht was. Der andere Polizist meinte, der hat aber eine ordentliche Tracht Prügel erhalten, das wird er nicht so schnell vergessen. Er kenne so etwas von seiner Arbeit mit jugendlichen Banden. Am Ende kommt schließlich doch nichts anderes heraus, als Berge von Schreibkram für die Polizei, vertraute er mir an. Die halten alle untereinander dicht."

„Mit jugendlichen Banden?" Frau Beckmann schaute entsetzt zu Dr. Feldmann.

„Aber Jonas ist doch erst vor kurzem entlassen worden und hat kaum Kontakt zu jemandem gehabt und schon gar nicht zu irgendwelchen Banden. Er war doch erst 13, als er ins Heim musste. Warum soll er denn überfallen worden sein, und von wem? Das verstehe ich alles nicht."

„Das ist mir auch ein Rätsel. Eigentlich wollte ich ihn morgen einmal zum Judo mitnehmen. Ich glaube, er hat sich sehr darauf gefreut. Er wollte unbedingt die Falltechniken kennenlernen. Vielleicht spricht er mit dir, was geschehen ist. Ich muss es auch unbedingt wissen. Wenn wir jetzt zu ihm gehen, erschrecke bitte nicht, wenn du ihn siehst. Sein linkes Auge ist verbunden, sowie auch ein Teil seines Gesichtes. Aber mein Freund Mario meinte, dass es viel schlimmer aussieht, als es ist. Er hat mir bestätigt, dass bei Jonas nichts gebrochen ist, nur ordentliche Prellungen über den gesamten Körper. Er hatte starke Schmerzen, als er hierherkam. Im Augenblick ist er jedoch schmerzfrei, denn mein Freund, Dr. Rossi, hat ihm ein Beruhigungsmittel gegeben. Gehen wir zu ihm ins Zimmer und schauen nach, wie es ihm geht."

Als Frau Beckmann ihren Sohn sah, bekam sie einen furchtbaren Schreck und hielt sich beide Hände vor den Mund. Was sie noch von seinem bandagierten Gesicht wahrnehmen konnte, war weiß wie das Bettlaken auf dem er ruhte. Er lag auf dem Rücken, bis zur halben Brust zugedeckt und starrte mit dem rechten

Auge gegen die Zimmerdecke, das linke war verbunden.

„Jonas, ich bin bei dir, alles wird gut. Das hat Timo mir versprochen und übermorgen kannst du schon wieder aufstehen. Was ist denn nur passiert?" Jonas regte sich nicht, sein Atem war kaum zu vernehmen.

Frau Beckmann setzte sich neben das Bett und nahm seine Hand und streichelte sie. „Was war denn los?" Die Hand war warm, nein, fast heiß. „Erzähl doch bitte." Ihr Sohn zeigte keine Reaktion. „Hast du Schmerzen?" Jonas fixierte bewegungslos die Zimmerdecke. „Möchtest du etwas essen oder trinken?" Ihr Sohn lag auf dem Bett, wie ein gefällter Baum, ohne Leben. „Wenn du müde bist, versuche zu schlafen." Jonas' rechtes Auge schloss sich nicht, haftete unentwegt an der Zimmerdecke. Nach einer halben Stunde des Schweigens, zog Dr. Feldmann Jonas' Mutter vorsichtig vom Stuhl.

„Lassen wir ihn allein, er ist mit sich selbst beschäftigt. Stören wir ihn nicht dabei. Wir gehen etwas leichtes Essen. Nachher sehen wir noch einmal nach ihm. Er ist ja bei Mario in guten Händen. Es sollte erst niemand wissen, dass er hier ist. Es ist nicht gut, wenn es bekannt wird." Dr. Feldmann legte zur Bekräftigung den Zeigefinger auf seine Lippen.

Kurz nachdem beide die Praxis verlassen hatten, stand Dr. Mario Rossi vor dem Krankenbett. Er war von seinem Studienfeund kurz über Jonas Krankheit, den Aufenthalt im Heim und die jetzige Situation unterrichtet worden und hatte zugestimmt, über den Vorfall zu schweigen, um den Jungen nicht in

Schwierigkeiten zu bringen. Dr. Feldmann wollte zunächst wissen, was genau vorgefallen war. Mario Rossi betrachtete seinen jungen Patienten lange. Was für ein Zufall hat ihn zu mir geführt, sinnierte er. Zufall oder Schicksal? Dr. Rossis rechte Hand umfasste ein Foto. Zunächst unschlüssig, hielt er es schließlich Jonas vor das rechte Auge und wartete. Es kam keine Reaktion von dem Jungen.

„Jonas, erkennst du den Herrn auf dem Foto?" Es dauerte lange, ehe Jonas' Auge sich von der Zimmerdecke löste und sich auf das Bild richtete. Jonas Blick blieb daran hängen. Eine Antwort kam nicht. Dr. Rossi setzte sich auf die Bettkante und legte seine Hand vorsichtig auf Jonas` Oberarm. Er wartete einige Minuten, ehe er weitersprach.

„Das Foto war in deiner Jeanstasche und ist herausgefallen, als Dr. Feldmann dich hierher brachte. Ich habe es aufgehoben. Ist das Bild wichtig für dich, weil du es mit dir herumträgst?" Für Dr. Rossi war es eine Überraschung gewesen, plötzlich mit Heinzes Gesicht konfrontiert zu werden. Wieso hatte der Junge ein Bild von Paul Heinze bei sich? Dessen Sohn war der Junge auf keinen Fall. War Heinze ein Verwandter, ein Bekannter von Jonas? Aber wer trug denn ein Bild von Bekannten mit sich herum? Es musste eine andere Bewandtnis haben, nur welche? Ob sein Zustand etwas damit zu tun haben könnte? Oder war Heinze aus irgendeinem Grund für ihn wichtig? „Woher kennst du diesen Mann?" Die Pupille, so wie Jonas' gesamter Körper, bewegten sich nicht. „Weißt du," Dr. Rossis Stimme ging in ein Flüstern über und seine Lippen waren dicht an Jonas' Ohr. „Ich kenne ihn auch, er heißt Paul Heinze."

Dr. Rossi betrachtete gespannt seinen Patienten, konnte aber wieder keine Reaktion bemerken. Langsam, Wort für Wort betonend, fuhr er fort:

„Er ist kein angenehmer Zeitgenosse, das kann ich dir sagen." Dr. Rossi erkannte ein Zucken in Jonas' rechtem Auge. Er hatte also reagiert, worauf? Auf, *kein angenehmer Zeitgenosse*? Dr. Rossi versuchte es weiter in dieser Richtung.

„Er denkt, er weiß alles besser und dabei zerstört er das Glück anderer Menschen." Zum zweiten Mal bemerkte Dr. Rossi ein Zucken in Jonas' Auge. „Ich habe deswegen noch ein Hühnchen mit ihm zu rupfen. Aber das ist meine Sache." Dr. Rossi fühlte den Blick des rechten Auges jetzt auf sich gerichtet. Dass der Junge auf seine Fragen reagiert hatte, anders als bei Dr. Feldmann oder seiner Mutter, und ihn dabei sogar anblickte, machte ihm Mut.

„Man kann doch so eine Sache nicht einfach auf sich beruhen lassen, Jonas. Was meinst du?" Jonas schloss das rechte Auge.

„Der Heinze wohnt in einem Hochhaus. Warst du da schon einmal?" Ob Jonas genickt hatte oder nicht, war Dr. Rossi entgangen, aber es schien ihm so. Wenn der Junge bei Heinze gewesen war, musste es etwas zwischen den beiden geben. Vielleicht auch einen Streit, denn auf das *Hühnchen rupfen* hatte der Junge reagiert. „Wir können uns über den Paul Heinze morgen austauschen, Jonas, wenn es dir etwas besser geht.

Vielleicht haben wir ja Gemeinsamkeiten, du und ich, was uns und diesen Herrn Heinze betrifft."

Dr. Rossi verabreichte seinem Patienten eine Injektion in den rechten Oberarm, schützte die Einstichstelle mit einem Pflaster und streichelte mehrmals vorsichtig mit seinen Fingern über Jonas bloße Haut.

„Jetzt ruhe dich erst einmal aus und schlafe gut. Gute Nacht, Jonas. Bis morgen."

Als Dr. Feldmann und Frau Beckmann das Krankenzimmer nach einer Stunde wieder betraten, war Jonas fest eingeschlafen. Beide verließen still sein Zimmer.

KAPITEL 21

„Mega Überraschung, Kaulquappe! Unsere Story von dem Jungen, der die Erde von überflüssigen Erwachsenen säubert, hat genial eingeschlagen." Damit stolperte Karsten in Katrins Apartment. „Es gibt sogar einen Manga in schwarz-weiß von der ersten Szene, wo unser Held Fuujin mit wehenden Haaren auf den Klippen steht. Ich habe den Sigi zufällig bei ner Koksparty getroffen, der hat das vermittelt. Der Manga fetzt, das kannst mir glauben. Wenn wir ne geile Story auf die Reihe kriegen, will Sigi uns was vermitteln, hat er mir gesagt. Könnte ordentlich was für uns dabei herausspringen. Seim Freund Leon hat's auch mega gefallen. Der meinte, es könnte ein abgefahrenes Computerspiel werden."

„Wow, is ja super, Kasi. Komm rein und erzähl. Hugo ist auch hier. Hast schon was im Kasten?" Dass Katrin ihm die Tür nackt geöffnet hatte, war für ihn nichts Besonderes, nur dass Hugo auch da war, irritierte ihn.

„Ich dachte Hugo sitzt noch. Wann isser denn ausm Knast rausgekommen? Der sollte doch noch vier Monate sitzen."

„Vorgestern, wegen guter Führung und der Arme hatte doch keine Bleibe. Er pennt jetzt. Es war gestern ne voll anstrengende Nacht mit ihm und er hat danach auch noch ordentlich Speed gezogen. War ja vollkommen ausgehungert, der Arme."

Das mit der anstrengenden Nacht mit Kaulquappe konnte sich Karsten lebhaft vorstellen. Er seufzte, legte den Arm fest um ihre bloße Hüfte und drängte sie zum Sofa. Er legte sich halb auf sie, öffnete rasch seine Jeans, zog sie nach unten und gab ihr einen fast nicht enden wollenden Kuss. Eigentlich wäre er so am liebsten liegengeblieben, aber Katrin meinte, „nicht jetzt, später", sie wollte sich erst vorher duschen. Karsten richtete sich unter Stöhnen enttäuscht auf und angelte sich ein auf dem Tisch stehendes, halbgefülltes Glas.

„Also, nur so in groben Zügen hab ich mir schon was überlegt, was als nächstes kommen kann." Er nahm einen Schluck aus dem Glas, spuckte die Flüssigkeit aber sofort wieder im weiten Bogen aus. „Bähh, wasn das fürn Scheiß? Schmeckt ja nach Pisse. Also, ich dachte, ich mache die Story besser wieder mit dir zusammen. Es wäre bestimmt letztes Mal nicht so geil geworden, wenn du mir nich geholfen hättest." Was er mit einem intensiven Kuss untermahlte. „Es ist nämlich so, der Redakteur meinte, es muss dieses Mal unbedingt voll viel Sex rein in die Story. Das wolln die Leser. Er stellt sich dabei so ne heiße kleine Geile vor, mit babyblauen Augen, einem hammersüßen Lächeln und voll wenig an. Na ja, da dachte ich sofort an dich als meine sweety Sexhexe."

„Bist echt lieb, Kasi-lein."

„Ich denk, ich fang an, wie bei der ersten Story. Also, es ist das Jahr 2125. Die Erde ist verseucht und es gibt fast kein Wasser mehr. Fuujin, so haben wir den Jungen ja genannt, steht wieder mit wild wehenden auf Hochglanz polierten, tiefschwarzen Haaren oben auf ner Felsenklippe und blickt grimmig mit seinen kohlschwarzen Pupillen über die rauchenden Fabrikschlote, die den blauen Himmel verdrecken. Und darunter in lodernden Buchstaben ‚PART TWO'."

„Ja, cool Kazi. Und denk an Musik, wir brauchen unbedingt coolen Sound, der das alles noch unterstreicht."

„Klar, ich hab schon dran gedacht. Alles wird mit Black Sabbath oder Slayer unterlegt, volle Lautstärke. Also, es geht los. Der Boy rast wieder mit seinem Mountainbike Zrrrrrrr durch vergammelte Landschaften. Überall vertrocknete Pflanzen und Gerippe. Da trifft er auf ein Mädchen, das am Wegrand kauert."

„Lass mich das weiter machen, Kazi. Aber zuerst baun wir uns ne Tüte, sonst wird das doch nichts. Katrin holte ein Holzkästchen, Karsten riss eine Seite aus der Bibel, die sie zu diesem Zweck aus der drei Straßen entfernten Kirche *mitgenommen* hatten und immer auf dem Couchtisch lag und füllte Gras und Tabak auf das feine dünne Papier mit Goldrand. Vom schon sehr lädierten Umschlag, riss er wieder ein Stückchen ab und formte es geschickt zu einem Röhrchen als

Mundstück, rollte alles in das dünne Papier, klebte es mit Spucke fest und zwiebelte es oben zu.

„Du bist der absolut beste Tütenbauer", stellte sie zufrieden fest, „den ich jemals getroffen hab." Sie zündete den Joint an, inhalierte tief und lange und reichte ihn an Karsten weiter.

„Wie ich mir die Kleine vorstelle? Also sie hat einen gelben Stringbikini an und über die Schulter eine riesige MG. Ihre grünen Haare fallen ihr ins Gesicht, ihre weiße Haut ist blutbefleckt ..."

„... ihre prallen Brüste sind mindestens geile 90 Zentimeter", fuhr Karsten begeistert fort, „und werden deswegen kaum noch vom Bikinioberteil verdeckt. Ihre Nippel stehen aufrecht ..."

„... genau, und die is super blond und hat tellergroße blaue Pupillen, mit denen sie den Jungen, wie hieß der noch mal, ah ja Fuujin, mit Tränen in ihren unschuldigen Augen, ängstlich anstarrt und Hilfeeee jammert."

„Unser Superheld steigt vom Fahrrad", fuhr Karsten fort, „beugt sich zu dem Mädchen und reicht ihr die Hand, damit sie sich aufrichten kann. Hey, wie heißt du, will Fuujin wissen. Haruko, erwidert das Mädchen schüchtern. Der Kerl dort will mich vergewaltigen und ich kann mich nicht mehr wehren, weil ich mein Magazin leergeschossen habe. Alle anderen habe ich erledigt. Sieh nur, sagt sie stolz um sich zeigend, nur ihn noch nicht. Jede Menge verrenkte Leichen liegen um sie herum, voll mit Blut und Kot beschmiert, ihre Augen starren ins Leere. Haruko, du bist super. Ich bin Fuujin, der Geist des Windes", fuhr

Karsten fort, als wäre er Fuujin selbst, „und ich werde dir helfen, auch den Letzten noch umzubringen. Komm, Haruko, steig zu mir auf mein Flügelrad. Wir beide kämpfen gemeinsam gegen das Ungeheuer, das dich bedrängt. Wir müssen die Welt vor den vielen unnützen und gefährlichen Erwachsenen beschützen." Karsten zog am Joint, inhalierte tief und ließ den Rauch durch die Lippen entweichen.

„Und jetzt zu dem scheiß Kerl. Hast du ne spitze Idee, Kaulquappe, wie der ausschauen kann?

„Also, mir schwebt so ne total fiese Gestalt vor, ich weiß nur nicht wo, ich die schon mal gesehen habe. Das war irgendwann vor kurzem. Übrigens, die Bulln haben mich wieder mal besucht. Sogar ein Kriminalkommissar kam. Holger Mayer. Voll der Angeber. ‚Wir sind nicht hier wegen Drogen, sondern wir untersuchen den Unfall vor Ihrem Haus. Drogen gehen uns nichts an', hat der getönt. Voll der Schleimer. Dann musste ich nochmal erzählen, dass ich nichts gesehen habe. So ein Schwachsinn. Das hatte ich doch schon seinen Kollegen dreimal vorgekaut. Und dabei zog er so wie ganz nebenbei, ein Foto aus seiner Anzugstasche und frug mich ob ich die Person kenne und hat mir dabei voll ins Gesicht geglotzt. Na und ob ich die kannte." Katrin blies den Rauch mit gespitzten Lippen hoch gegen die Zimmerdecke und wieherte wie ein Pferd. „Hab aber keine Mine verzogen."

„Und wer war das?"

„Na, der süße Bote vom Luis, der mich am liebsten gefickt hätte. Der soll sich vor dem Hochhaus rumgetrieben haben. Hab natürlich dem Oberbullen gesteckt, dass ich den noch nie in meim Leben gesehn habe. Ich denke, der Kommissar hat's mir geglaubt. Du hättest die Augen von dem Jungen sehen sollen, als der hier war und mir gegenüberstand. Ein total geiler Ausdruck von Gier nach Sex und zugleich Angst, es zu machen."

„Was, du meinst der ist noch Jungfrau?"

„Ganz bestimmt, Kasi-lein. Wäre bestimmt affengeil gewesen. Aber ich war zu und Schneemann war grad da und du weißt ja, wie eifersüchtig der Kerl werden kann. Der hat ihn rausgeschmissen."

„Was, Kaulquappe, der Kerl tickert Stoff und du meinst, er ist noch Jungfrau. Wo gibt's denn das? Wie alt war der Kerl denn, zwölf?"

„Nee, spinnst du. Also bestimmt seine sechzehn, siebzehn. Aber du hättest seine Augen sehn solln. Schade, hätt gern mit ihm was geiles angestellt, aber der Junge ist nie wieder aufgetaucht, genau wie Luis."

„Was, Luis ist auch verschwunden? Kriegst nichts mehr von ihm? Der ist doch euer Stammdealer hier im Haus. Was sagen die anderen Typen denn so? Sind die jetzt nicht alle aufgeschmissen? Haste mal mit Arschloch gesprochen oder den andern hier im Hochhaus?"

„Arschloch weiß auch nicht, was los ist. Das letzte Mal war nur der süße Bote von Luis bei ihm, hat er mir gesteckt."

„Ist ja maga blöd, wenn du jetzt an nix mehr rankommst. Hoffentlich taucht der Luis wieder auf, oder jemand anders. Nur gut, dass ich von meinem Arzt noch zwei Packungen Ritalin verschrieben bekommen habe. Muss ihn wieder mal nach Heroin anhauen, ob er was für mich abzweigen kann. So'n Rezept ist zwar sauteuer bei ihm, dafür aber nichts Gestrecktes. Kannst was von mir haben." Karsten zog nochmal am Joint und reichte ihn Katrin weiter. „Aber was is nun mit dem Scheißkerl in unserer Story, wie schaut der aus, was meinst?"

„Was mir so vorschwebt", versuchte sie sich zu erinnern, „er ist braun gebrannt, hat schwarz glänzendes, lockiges Haar und eine scheußlich nach unten gebogener Nasenspitze. Er steht breitbeinig vor dem Mädchen …"

„… ja genau breitbeinig, wie son Feldherr, seine Hose hat er schon halb runtergezogen und sein geiler dicker 25 Zentimeter Schwanz, umgeben von schwarzen lockigen Haaren, schaut fast ganz raus.

Jetzt sind Haruko und Fuujin ganz nahe vor ihm. Grellgelbe Flammen umringen sie und versengen den Himmel. Hab keine Angst, Haruko ruft der Junge, als sie beide Schuuuu mit dem Fahrrad durch die Luft brausen, halt dich an mir fest. Den mache ich kalt. Der soll dir und allen anderen nichts mehr tun! Pass auf! Unser Held wendet das Mountainbike und rast auf den Vergewaltiger zu. Haruko umschließt von hinten mit ihren Armen fest seine Brust und drückt sich an seinen Rücken. Fuujin steigert seine Geschwindigkeit ins Unermessliche, fliegt Zaaaak hoch durch die Wolken, macht einen Looping und trifft sein Ziel mit dem Vorderrad wieder genau an der Schläfe. BÄÄÄNG!" Karsten keuchte. „Der Mann fällt um, knallt auf das Straßenpflaster und stöhnt Uuuuu. Blut fließt unter seinem Kopf hervor."

„Geil, Kasi-lein, lass ordentlich Blut spritzen." Dabei ein flüchtiges lecken über die Unterlippe. „Seine Gehirnmasse muss durch die Luft in alle Richtungen davonfliegen. Ich finde das super."

„Genau, so muss es sein. Sein Kopf zersplittert. Krääääck. Fuujin bremst das Fahrrad voll ab, Sand und Steinchen umschwirren die beiden und als sich das Getöse endlich gelegt hat, sehen sie den Mann mit gebrochenem Genick in einer Lache von Blut. Aasgeier umschwirren ihn, stoßen herab und hacken auf seine übergroßen Genitalien ein."

„Das ist gut Kasi-lein, super, das wird ein Hit."

„Fuujin und Haruko umarmen und küssen sich lange. Im Hintergrund geht die Sonne blutrot unter, die beiden davor wie Scherenschnittfiguren. Beide machen sich auf zu neuen Abenteuern und ‚Fortsetzung folgt' erscheint glitzernd am unteren Bildrand."

Der Joint war aufgeraucht, Karsten entkleidete sich vollkommen, schmiegte sich fest an Katrins nackten Körper und begann mit ihren Brüsten zu spielen.

„Das haben wir super hingekriegt, Kaulquappe, da kommen bestimmt noch jede Menge Fortsetzungen nach. Belohnen wir uns gegenseitig, ich kanns schon kaum noch erwarten."

„Ich hab' mega Hunger!" Hugo kam hereingestolpert.

„Halt die Fresse", war Karstens ärgerliche Antwort. „Hau ab und stör uns nicht."

KAPITEL 22

Frühling, Luis

Die Treppe hinauf zum Büro der World Trade Company stieg Luis Heinze mit Beklemmung. Sein Bauch lärmte vor Aufregung. Es war einfach wie verrückt, der Junge war nicht wieder aufgetaucht. Er hatte einige Male Tobias kontaktiert, wie auch Frau Beckmann, ob sie nicht wusste, wo ihr Sohn abgeblieben war. Keiner hatte die leiseste Ahnung. Für ihn war es klar, Jonas hatte nicht alles übergeben und war mit einem Teil der Drogen irgendwohin verschwunden. Da wird er heute einiges erklären müssen. Wieso er jemandem Drogen anvertraut hatte, den er gar nicht kannte. Dass sein Plan wegen der Unehrlichkeit des Jungen schiefgelaufen war, ärgerte ihn, denn auf der anderen Seite hatte er in Köln bei den Bundeswehroffizieren endlich Erfolg gehabt und Horea und die Leute in Bukarest waren sehr zufrieden gewesen.

Dass er beim Betreten des Büros nicht abgetastet wurde, beruhigte ihn. Horea war also nicht gekommen. Tatsächlich war nur Marvin im Büro, der ihm die Tür öffnete, seine Hand ausstreckte und Luis mit einem kräftigen Händedruck begrüßte.

„Ho, Luis wieder mal im Land?“ Marvin ließ ein höhnisches Lachen los und grinste Luis dabei unverhohlen an. Der ahnte, dass es eine gefährliche Unterredung mit Marvin wegen der Drogen geben würde. „Scheinst ja mit deiner Arbeit in Köln Horea voll beeindruckt zu haben. Horea, das blinde Huhn“, lachte Marvin verächtlich und spuckte vor Lius auf den Boden. Luis wusste von der Abneigung Marvins gegenüber Horea, ließ sich aber nichts anmerken.

„Die Sache ist super gelaufen“, führte Luis die Unterhaltung stolz fort, um erst einmal am Ball zu bleiben. „Du weißt sicherlich, wir bekommen die hundertfünfzig Kisten MG4 direkt von der Bundeswehr und nochmal hundert Kisten und entsprechende Munition aus NATO-Beständen. Das Verladen auf einen Frachter Richtung Jemen ist organisiert. Jetzt muss unser Boss nur noch für die geschäftliche Abwicklung sorgen. Ich habe meinen Teil getan.“

„Was mich viel mehr als die beschissenen MG4 interessiert, Luis, was ist aus deinem Dopebauchladen geworden?“

„Ich habe, wie versprochen, alles abgeliefert, das weißt du doch. Als ich zu den Besprechungen in Köln war, hat euch mein Kumpel alles übergeben, du warst doch dabei oder etwa nicht? Alles, wie ich es Horea versprochen habe.“

„Ja, aber nicht alles!“, schrie ihn Marvin an.

„Wie Kommst du darauf?“

„Tu doch nicht so scheinheilig, wir sind unter uns. Adrian und Sorin habe ich beurlaubt. Nur du und ich sind hier. Also spuck aus, wo du den Rest hast, sonst muss ich dir leider etwas weh tun, mein lieber Luis." Marvins Augen zogen sich zu einem Spalt zusammen und er kniff Luis mit Daumen und Zeigefinger in die rechte Wange und ließ den festen Griff nicht los. „Du hast garantiert noch mehr irgendwo versteckt." Marvins Stimme wurde mit jedem Wort lauter, sein Gesicht verfärbte sich. Endlich ließ er Luis' Wange los. Ein rötlicher Abdruck blieb.

„Wenn mein Bote sich davon was abgezweigt hat, kann es sein, dass es deswegen weniger war", erwiderte Luis mit angestrengt ruhiger Stimme, „aber das konnte ich nicht ahnen. Der Junge hatte von mir den Auftrag, alles auszuliefern. Leider ist er wohl mit dem Rest verschwunden." Ob er damit durchkommen könnte, überlegte er fieberhaft, dass der Junge die Hälfte oder so für sich abgezweigt hatte. Vielleicht. Aber wahrscheinlich war es ja auch so gewesen.

„Brüte hier nicht irgendetwas aus. Mir hast du noch nie das Leben gerettet, ich gehe mit dir nicht so zimperlich um, wie der saulahme Horea", platzte Marvin heraus. „Ich will den Rest haben, den der Junge unterschlagen hat und alles, was du sonst noch versteckt hast, sonst mache ich deinen Vater eigenhändig kalt, ganz sicher." Marvin stierte unverhohlen in Luis' Augen. „Natürlich wird es wie ein ganz stinknormaler Unfall aussehen" lachte er, „wie es jedem einmal passieren kann. Eben, so ein ganz stinknormaler Verkehrsunfall. Ich will ja nicht unserem lieben und hochverehrten Boss Horea ins Handwerk pfuschen, der kriegt nix mit. Ich mach's auf meine besondere Art. Also sieh zu, dass du den Jungen ausfindig machst.

Oder überlasse mir die Sache, ich werde das rothaarige Ferkel schon finden und mit ihm fertig werden."

Ohne große Eile holte Marvin aus und Luis fühlte einen stechenden Schmerz auf seiner Brust und musste mehrmals husten. „Also was ist?"

„Mir egal," stöhnte Luis. „Ich habe kein Interesse an dem Jungen. Ich kenne ihn weiter nicht. Wenn er mich angeschmiert und euch nicht alles abgeliefert hat, dann ist mir sein Schicksal egal. Du kannst ihn haben und mit ihm machen, was du willst, aber verschone bitte meinen Vater, der hat mit dem allen nichts zu tun." Marvin holte noch einmal aus, seine Faust traf Luis im Bauch, der krümmend auf die Knie sank.

„Das mit dem Jungen ist eine Sache, aber ich will auch, was du sonst noch hast, alles. Und dass du noch mehr hast, da bin ich mir ganz sicher. Erst danach gebe ich Ruhe. Glaubst du etwa, ein Adler gibt sich mit Mücken zufrieden?" Marvin lachte laut auf. Dass Marvin so weit ging, seinen Boss mit eigenen Drogengeschäften zu hintergehen, das hätte Luis nun doch nicht erwartet. Der Ärger, der sich deswegen in Luis Gesicht breit gemacht hatte, war nicht gespielt. Seine Gesichtsmuskeln versteiften sich. Marvin bei Horea anzuschwärzen, verwarf er jedoch nach kurzem Nachdenken. Es würde am Ende doch nicht klappen und vielleicht würde Marvin ihn sogar umbringen, um seine Haut zu retten. Dennoch, den Rest würde er Marvin niemals ausliefern.

„Du hast gewonnen Marvin, ich gebe dir alles, was ich noch habe", antwortete er mit gespielt fester

Stimme, um erst einmal Zeit zu gewinnen. Es würde sich schon irgendetwas ergeben.

„Gut, Luis, abgemacht". Marvin grinste über sein ganzes Gesicht.

„Ich gebe dir noch paar Tage, mir alles zu übergeben, sonst wirst du deines Lebens nicht mehr froh. Und wenn ich bis dahin deinen scheiß Laufburschen nicht gefunden habe oder du ihn mir nicht mit all dem Schnee ausgeliefert hast, dann hat dein Vater eben einen tödlichen Verkehrsunfall. Verstanden?" Luis nickte. „Geben wir uns die Hand auf den Deal, Luis. Alle, aber alle Drogen, gegen das Leben deines Vaters. Ich will keine halben Sachen." Der Händedruck vom Marvin zerquetschte fast Luis' Hand.

„Okay, verstanden, machen wir es so." Im Stillen überlegte Luis fieberhaft, wie er zunächst seinen Vater aus der Gefahrenzone herausbringen könnte. Als wenn Marvin seine Gedanken gelesen hätte, bekam Luis unvermittelt einen heftigen Boxhieb mitten ins Gesicht, der ihn zur Seite taumeln ließ. Er blutete aus der Nase. Ein überlegenes Grinsen umspielte den Mund seines Widersachers.

„Glaub ja nicht, dass du deinen Vater vor mir verstecken kannst." Marvins Augen schossen Blitze. „Den krieg ich!"

„Ich weiß Marvin, wir kennen dich alle. Du kriegst alles hin, was du willst." Irgendwie würde er es schon schaffen, seinen Vater auf einem Dorf zu verstecken. Nur, wie wird er ihn überreden können, plötzlich umzuziehen. Vielleicht ein Kurzurlaub?

„Wenn du klug bist, Luis, machen wir beide das Geschäft. Mit mir brauchst keine Angst vor Horea zu haben, den wickle ich um meinen kleinen Finger.

KAPITEL 23

FRÜHLING, JONAS

Zwei Tage nach dem schmerzhaften Nachmittag im Büro der World Trade Company, stand Jonas wieder im Apartment von Paul Heinze im zwölften Stock des Hochhauses. Er fühlte neben den immer noch nicht verklungenen Schmerzen auch ein aufgeregtes Kribbeln durch seinen Körper rieseln. Über seinen linken Augenbrauen war ein dickes Pflaster, das Gesicht sah mit den großen blauen Flecken immer noch recht mitgenommen aus. Aber er könnte damit unter Leute gehen, hatte ihm Dr. Rossi mit einem Lächeln versichert und ihm ein paar Stunden Spazierengehen erlaubt.

Fünf Mal hatte er geklingelt, zwei Mal rasten Kinder auf Fahrrädern an dem Hochhaus vorbei, zwei Zigarettenstummel lagen vor seinen Füßen. Als beim sechsten Mal sich immer noch niemand meldete, hatte er bei der Katrin geklingelt, „ich bin's" gerufen, und als die Haustür sich mit einem Summen öffnete, war er nach oben gefahren. Mit dem Nachschlüssel hatte er die Tür 1209 geöffnet. Gesehen worden war er dabei nicht. Die Wohnung war genauso, wie beim letzten Mal. Niemand war da.

Der Schreibtisch im Wohnzimmer war aufgeräumt und der Spiegel im Badezimmer sauber.

Was hatte sich wohl der Giftzwerg gedacht, als er meine Nachricht T O D sah, grinste Jonas und streifte durch die Wohnung. Im Kühlschrank fand er erwartungsgemäß eine Flasche Bier, öffnete sie und nahm einen kräftigen Schluck. Er hatte sie noch in der Hand, als er ins Schlafzimmer trat. Er streckte sich wieder auf dem Bett aus und legte den Arm auf die Stirn. Er musste nachdenken.

Dr. Rossi hatte ihm das Foto gezeigt, das er von Giftzwergs Schreibtisch mitgenommen hatte und in der U-Bahn vor allen Leuten hatte zerreißen wollen. Er hatte ihm gesagt, dass er mit dem Heinze noch ein Hühnchen zu rupfen hätte, was wohl bedeuten sollte, dass er ihm an den Kragen wollte. Und dann hatte er noch gesagt, der Heinze dachte, er wüsste alles besser und dabei zerstörte er das Glück anderer Menschen. War das nicht genau so bei ihm gewesen? Hatte er nicht auch ihn um vier Jahre seines Lebens betrogen? Jonas verspürte Ärger in seinem Körper aufsteigen, erst langsam, schließlich immer kräftiger. Aber gemeinsame Sache mit dem Arzt wollte er auf keinen Fall machen. Der Giftzwerg gehörte ihm, ihm ganz allein, und nur er würde entscheiden, was mit ihm zu tun war. Ihn töten oder als Krüppel leben lassen, das lag allein in seiner Hand.

Allerdings, seit dem Nachmittag im Büro der World Trade Company, als er um sein Leben gefürchtet und zum ersten Mal Angst bekommen hatte zu sterben, war Jonas sich über vieles nicht mehr sicher, er war sich über gar nichts mehr sicher.

War der Heinze nicht eigentlich auch ein guter Lehrer gewesen, kam es ihm plötzlich in den Sinn. Er hatte ihn verteidigt, als er einen Schaukasten in der Aula zertrümmert hatte, nur um den Knall zu hören und das Aufschreien der Schüler, denen er damit einen Schreck einjagen wollte. In jedem Kind steckt nun mal ein kleiner Vandale, hatte der Giftzwerg lachend gesagt und die Angelegenheit war erledigt gewesen. Aber dass er ihm schließlich doch vier Jahre im Bau aufgebrummt hatte, wurmte ihn weiterhin. Nein, dafür musste der Schuft büßen.

Jonas stand vom Bett auf, trank die Flasche aus, wischte sich die Lippen ab und warf sie aufs Bett. Was wollte er eigentlich hier? Er wanderte durch das Wohnzimmer, setzte sich an Giftzwergs Schreibtisch und versuchte den Computer zu öffnen, aber der war zu seinem Bedauern mit einem Password gesichert. Er kramte aus Langweile in den Papieren und fand eine Aufstellung der nächsten Boccia Treffen mit den Teilnehmern, jeweils am Sonntagmorgen um 11:15. Der Giftzwerg war immer dabei. Warum wusste er nicht, aber er steckte sich den Zettel ein.

Jonas strich langsam mit der rechten Hand über sein zerstörtes Gesicht. Den Giftzwerg aus dem zwölften Stock zu werfen, war die eine Option gewesen, überlegte er, ihn mit einem Judowurf auf den Boden zu schmettern, die andere. Aber zum Judo würde er erst einmal nicht hingehen können, die inneren Prellungen verheilten nicht so schnell, hatte ihm Dr. Rossi gesagt. Was gab es noch für einen grausamen langsamen Tod, an dem er sich erfreuen könnte? Doch einen Schuss in den Bauch?

Jonas fiel nichts ein und es kam ihm vor, als wollte er sich nichts einfallen lassen, worüber er sich ärgerte.

Im Bücherregal fand er Fotoalben, die er durchblätterte. Bei einem mit der Aufschrift ‚Meine Quarta' hielt er inne. Da steht er, damals mit Mittelscheitel, bei einem Klassenausflug ganz hinten links. Neben ihm Kai und Tobias. Alle drei machen das Peace-Zeichen. Der Giftzwerg, umringt von seinen Schülern, lacht. Kurz darauf war er hinter Mauern. Rache müsste er dafür nehmen, sonst würde er nie mehr in seinem Leben glücklich werden.

Jonas blickte über das Wohnzimmer. Auf dem Tisch beim Sofa sah er aufgestellte Schachfiguren, die sein Interesse weckten. Im Heim hatten sie ihm das Schachspiel beigebracht. Es ging ihnen nicht um Schach, das hatte er bald herausgefunden. Vielmehr sollte er jeden Zug zuerst genau überlegen und analysieren, was sein Gegner daraufhin tun würde, ehe er zog. Also wartete er manchmal fünf Minuten, ehe er einen Zug machte und dachte dabei an alles Mögliche, nur nicht an Schach. Dass er immer verlor, störte ihn nicht.

Er betrachtete die Schachfiguren. Fünf Züge waren gespielt. Weiß hatte seine Bauern auf e3 und g3 gerückt und seinen Springer auf g2. Schwarz seinen Bauern auf f5 gestellt und den Springer auf f6. Jetzt war also Schwarz am Zug. Das Verrückteste, was Schwarz in dieser Situation machen könnte, wäre, seinen König von e8 auf f7 zu schieben. Jonas machte den Zug. Giftzwerg würde sich wundern. Die Flasche Bier war längst ausgetrunken und lag auf dem Bett im Schlafzimmer und Jonas hatte nichts anderes im Apartment vom Giftzwerg angestellt, als Bier zu trinken und einen verrückten Schachzug zu machen.

War das alles, weswegen er in Giftzwergs Apartment gekommen war? Hatte er nicht etwas ganz anderes im Sinn gehabt?

Ihn heute zu ermorden, wenn er nachhause kommt. Er fühlte einen wilden Ärger über sich vom Bauch aufsteigen, ergriff das Schachbrett mit den Figuren darauf und schmetterte alles in seiner Frustration gegen die Zimmerwand. „Verdammt!", schrie er hinterher. „Verdammt, warum will ich den Kerl nicht mehr umbringen?" Habe ich etwa Angst, dass ich geschnappt werde und wieder in den Knast muss? Habe ich Angst? Angst, wie vor paar Tagen, als ich dachte, die schlagen mich tot? Oder was ist mit dir los Jonas, hast du Angst? Nein, Angst kennst du nicht, was ist das, Angst? Hast du etwa Mitleid? Mit wem denn? Etwa mit dem Giftzwerg? Nein!

Im Badezimmer hielt er seinen Kopf lange unter den Wasserhahn, aber das kalte Wasser konnte die Wut über sich selbst nicht löschen. Als er im Spiegel sein mitgenommenes Gesicht sah, spuckte er es an und brüllte: „Du bist ein elender Psychopath und wirst es dein bekacktes Leben lang bleiben. Also bringe den Giftzwerg endlich um! Dann hast du Ruhe. Dein Leben wird sowieso in der Klapsmühle enden. Du kannst dich nicht mehr ändern, alles ist zwecklos!" Jonas nahm das Aftershave-Kristallglas und schleuderte es mit all seiner Wut über sein Schicksal, die er fühlte, gegen den Spiegel. Es krachte furchtbar, Splitter sausten durch den Raum.

Mit verheulten Augen verließ Jonas die Wohnung, fuhr hinab in das Erdgeschoss. Eigentlich hatte er vorgehabt, zum Zimmer 3013 zu gehen und die Kleine nach vollbrachtem Mord zu vergewaltigen.

Aber dazu hatte er keine Lust mehr. Etwas hatte sich in ihm verändert. Dennoch konnte er nicht von dem Hochhaus lassen und blieb vor der Eingangstür unschlüssig stehen.

Zwei, drei Minuten vergingen, als er von rechts kommend einen Windhauch spürte und schon sauste ein Junge in einem roten T-Shirt und schwarzen Haaren wie ein Tornado auf einem Fahrrad dicht an ihm vorbei. Keine zehn Zentimeter. Wenn er sich in diesem Augenblick nur etwas nach vorne bewegt hätte, wäre er sicherlich angefahren worden.

„Hey, Mann, bist du bekloppt hier so entlang zu rasen, hättest mich fast um gehobelt", schrie ihn Jonas aufgebracht an, als der Junge sein Rad schiebend an ihm wieder vorbeikam.

„Sorry, aber musst halt besser aufpassen. Das hier ist unsre Rennstrecke und ich üb' grad für ein Rekord."

„Was'n für ein Rekord?" Jonas näherte sich dem Jungen.

„Es in sieben Minuten von Start oben auf dem Hügel bis zum Ziel an der Straße zu schaffen."

„Ihr spinnt wohl, da kann doch sonst was passieren, wenn ihr so rumgeigt!" *Passieren*. Jonas fühlte wie sich böse Gedanken in sein Gehirn drängten, aber er wusste noch nicht, was er damit anfangen sollte.

„Wieviel seid ihr denn in der Gruppe?"

„Wir sind neun, aber alle machen nicht mit. Ich bin bisher der Zweitschnellste."

„Und fahrt ihr da jeden Tag so verrückt?"

„Ja, jetzt in den Ferien fast jeden Morgen, danach gehen wir ins Freibad zum Chillen."

„Und da sagt keiner was, wenn ihr hier so rumtobt?"

„Am Morgen ist hier sowieso noch nicht viel los. Und wenn uns einer in die Quere kommt, schreien wir *Hau ab* und klingeln wie verrückt."

„Aber wenn ihr hier um das Hochhaus kurvt, könnt ihr ja gar nicht sehen, wer dort steht. Oder hast mich etwa bemerkt?"

„Genau, Mann", grinste der Junge Jonas überlegen an, „das ist halt der Kick auf der Strecke. Wer da leicht abbremst oder zu vorsichtig ist, der ist immer der Verlierer."

Jonas Gedanken im Kopf verdichteten sich. Wenn also jemand mit Karacho um die Ecke fegte, säbelte der garantiert den um, der da gerade aus dem Hochhaus kam. Es könnte sein, überlegte er, dass gerade in dem Augenblick der Giftzwerg das Haus verlässt, wenn ein Radfahrer vorbeirast. Der Giftzwerg wird angefahren und stürzt, vielleicht schwer und bricht sich dabei den Arm oder irgendetwas anderes. Jonas fieberte. Das war es! Der Giftzwerg ging sonntags zum

Boccia um 11:15, hatte er gelesen. Er müsste herausfinden, wo das Boccia-Spiel stattfand.

„Habt ihr da mal schon einen ausversehen überfahren?" Jonas befeuchtete mit der Zungenspitze die Oberlippe, wartete gespannt.

„Also ich beinahe vor zwei Wochen oder so. Da stand einer und quatschte mit dem Hausmeister. Den hätt's beinahe erwischt." Der Junge zog die Nase hoch und griente dabei. „Es ist gutgegangen, der hat nix abgekriegt, aber einer meiner Kumpels ist mal in so ne Oma voll reingefahren. Das war aber mehr oben am Hügel. Da gabs voll Stress."

„Und, ist was passiert?"

„Ich war nich dabei, aber hab gehört, dass sie für ne Woche oder so ins Krankenhaus kam und der hat sich bei der entschuldigen müssen. Seitdem darf er nich mehr mitmachen."

„Fährst jetz nochmal runter?"

„Ja, wollte ich eigentlich noch mal. Bin heut zwar allein, aber is auch egal."

„Sag mal, kannst genau um fünfzehnuhrzehn losfahren, also so in fünfzehn Minuten? Ich kann dich stoppen."

„Oh cool. Ok. Ich schieb das Rad schnell nach oben und um genau fünfzehnuhrzehn fahr ich los, das schaffe ich bis dahin."

„Aber nich schummeln. Wie heißt du eigentlich?"

„Stas, und natürlich schummle ich nicht. Ich will doch genau wissen, wie schnell ich bin. Und wer bist du?"

„Wolfgang, aber kannst mich ruhig Wolf nennen, machen alle", antwortete Jonas ohne Zögern. Wolfgang war einer von denen, die ihn gezwungen hatten, aus der Kloschüssel zu trinken. Ihn würde er daher nie vergessen. Der war immer noch im Knast und würde wohl auch nicht so schnell herauskommen, dazu war er eben nicht intelligent genug. Das war Jonas während seiner Antwort durch den Kopf gegangen. „Also, wenn du noch einmal den Hügel runter bis zur Straße fährst, gebe ich dir fünf Euro, wenn du es in genau sieben Minuten Start-Ziel schaffst."

„Okay, mach ich. Aber verarsch mich nich. Nich, dass du abhaust und ich fahr umsonst runter und krieg den Zaster nachher nich."

„Natürlich nicht, Stas. Ich bin ehrlich. Los, mach schon."

Noch passte alles nicht so recht zusammen, aber er sah den Giftzwerg ahnungslos vor dem Hochhaus stehen und wie ihn Stas oder ein anderer von den Jungs, bei ihren Radrennen ummähte. Ohne eine ordentliche Strafe für den Giftzwerg durfte die Sache nicht enden.

Und wenn der dabei krepierte, wär's seine Sache und wenn er mit ner Schürfwunde davonkäme, hätte er eben Glück gehabt. Alles dazwischen war Jonas egal. Nur das Timing war ein Problem, überlegte er. Er müsste herausbekommen, wann und um welche Uhrzeit der Giftzwerg das Hochhaus verlässt, um zu dem Bocciaspiel zu gehen. Und wichtig ist, dass ich ein Alibi habe, am besten eins von Timo, denn ich will auf keinen Fall wieder in den Knast, davor hab ich inzwischen ehrlich Schiss. Er würde es nicht mehr überleben.

Es gab also noch allerhand zu überlegen. Jonas los, feuerte er sich an. Durchführen werde ich es auf jeden Fall, so oder so. Und damit basta!

Als nach fünf Minuten und dreiundvierzig Sekunden Stas an Jonas vorbeibrauste, breitete sich ein Lächeln auf Jonas' Gesicht aus. Es könnte klappen. An der Hauptstraße waren es sieben Minuten und einundzwanzig Sekunden. Die fünf Euro hatte sich Stas daher nicht verdient, aber Jonas versprach ihm hoch und heilig, ab und zu vorbeizuschauen. Und wenn es fünf Minuten oder darunter waren, würde er ihm ganz bestimmt die fünf Euro geben.

„Top, das gilt, Stas."

„Top, Wolf, bye bis zum nächsten Mal und passe gut auf dich auf."

Als Jonas gutgelaunt am U-Bahnhof ankam und sich gerade eine Zigarette angesteckt hatte, wurde er unvermittelt von der Seite angesprochen.

„Hallo Jonas, ich dachte mir schon, dass ich dich hier treffen werde." Es war Dr. Rossi. „Warst du im Hochhaus und hast du Herrn Heinze angetroffen?"

Jonas betrachtete lange das Gesicht des Arztes und wischte sich über die Augen. Wieso denkt der, mich hier zu treffen, überlegte er. Ich hatte doch gar nicht gesagt, wo ich hingehe.

„Nein, er war nicht da." Dass er rauchte, schien Dr. Rossi nicht zu stören. Also zog er extra heftig an der Zigarette und blies den Rauch weit in die Luft. Vor

Timo hätte er sich das niemals erlauben dürfen, aber Dr. Rossi ließ es einfach geschehen, sagte nichts dazu.

„Aber du hättest ihn sicher gerne getroffen?"

„Vielleicht, ich weiß es nicht."

„Jonas, ich lade dich zu einem Döner ein, dabei kannst du mir erzählen was dich bedrückt und was du mit ihm besprechen wolltest. Du hast doch bestimmt noch nicht gegessen. Und magst du dazu ein Bier?" Jonas nickte und Dr. Rossi legte den Arm um Jonas' Schulter. Ob und wie er ihn für seine Hochzeitspläne benutzen könnte, das wusste er noch nicht. Auf jeden Fall hatten sie einen gemeinsamen Feind. Sein Studienfreund, Dr. Feldmann, hatte ihm die Hintergründe dargelegt, warum Jonas vor vier Jahren in ein geschlossenes Heim eingewiesen worden und was ein Psychopath war, wusste er genau. „Also Jonas, dass ich dich hier angetroffen habe, geht niemanden etwas an, es sollte besser unter uns bleiben. Wenn Dr. Feldmann dich fragt wo du warst, sag ihm einfach, wir sind ein bisschen durch die Stadt gefahren. Das habe ich ja auch nachher mit dir vor, etwas durch Berlin zu fahren."

„Das ist in Ordnung mit mir, Herr Doktor Rossi, wenn Sie es sagen. Es bleibt unter uns." Jonas zog an seiner Zigarette und dachte nach.

Schließlich schnippte er sie auf die Straße, anstelle sie im Aschenbecher auszulöschen. Dass Dr. Rossi nichts dazu sagte, registrierte Jonas mit Interesse. Der wollte was von ihm.

„Woher kennen Sie den Herrn Heinze?" Jonas redete mit vollem Mund. Beim Kauen schaute er Dr. Rossi gespannt ins Gesicht.

„Er ist ein Bekannter meiner Verlobten, aber er ist mir nicht gut gesonnen. Es wäre mir lieb, wenn er sich nicht in meine privaten Angelegenheiten einmischen würde. Ich muss noch einmal mit ihm darüber sprechen. Mir scheint, er hat dir auch das Leben schwer gemacht. War das zu der Zeit, als er dein Lehrer war?"

„Ja."

„Hat er etwas damit zu tun, dass du so schlimm verprügelt worden bist?"

„Nein."

„Weißt du, wer es war?" Jonas schwieg. Seine Augen hatten sich geschlossen.

„Hast du Lust, es deinem Lehrer heimzuzahlen, weil er dir deine Jugend zerstört hat? Ich könnte das gut verstehen. Die Zeit hinter den Mauern war bestimmt schwer für dich. Und er war schuld daran."

Für einen Augenblick fürchtete Dr. Rossi wieder zu unüberlegt vorgeprescht zu sein, wie bei dem Gespräch mit Paul Heinze. Jonas antwortete nicht, biss in den Döner, kaute langsam und nahm einen Schluck Bier.

„Ich weiß es nicht", kam endlich die Antwort wie gehaucht. Jonas wusste wirklich nicht, was mit ihm passiert war, als er von den Beiden immer und immer wieder geschlagen worden war.

Je mehr er darüber nachdachte, desto mehr fühlte er, dass sich dabei etwas Unbegreifliches in ihm verändert hatte. Aber eins war ihm klar. Er hatte damals Angst bekommen, richtig Angst.

Dr. Rossi betrachtete das undurchdringliche Gesicht des Jungen. Vielleicht könnte er ihn, den Psychopathen, für seine Sache einspannen.

„Ich möchte gerne dem Heinze einen ordentlichen Denkzettel verpassen, weil er sich in meine persönlichen Belange gedrängt hat, was sich nicht gehört. Ich denke dabei an nichts Schlimmes, aber er sollte es schon spüren, dass er sich zum Teufel scheren soll." Dr. Rossi schaute zu Jonas. Keine Reaktion, nur dessen Kauen. „Ich weiß noch nicht, wie ich es anstellen kann. Was würdest du an meiner Stelle tun, Jonas, wenn jemand in deinen eigenen Dingen herumwurstelt, die nur dich etwas angehen?" Jonas kaute wieder unendlich lange, ehe er flüsterte:

„Ich muss es mir noch ausdenken."

„Du hast recht, Jonas. So eine Sache muss gründlich überlegt werden. Wenn du eine Idee hast, können wir ja einmal darüber sprechen. Und wenn du dabei Hilfe brauchst, es deinem Lehrer ordentlich heimzuzahlen, kannst du immer mit mir rechnen und mir vertrauen."

„Vor dem Hochhaus kurven Kids gefährlich nahe am Eingang herum" flüsterte Jonas wie zu sich und schaute ins Leere. „Wenn man da unter die Räder kommt, haut es einen um." Dr. Rossi fühlte, dass sein Patient irgendeine Idee hatte, dem Heinze zu schaden. Durch einen geschickt eingefädelten Unfall? Er ließ sich aber nichts anmerken.

„Trinken wir unser Bier aus und fahren noch etwas durch die Stadt. Was möchtest du sehen oder erleben?"

„Mir egal." Während der Fahrt durch die Stadt schwieg Jonas beharrlich und alle Aufmunterungsversuche von Dr. Rossi schlugen fehl. Als sie nahe dem Ärztehaus angekommen waren, unterbrach er das inzwischen andauernde Schweigen.

„Jonas, denke bitte daran, unser Gespräch über deinen Lehrer geht Dr. Feldmann nichts an. Das ist eine Sache nur zwischen uns. Wir sind einfach durch die Stadt gefahren, am Hauptbahnhof vorbei und an der Spree entlang. Ja, und auch um das wiederaufgebaute Schloss sind wir gefahren, das du ja noch gar nicht kanntest." Jonas nickte und schwieg. „Ich bin dein Freund, mir kannst du vertrauen. Ich bin immer für dich da, Jonas. Duzen wir uns, wie gute Freunde, ich bin der Mario." Dr. Rossi streckte seine Hand Jonas entgegen und der schlug nach kurzem Zögern ein.

KAPITEL 24

AM ABEND DESSELBEN TAGES

Gegen Abend besuchte Dr. Feldmann Jonas in der Klinik. Der lag angezogen mit offenen Augen und mit den Armen unter seinem Hinterkopf verschränkt auf seinem Bett, stierte die Zimmerdecke an und reagierte nicht auf sein Eintreffen. Keine Begrüßung, nichts. Dr. Feldman sah lange in Jonas wieder bandagiertes Gesicht. Das war nicht der Jonas, den er kannte.

„Was ist mit unserem Patienten los, er ist still und scheint weggetreten zu sein", fragte Dr. Feldmann besorgt, als er wieder bei seinem Freund Mario in dessen Zimmer saß.

„Er war den ganzen Tag so still. Ich bin daher ein bisschen mit ihm durch die Stadt gefahren, um ihn etwas aufzuheitern, aber er blieb stumm. Was ihn wohl bedrückt? Du hast mir doch erzählt, dass er auch im Heim einiges ertragen musste. Da kann es doch vorgestern für ihn nichts Besonderes gewesen sein."

„Ich glaube, im Heim gab es nur Jugendliche, mehr oder weniger im gleichen Alter. Sie waren unter sich. Aber vorgestern muss etwas passiert sein, das Jonas Grenzen aufgezeigt hat, die er bisher noch nicht kannte. Ich denke mir, es waren Erwachsene, die ihn zusammengeschlagen haben, aber warum nur?"

„Ich habe noch viel weniger als du eine Antwort darauf, was passiert sein könnte. Im Augenblick ist Jonas noch sehr erschöpft und die Prügelei war sicherlich nicht zu seinem Guten. Seine inneren Verletzungen sind doch ernster, als es zunächst aussah. Ich würde vorschlagen, ihn noch für zwei, drei Tage hierzubehalten. Das wäre sicherlich auch zum Besten für den Jungen."

„Du hast recht, das ist wohl besser. Zumindest so lange, bis er uns sagt, wer ihn so zugerichtet hat und warum. Erst habe ich gedacht, es waren möglicherweise ehemalige Insassen, die sich aus irgendeinem Grund an ihn herangemacht haben. Leider sind solche Heime auch der Nährboden für Gewalt. Aber jetzt denke ich, es waren fremde Menschen. Das hat ihn wohl fassungslos gemacht, dass Fremde oder überhaupt jemand, ihm etwas antun würden."

„Ich habe mir gerade Kaffee aufgesetzt, willst du auch einen, Timo? Wir können gerne noch etwas sprechen, nur, gegen halb Zehn muss ich leider weg."

„Gerne Mario. Einen Kaffee kann ich gut gebrauchen. Ich mache es kurz, weswegen ich eigentlich gekommen bin. Ich habe dir doch von Herrn Paul Heinze erzählt, dem ehemaligen Klassenlehrer von Jonas. Von dem habe ich heute einen Anruf bekommen. Er weiß, dass ich Jonas unter meine Fittiche genommen habe."

„Will er ihn treffen?"

„Nein, das nicht, aber er hat das Gefühl, dass Jonas hinter ihm her ist. Er oder einer seiner Freunde. Herr

Heinze sagte, schon wieder sei bei ihm eingebrochen
worden. Nicht mit Gewalt, das Schloss war immer un-
beschädigt, aber bestimmt wollte der oder die Einbrecher, dass er Angst bekommt." Dr. Rossis Gesicht
zeigte nicht seine innere Anspannung.

„Und was haben die oder er, in der Wohnung angestellt?"

„Auf den Spiegel im Badezimmer hat jemand mit
roter Farbe einen Halbmond mit einem Kreuz darin,
aber mit dem Balken unten, geschmiert und darunter
stand in Großbuchstaben T O D."

„Und sein Lehrer meint, das war Jonas?"

„Er weiß es nicht, aber er nimmt es an."

„Das wäre aber allerhand", stellte Dr. Rossi mit Ent-
rüstung in der Stimme fest. Natürlich war das Jonas.
Das war ihm klar. Ich sollte, überlegte er, etwas vor-
sichtiger mit ihm sein. In einen Mordfall sollte ich auf
keinen Fall hineingerissen werden, das kann ich mir
als Arzt nicht erlauben. Und bei Psychopathen weiß
man ja nie, wie weit sie gehen. Aber warmhalten
werde ich ihn mir auf jeden Fall. Ich muss nur darauf
achten, mir nicht die Finger dabei schmutzig zu machen, wenn Jonas seine Drohung wahr machen sollte.

„Aber jetzt fällt mir doch ein Stein vom Herzen",
fuhr Dr. Feldmann fort. „Wenn du heute mit Jonas unterwegs warst, dann kann er es wenigstens nicht gewesen sein. Heute hat nämlich jemand sein Schachbrett mit Figuren darauf gegen die Wand geworfen,
einige Figuren sind dabei zerbrochen und auch der
schwarze König, was Herrn Heinze einen gehörigen

Schrecken eingeflößt hat. Und auch der Spiegel im Badezimmer ist zerbrochen worden.

Es war kein normaler Einbruch, denn es fehlt nichts. Selbst das Bargeld, das in der Küche lag, ist unberührt geblieben. Aber derjenige, der es war, hat ziemlich rumgetobt. Wann warst du mit Jonas unterwegs?"

Dr. Rossi zögerte einen Augenblick. Er durfte sich jetzt nicht verfangen. Jonas hatte wohl so gegen Elf Uhr die Station verlassen, überlegte er. Welchen von den Schwestern mag er begegnet sein? Er selbst war eine halbe Stunde später zu Bank gefahren, hatte nach der Besprechung im Park ein Open-Sandwich verspeist und war danach Richtung Hochhaus aufgebrochen. Am Bahnhof hatte er etwa dreißig Minuten warten müssen, ehe er Jonas traf. Als er sich gerade eine Antwort zurechtlegen wollte, meldete sich sein Handy. Er blickte auf das Display, errötete leicht, stand auf und mit einem, „einen Augenblick bitte", verließ er das Zimmer. Nach fünf Minuten kehrte er mit einem ärgerlichen Gesicht zurück.

„Gibt es ein Problem, Mario? Wenn es dir jetzt nicht passt, können wir auch morgen weiter sprechen. Im Augenblick scheint ja alles in Ordnung zu sein, denn Jonas war mit dir zusammen. Ich bin wirklich froh, das kannst du mir glauben."

„Nein, Timo, kein Problem, alles ist in Ordnung. Nur meine Verabredung für heute Abend ist geplatzt. Wir haben also noch etwas Zeit." Rita hatte wieder abgesagt, wie schon am Vortag. Und wieder war der Name Heinze gefallen. Wenn ihn Jonas durch einen Unfall aus der Welt räumen will, durchzog es sein

Gehirn, lasse ich ihn machen, das wäre mir nur recht. Ich werde ihm da kein Bein stellen. Allmählich kann ich den Namen Heinze nicht mehr hören.

„Also, um noch einmal auf deine Frage zurückzukommen, du kannst beruhigt sein. Ich war mit ihm von vormittags bis abends unterwegs. Noch etwas anderes. Du hattest mir erzählt, es gab eine Sache mit einem Mädchen, das fast ertrunken wäre. Da war doch Jonas involviert gewesen, oder? " Dr. Rossi nahm einen Schluck Kaffee.

„Die Sache war wohl so. Jonas wusste, dass sie nicht schwimmen kann und hat sie ins Schulbecken gestoßen und vom Rand zugesehen, wie sie verzweifelt versucht hat, aus dem Wasser herauszukommen. Sie war schon unter Wasser, als zufällig ein Lehrer vorbeikam, sie herauszog und ihr mit Brustdruckmassage und Mund-zu-Mund Beatmung das Leben rettete. Jonas gab an, er sei in Panik geraten und wusste nicht was zu tun war. Aber allen war bekannt, dass er ein guter Schwimmer war und sogar einen Erste-Hilfe-Kursus besucht hatte. Der Lehrer gab bei der Polizei an, als er zu dem Becken rannte, Jonas gesehen zu haben, wie er mit übergeschlagenen Beinen auf einer Bank saß und grinste."

„Was meinst du, Timo. Hätte Jonas sie ertrinken lassen oder vielleicht doch noch im letzten Moment gerettet?" Dr. Rossi versuchte ohne Erfolg, seine Anspannung zu unterdrücken und trank seinen inzwischen kalt gewordenen Kaffee aus.

„Ich weiß es nicht, aber der Vorfall gab den Anlass, Jonas in eine geschlossene Anstalt einzuweisen. Ich fürchte beinahe, damals hätte er das Mädchen ertrinken lassen und sich darüber gefreut. Heute glaube ich an so ein Verhalten nicht mehr."

„Warum nicht?"

„Sieh mal, Mario, Jonas hat auf die Behandlungen angesprochen und obwohl er noch etwas labil ist, wurde er entlassen. Den Rest sollte er mit den ambulanten Therapien schaffen", hoffe ich sehr.

Ein Psychopath bleibt für sein Leben ein Psychopath, hatte Mario Rossi gelernt. Wenn er Jonas geschickt für seine Zwecke einsetzten könnte, wäre möglicherweise ein Hochzeitshindernis für alle Zeit aus dem Wege geräumt. Aber er müsste vorsichtig an die Sache herangehen.

Nachdem sich die beiden verabschiedet hatten, betrat Dr. Rossi noch einmal Jonas' Zimmer. Der lag noch immer mit offenen Augen die Zimmerdecke anstarrend auf seinem Bett. Die Arme hatte er unter seinem Hinterkopf verschränkt.

„Das war heute sicherlich ein anstrengender Tag für dich, Jonas," begann er leise, fast flüsternd, zu sprechen. Seine Lippen waren dicht an Jonas Ohr. „Du warst bei Heinze in der Wohnung und hast ein bisschen was angestellt. Wenn du willst, kann ich dir eine Spritze geben, damit du nach der Aufregung besser einschlafen kannst." Dr. Rossi war es, als schüttle Jonas den Kopf. Er setzte sich auf die Bettkante und legte seine Hand auf dessen bloße Schulter. „Ich habe gehört, du hast auch Heinzes Spiegel zerschlagen. Deine Wut auf den Heinze kann ich gut verstehen. Wenn ich du wäre, hätte ich bestimmt auch so gehandelt. Es wäre sicherlich schön für dich gewesen, wenn du sein Gesicht gesehen hättest, als er nach Hause kam. Das hätte dir bestimmt Freude bereitet."

„Kann sein", murmelte Jonas.

„Hast du vor, morgen oder übermorgen wieder Heinzes Apartment aufzusuchen? Ich sage den Schwestern Bescheid, dass du jederzeit die Klinik verlassen kannst. Gehst du morgen hin?"

„Vielleicht."

„Und wenn du den Heinze antriffst, was machst du dann mit ihm?" Jonas schwieg und überlegte. Das Timing Problem lässt sich vielleicht so lösen: Der Giftzwerg verlässt so um Elf Uhr das Hochhaus zum Boccia. Er kommt aus der Tür und sieht Dr. Rossi auf der anderen Seite der Straße. Vielleicht bekommt er einen Schreck oder sonst etwas, aber er steht bestimmt für zehn, zwanzig Sekunden oder eine Minute unschlüssig an der Tür. Die Zeitspanne reicht, Stas kommt angebraust und fährt in den Giftzwerg hinein. Ich werde nicht dabei sein, weil ich genau zu der Zeit mit Timo etwas unternehme. Aber meine Rache habe ich. Ich muss mich beeilen, denn die Ferien sind bald zu Ende. Morgen treffe ich mich wieder mit Stas. Ich kann die Klinik wann und wie ich will verlassen, ich bin frei zu tun was ich will, *alles*. Das hat mir Mario versprochen.

„Wenn der Heinze zu Hause ist, was machst du mit ihm?", hakte Dr. Rossi nach und festigte seinen Griff auf Jonas Schulter.

Jonas ahnte, was Dr. Rossi hören wollte. Er brauchte ihn für seinen Plan. Aber wie weit würde der mitmachen, bis zum Schluss?

„Ich mach' ihn platt."

KAPITEL 25

FRÜHLING, DR. FELDMANN

„Na, Jonas, wie fühlt es sich an, bald wieder zu Hause zu sein?" Dr. Feldmann hatte ihn am Nachmittag in sein Sprechzimmer im Universitätskrankenhaus bestellt und nun saßen sich beide gegenüber.

„Halt normal." Jonas war immer noch so einsilbig, wie nach der Schlägerei, von der er nichts berichten wollte.

„Ich möchte heute mit dir etwas sehr Wichtiges besprechen und ich möchte dich bitten, ehrlich zu mir zu sein. Du weißt, nur gegenseitiges Vertrauen ist die Lösung vieler und somit auch deiner Probleme."

„Ja."

„Ich kann dir hier nur Wasser anbieten, möchtest du ein Glas Wasser, Sprudel oder Stilles?"

„Stilles." Dr. Feldman brachte eine Flasche und zwei Gläser, stellte sie auf den Tisch und füllte sie.

„Zuerst, was bedeuten die vielen Anrufe bei deiner Mutter von angeblichen Klassenkammeraden, die nach dir suchen? Hat das etwas mit dem Überfall auf dich zu tun? Jonas blickte starr zum gegenüberliegenden Fenster und schwieg.

„Willst du nicht darüber reden?"

„Nein."

„Gut, ich habe Wichtigeres mit dir zu besprechen. Deine Abreibung hast du ja bekommen", bekräftigte Dr. Feldmann unverhüllt ärgerlich und fuhr mit ernster Stimme fort: „Ich glaube, du hast deinen ehemaligen Lehrer, Herrn Paul Heinze, inzwischen schon mindestens zwei Mal besucht." Als keine Antwort kam fuhr er fort: "Du bist in seiner Wohnung gewesen. Woher wusstest du wo er wohnt, von wem hattest du den Schlüssel?" Jonas blieb still und starrte weiterhin zum gegenüberliegenden Fenster.

„Wolltest du ihn dort treffen?" Jonas schwieg.

„Jonas, bitte sag etwas, sonst kommen wir nicht weiter." Jonas griff zum Wasserglas und trank es langsam halb aus. Schweigen.

„Dr. Rossi hat mir berichtet, dass er mit dir zu der Zeit im Auto unterwegs war, Stadtbesichtigung und neues Schloss. Aber das glaube ich nicht. Ich weiß nicht, warum er dich deckt, aber es ist keine gute Idee von ihm. Auch dein Lehrer hat dich lange Zeit gedeckt und beinahe wäre etwas Schlimmes passiert. Es ist besser, immer der Situation ins Auge zu schauen und entsprechend zu handeln." Jonas blickte auf, blieb aber stumm. „Ich decke dich auch gerade. Eigentlich hätte ich den Vorfall melden müssen. Dass ich es nicht getan habe, war vielleicht ein Fehler von mir. Ich hoffe aber nicht."

„Danke."

„Danke wofür, dass ich dich decke? Wie kommst du dazu, den Spiegel deines Lehrers mit T O D zu beschmieren, willst du seinen Tod?" Jonas schwieg.

„Sag! Bisher ist noch nichts passiert, die Flaschen Bier und das kaputte Schachbrett oder der Spiegel ist für deinen Lehrer, wie er mir mitteilte, kein Problem. Er kann deinen Ärger und die Wut über ihn nur zu gut nachvollziehen. Aber was bedeutet T O D?"

„Ich will ihn töten", war alles, was Jonas leise herausbrachte. Dr. Feldmann sah Timo lange ins Gesicht, ehe er sprach:

„Dass dein Lehrer dich damals nicht richtig eingeschätzt hatte und es schließlich auch deswegen zu der Einweisung kam, hat ihn sehr mitgenommen. Er glaubte, keine Befähigung als Lehrer zu haben und hat deswegen seine sichere Stelle an der Schule gegen einen Parttime-Job bei einer Sicherheitsfirma getauscht. Er hat deine Mutter finanziell unterstützt, als sie wegen deiner Einweisung ins Heim in eine depressive Neurose verfiel. Nicht nur für dich, auch für dein Umfeld war es eine schwere Zeit. Ich glaube, dein Lehrer hat genug gebüßt." Für Minuten war es stiller in dem Zimmer, als es in der Unendlichkeit des Weltalls jemals sein kann.

„Mag sein", kam die geflüsterte Antwort. Tränen sammelten sich in Jonas' Augen. „Ich weiß nicht mehr, was ich machen muss, machen soll", schluchzte er und wischte sich die Tränen mit dem Hemdärmel ab. „Ich weiß nur, dass Psychopathen immer Psychopathen bleiben werden, und das ist mein Schicksal. Timo, bitte schicke mich wieder zurück ins Heim. Ich kenne eben keine Empathie. Ja, ich wollte meinen Lehrer töten und mich daran erfreuen, wie er ganz langsam stirbt. So bin ich nun einmal. Ich gehe besser freiwillig zurück, sonst passiert doch noch etwas, was nicht mehr rückgängig gemacht werden kann." Als Jonas leise zu schluchzen begann und das Zucken und Weinen immer stärker wurde, stand Dr. Feldmann auf, beugte sich zu Jonas und umarmte seinen Patienten fest. So fest, dass das Zucken des jungen Körpers in seinen überging. „Wenn ich wieder drin bin", hörte er ihn winseln, „besuche mal das Hochhaus, wo der Giftzwerg wohnt, wie wir ihn immer genannt haben. Davor auf dem Plattenweg zur Hauptstraße hin versammeln sich oft Jungs mit ihren Fahrrädern. Frag nach Stas und gib ihm fünf Euro und sag ihm von mir, er soll lieber vorsichtig sein, wenn er um die Ecke beim Hochhaus biegt. Erster an der Hauptstraße zu sein, ist nicht alles."

„Was meinst du damit?"

„Egal. Timo, mach's einfach und sperr mich schnell weg, damit ich Ruhe habe. Ich kann einfach nicht in Freiheit leben."

„Nein Jonas, warte. Wir brauchen jetzt nichts zu übereilen. Ich würde erst einmal vorschlagen, du verbringst noch eine Woche oder etwas mehr in der Praxis von Dr. Rossi, danach sprechen wir wieder was zu tun ist. Dr. Rossi hat bereits eingewilligt und er meint, wir können deiner Mutter sagen, dass du noch etwas wegen deiner inneren Verletzungen unter Beobachtung bleiben musst. Was meinst du dazu?"

Jonas schüttelte den Kopf.

„Ich möchte nämlich die Zeit nutzen, mich noch einmal mit einem anderen Kollegen über deinen Zustand auszutauschen. Wir brauchen jetzt nicht alles Hals über Kopf zu entscheiden. Ja, und um ehrlich mit dir zu sein, ich habe noch keine Lust aufzugeben, nicht so schnell", fügte Dr. Feldmann mit einem Lächeln hinzu.

„Nach deiner Selbstreflektion von eben sehe ich Licht am Ende des Tunnels. Also was ist, Jonas? Noch einmal eine Woche bei Dr. Rossi?"

„Nicht bei Dr. Rossi," stammelte Jonas und wieder erschienen Tränen in seinen Augen.

„Und warum nicht?" Das *Warum* war auch gleichzeitig eine Frage an sich selbst. Warum hatte sein Studienfreund gesagt, er sei mit Jonas unterwegs gewesen, als er ihm von dem Einbruch bei Heinze erzählt hatte? Warum deckte er ihn? Er hatte doch überhaupt keinen Grund dafür. Oder gab es etwas, was er nicht wusste? Dr. Feldmann betrachtete lange Jonas Gesicht, Tränen liefen unaufhörlich über dessen Wangen.

„Warum willst du nicht im Hospital von Dr. Rossi bleiben? Gibt es einen Grund dafür?"

„Ja." Mehr kam nicht von Jonas' Lippen.

„Und welchen?" Wieder schwieg Jonas und Dr. Feldman war es klar, Jonas würde nicht antworten.

„Gut Jonas, ich werde sehen, ob und wie ich dich bei mir im Universitätskrankenhaus unterbringen kann. Es ist nicht so einfach, wie in einer privaten Klinik. Bei uns muss alles seinen ordentlichen Gang gehen. Ich will sehen, was ich machen kann, damit dein

Aufenthalt nicht bekannt wird. Es ist jedoch nicht so komfortabel wie bei Dr. Rossi."

„Egal, danke,"

„Aber du musst mir versprechen, die gesamte Zeit dort zu bleiben, Ausgang ist nicht mehr möglich."

„Ja, danke."

Wenn etwas passiert, bin ich dran und ich verliere meine Approbation, überdachte Dr. Feldmann die Situation. Sollte er sich das antun?

Was Jonas gesagt hatte, war grundsätzlich richtig, Psychopathen blieben immer Psychopathen. Aber Psychopath war nicht gleich Psychopath. Es war ein gefährliches Wagnis, auf das er sich einließ.

„Damit du nicht versauerst, können wir beide abends oder wenn ich mal zwischendurch Zeit habe, raus gehen und mal wieder bei MacDonalds essen. Das magst du doch so gerne, Cheeseburger und Chicken Nuggets."

„Danke, Timo." Nur für einige Sekunden, aber ein Lächeln hatte sich auf Jonas' Gesicht gezeigt, da war sich Dr. Feldmann sicher.

„So, und jetzt habe ich noch etwas ganz Anderes zu besprechen. Kannst du dich noch erinnern, wie du in einem Hauseingang ziemlich kaputt aufgefunden wurdest? Es waren zwei junge Frauen, die dich fanden. Sie waren sehr erschrocken und hatten sofort die Polizei verständigt."

„Nein." Jonas konnte sich nicht mehr erinnern, wie er aus dem Haus gekommen war. Nur eins hatte sich ihm eingemeißelt, er hatte versucht, die Treppe herunter zu kriechen und wegzukommen, sonst würden sie ihn totschlagen. „Als ich dein Gesicht gesehen hab, war ich glücklich, da war mir alles egal. Nur das weiß ich noch genau, dass ich gerettet war und keine Angst mehr zu haben brauchte."

„Also, eine der beiden hat sich bei mir gemeldet und angefragt wie es dir geht."

„Ehrlich?"

„Ja, ehrlich und ich habe ihr vorgeschlagen, dass ihr beide euch einmal trefft, wenn du wieder genesen bist. Sie ist damit einverstanden. Du musst ihr einen großen Straus Rosen mitbringen und dich bedanken. Vielleicht kommst du dabei auf andere Gedanken. Sie ist nur etwas älter als du und hatte kürzlich einen Verkehrsunfall, den sie wie ein Wunder ohne Blessuren überstanden hat. Sie heißt übrigens Mia und ist ganz nett. Sie arbeitet in einem Friseursalon. Hast du Lust zu einem Treffen?" Jonas zögerte die Antwort lange hinaus.

„Vielleicht", murmelte er.

„Das freut mich, ich werde es ihr sagen. Ich werde jetzt deine Mutter anrufen und ihr mitteilen, dass du für ein paar Tage hier bei mir im Universitätskrankenhaus bleibst. Es ist also abgemacht, wir machen weiter? Wir beide schaffen das schon, du und ich."

„Ja."

Die Antwort war kaum mehr als ein Hauchen. Dr. Feldmann hätte sich ein klareres, freudigeres JA gewünscht. Aber vielleicht war Jonas noch nicht soweit. Vielleicht war er auch überhaupt noch nicht soweit, würde nie soweit sein.

KAPITEL 26

Nachdem er vom Unfallkrankenhaus mit einem Polizeiauto nach Hause gebracht worden war, musste sich Luis Heinze sofort hinlegen, in seinem Kopf war alles wie ausgelöscht. Sein Vater war heute Mittag gestorben. Wahrscheinlich von irgendeinem Jungen angefahren, der danach Fahrerflucht begangen hatte, wie die Polizei vermutete. Es war also ein Unfall, ein Verkehrsunfall. *Ein ganz stinknormaler Verkehrsunfall* wie es Marvin noch vor kurzem genannt hatte. Dass Marvin so schnell zuschlagen würde, hatte er nicht gedacht. Aber er hätte Marvin besser kennen sollen. Der Tod seines Vaters war auch seine eigene Schuld. Mit seinem Vater hatte er gesprochen, aber der hatte nicht verstanden, warum er umziehen sollte. Mit dem wahren Grund hatte er natürlich nicht herausrücken können, auch wenn sein Vater schon längst ahnte, was er für Geschäfte machte. Wie es nun weitergehen würde, das wusste er nicht, aber die Organisation, die seinen Vater umgebracht hatte, würde er verlassen.

Mit einem kaltblütigen Mörder, wie Marvin, könnte er nie mehr zusammenarbeiten.

Der Rest seines Drogenschatzes war bei dem Vietnamesen erst einmal in Sicherheit. Er musste Berlin verlassen und irgendwo anders, ein eigenes Verteilernetz aufbauen. Es war nur schade um die vielen Kontakte, die er inzwischen im Hochhaus und im Park aufgebaut hatte. Ob er Tobias damit beauftragen könnte, danach zu sehen. Selbst wenn sie halbe-halbe machten, würde für ihn noch genug herausspringen. Aber das war jetzt alles nebensächlich.

Luis stand auf, goss sich ein Wasserglas mit Whisky randvoll und begann zu trinken. Aus Prinzip rührte er Drogen nicht an, außer, dass er hin und wieder kiffte. Seinen Vater würde er mitnehmen, schwor er sich feierlich. Ihn hier in Berlin bei den Verbrechern zu beerdigen, kam ihm wie eine Sünde vor. Morgen müsste er mit einem Beerdigungsunternehmen Kontakt aufnehmen und alles regeln. Als das Wasserglas fast geleert war, meldete sich sein Handy. Es war Horea.

„Jonas, mein allerherzliches Beileid. Marvin hat mich gerade informiert, dass dein Vater einen tödlichen Unfall hatte. Das tut mir aufrichtig in der Seele weh."

„Danke Horea, für deine Anteilnahme. Ich bin noch immer geschockt und kann es gar nicht glauben, dass ich meinen geliebten Vater nie mehr treffen werde."

„Das kann ich gut verstehen, Luis. Und das gerade jetzt, wo bei dir doch alles so perfekt lief, wo die Sache mit den MG4 für den Jemen so ausgezeichnet geklappt hat. Alle hier in Bukarest waren voll erfreut und ich will versuchen, etwas für dich herauszuschlagen, einen extra Bonus, fünfstellig. Du könntest die Position von Smirnow übernehmen. Hier ist man mit dem Russen nicht zufrieden; er wird so oder so verschwinden. Und was deine Nebenbeschäftigung angeht", Horea räusperte sich und ein Lachen ertönte, „Marvin hat mir berichtet, dass einer von deinen Leuten alles abgeliefert hat. Marvin hält übrigens viel von dir, hat dich sehr gelobt und freut sich auf die Zusammenarbeit mit dir. Es war wohl nicht viel, was dein Mann angebracht hat, und ich hoffe du hast eingesehen, dass sich solche kleinen Geschäfte für dich nicht lohnen, uns aber dafür in Gefahr bringen können. Bei uns muss es mindestens sechsstellig sein, ehe wir was in die Hand nehmen und auch nur etwas aus Stahl." Lachend vermischt mit Husten unterbrach er seinen Redefluss. Marvin hatte also seinen Boss belogen und wollte selber ins Drogengeschäft einsteigen. Etwa mit ihm als Partner? Das würde niemals gutgehen. Er würde niemals mit dem Mörder seines Vaters paktieren.

„Danke Horea, dass du an mich denkst. Aber im Augenblick weiß ich nicht, wo mir der Kopf steht. Lass mich bitte ein paar Tage ausruhen, ehe ich mich wieder bei dir melde."

„Luis, das verstehe ich nur zu gut. Ich habe ja auch bei einem tragischen Unfall meinen Vater verloren. Und noch etwas. Ich habe Marvin gebeten, die Beerdigung für dich auszurichten. Ich weiß, du und dein Vater, ihr seid gottlose Atheisten. Aber der Vater meines alten Freundes Luis soll christlich beerdig werden. Marvin meinte auch, wir Christen sollten niemals ohne den Segen der heiligen Kirche vor den

Allmächtigen treten. Du brauchst dich also um nichts zu kümmern."

„Das ist sehr großzügig von dir, Horea, aber ich dachte meinen Vater in aller Stille einzuäschern."

Dass Marvin die Beerdigung dazu benutzen würde, ihm noch mehr Leid zuzufügen oder gar, ihn zu erpressen, um mit ihm zu arbeiten, war Luis klar. Das musste er unter allen Umständen vermeiden.

„Luis, das kommt gar nicht in Frage. Als dein alter Freund und als Christ, muss ich darauf bestehen, dass dein Vater ein würdiges Begräbnis erhält. Marvin hat schon mit einem katholischen Priester Kontakt aufgenommen, der wird in der Kapelle die Totenmesse zelebrieren. Du brauchst dich, wie gesagt, wirklich um nichts zu kümmern."

„Danke, Camil, wenn ich dich nach langer Zeit wieder einmal so nennen darf, wie wir damals mit sechzehn, siebzehn anfingen, die Welt zu erobern. Wir waren, wir sind und wir werden immer Freunde bleiben. Aber, Bruder, verzeihe mir, wenn ich von jetzt an meine eigenen Wege gehe. Ich werde die Organisation verlassen. Bitte, lege ein gutes Wort für mich in Bukarest ein. Ich kann mich einfach nicht unterordnen, ich bin ein allein jagender Wolf. Gib mich frei, Camil."

„Luis, die Trauer um den plötzlichen Tod deines Vaters hat dich übermannt. In einer Woche komme ich nach Berlin und wir reden bei gutem Palinca drüber. Überlege dir alles noch einmal, du kannst bei uns reich werden. Wir sind jetzt in Kontakt mit einer Gruppe im Sudan. Die haben noch keine Waffen und sind fast noch Kinder. Die können wir vollständig ausrüsten,

sogar mit Raketenwerfern. Sie sind nur hundertfünfzig Mann, aber sie wollen noch Kämpfer anwerben,
etwa tausend Freiheitskämpfer sind geplant. Das wäre
ein großes Ding für uns und du könntest es leiten. Das
Geld liefert eine Unterorganisation von der CIA. Waffen kommen über China, wir organisieren alles. Wenn
du unbedingt willst, lasse ich dich ziehen, mein Bruder. Aber überlege es dir in Ruhe. Bis nächste Woche
Luis, Kopf hoch. Morgen sieht schon alles wieder anders aus."

„Danke Camil, bis dann in Berlin. Aber bitte verstehe, wenn ich trotzdem ablehne." Das Telefonat war
kaum beendet, als das Handy sich wieder meldete.
Dieses Mal war es Marvins Nummer, die im Display
aufleuchtete.

„Mein Beileid Luis. Es tut mir aufrichtig leid, was
heute Vormittag mit deinem Vater passiert ist. Siehe
es als Warnung an, dich nicht mit mir anzulegen, auch
wenn ich mit dem Unfall heute nichts zu tun gehabt
habe. Wie die Polizei mitteilte, hat ein kleiner Junge
deinen Vater überfahren."

„Ja, ja, ich weiß, du hattest wie immer nichts damit
zu tun, lassen wir die Sache also ruhen."

„Wenn ich es dir doch sage, Luis, verdammt nochmal. Ich schwöre es dir bei meinen Eltern und der heiligen Jungfrau. Ich habe mit dem Unfall nichts zu tun.
Ich war es nicht! Viel wichtiger ist, dein verdammter
Bursche ist immer noch nicht aufgetaucht. Das kann
ich absolut nicht verstehen. Wenn er etwas davon ver-
hökert hätte, hätte ich garantiert Wind davon bekommen. Aber absolut nichts! Oder ist er so schlau und

wartet irgendwo untergetaucht ab, bis er sich heraus-
wagen kann? Was meinst du?"

„Ich weiß es nicht und es bockt mich auch nicht
mehr. Mein Vater ist tot und das ist alles, was im Augenblick zählt."

„Mach' hier nicht auf trauernden Sohn. Du hast
doch deinen Vater verrecken lassen, damit du deine
Drogen mit dem Jungen in Sicherheit bringen
kannst." Luis war drauf und dran, das Gespräch abzubrechen. „Spuck's endlich aus, wo der Junge ist und
wo du den Rest versteckt hast. Ich hab's mir überlegt,
wir beide könnten doch zusammenarbeiten. Mit deinen Kontakten könnten wir ne große Sache draus machen. Horea erfährt davon schon nichts, dafür sorge
ich." Als Luis nichts antwortete, fuhr er fort. „Ich habe
mit dem Tod deines Vaters wirklich nichts zu tun, ich
war zu der Zeit noch im Bett mit der Felicia. Du kennst
sie ja auch gut", Marvin gluckste. „Die kannst du fragen. Tot ist tot, daran ist nichts mehr zu ändern."

Luis hatte nicht zugehört, seine Gedanken waren
bei dem Jungen, der ihn anscheinen betrogen hatte.
Dass er in Marvins Hände fiel, wollte er trotzdem
nicht. Doch wenn sogar Marvin ihn bisher noch nicht
gefunden hatte, überlegte er, war die Möglichkeit groß,
ihn nicht so schnell zu finden. Die Schwachstellen waren sein Freund Tobias, Kai und seine Mutter. Beide
hatte er mehrere Male beackert und war dabei nicht
einen Millimeter vorwärtsgekommen. In den Kran-
kenhäusern in der Nähe des Büros hatte er sich erkun-
digt, denn er kannte Marvins Befragungsmethoden.

„Wann hast du den Jungen das letzte Mal gesehen, Marvin?“

„Nachdem wir mit ihm fertig waren, haben wir ihn auf den Flur geschmissen. Als wir zwei Stunden später das Büro verlassen hatten, war er weg. Ein taffer Bursche war er schon, hat einiges einstecken müssen. Wo du nur immer solche super zähen Jungs herkriegst, dafür beneide ich dich ehrlich.“

„Hast mal bei deim Infobullen nachgefragt? Der müsste doch etwas wissen.“

„Na klar doch, ich war persönlich da, aber keine Meldungen von einem zusammengeschlagenen Jungen, nichts. Der Kerl hat sich in Luft aufgelöst. Aber eines Tages kriege ich ihn schon.“ Im Grunde genommen war das für Luis alles nicht mehr wichtig, auch nicht, ob der Junge seine Drogen unterschlagen hatte oder nicht. Sein Vater war tot.

KAPITEL 27

Dieses Mal regnete es in Strömen, als Herr Thomsen das Hochhaus erreichte und natürlich stand bei so einem Wetter Karl Schneider nicht, wie üblich, draußen und wartete auf ihn.

Er führte Herrn Thomsen ohne Umstände in die Pförtnerloge, wo die Schachfiguren bereits ungeduldig in den Startlöchern verharrten.

„Heute bringst du ja einen ordentlichen Regen mit, René. Gönnen wir uns einen französischen Wein und freuen uns auf morgen, denn morgen soll die Sonne wieder scheinen."

Die Weingläser standen schon auf dem Tisch, der Hausmeister holte von der Anrichte die Flasche, entkorkte sie und schenkte ein. „Trinken wir darauf, dass der Fall Paul Heinze endlich gelöst ist."

„Und dass Paul jetzt in Ruhe und Frieden den Himmel genießen kann. Weißt du, Karl, ich habe mich gestern am Abend mit ihm unterhalten."

„Wie meinst du das, unterhalten?"

„Ich habe lange nach ihm gesucht, denn er muss ja irgendwo da oben sein und ihn schließlich gefunden. Er lebt jetzt auf dem Atair im Sternbild Adler. Weißt du, der Atair ist einer der drei hellsten Sterne im Sommerdreieck und deswegen leicht zu finden. Von dort hat er mir zugeblinzelt."

„Und hat er was gesagt?"

„Dass es ihm gut geht, dir Grüße bestellt und dass er sich über unsere Schachtreffen freut."

„Na, dann werde ich ihn morgen gleich auch einmal besuchen. Vielleicht kann er mir ja ein paar Schachtipps geben, er ist sowieso der Bessere von uns dreien."

„Also, er ist nicht immer zu sprechen", zwinkerte ihm René zu. „Manchmal zieht er ein paar Wolken vor sich, um Ruhe zu haben. Das hat er mir auch gesagt, als ich ihn so allerhand fragte, wie es da oben so ist und ob er da Schachpartner hat und ob es oben guten Käse und Wein gibt."

„Und was hat er geantwortet?

„Dass da oben doch alles ganz anders ist, aber dass er sich inzwischen wunderbar eingelebt hat und es ihm sehr gut geht."

„Das freut mich. Ob er uns jetzt zusieht, was meinst du, René?"

„Bei dem Regenwetter, ich weiß nicht. Die Wolken sind wohl zu dicht. Komm, fangen wir schnell an, solange der Himmel zugezogen ist, damit er sich nicht da oben über unsere Fehler ärgern muss." Herr Thomsen rückte seinen Bauern von e2 auf e3 und der

Hausmeister antwortete orthodox mit seinem Bauern auf e5.

„Weißt du eigentlich, René, wie sich alles entwickelt hat? Ich meine, am Anfang dachten wir beide doch, es war der Junge, der ihn erst angefahren und danach Fahrerflucht begangen hat."

„Also Karl, das warst nur du, der immer darauf bestanden hat, nicht ich. Nun, ich kenne natürlich von der Polizei das Ende der Geschichte, aber wie es dazu gekommen ist, weiß ich nicht genau. Erzähl doch mal, was dein Verbindungsmann bei der Polizei so alles erfahren hat." Herr Thomsen schob seinen Springer auf c3.

„Dein Aushang, den wir vor einiger Zeit an der Hauswand angebracht hatten, hat alles ins Rollen gebracht." Der Hausmeister platzierte seinen Springer auf f6. „Du weißt doch noch, der Vietnamese hatte uns erzählt, dass Frau Sternburg an dem heißesten Tag des Jahres nach Paris abgereist war, als er uns ihren Wohnungsschlüssel zur Aufbewahrung brachte."

„Das erinnere ich noch genau." Herr Thomsen setzte seinen Läufer auf e2. „Das ist doch der komische Vietnamese, der außer einer riesigen Brille immer nur rosa Unterhosen anhat. Läuft der immer noch in so kurzen Hosen herum, es ist doch bald Herbst und wird allmählich kühler."

„Sommer oder Winter scheint ihm egal zu sein. Solange er hier nicht FKK macht, sage ich nichts." Der Hausmeister lachte laut auf, trank einen Schluck Wein und zog mit seinem Bauern auf d5, was sein Gegenspieler mit seinem Bauern auf d4 beantwortete. Der wurde ohne langes Zögern von dem schwarzen Bauern geschlagen. „Als ich Frau Sternburg ihre Schlüssel übergab, sprach sie mich auf deinen Aushang an. Sie informierte mich, dass ein ihr fremder Mann an dem Tag unten im Eingang heftig auf Paul eingesprochen und ihn am Ärmel festgehalten hatte. Das erstaunte sie doch etwas, weil normalerweise in der Lobby alles ruhig von statten ging. Das hat sie später auch genauso bei der Polizei ausgesagt. Sie kam gerade mit ihrem Koffer aus dem Fahrstuhl und die beiden hatten sie in ihrer Erregung wohl nicht bemerkt.“

„Also, von ihrer Begegnung mit den beiden Männern wusste niemand, weil sie nach Paris abgereist war und dort von dem Unfall nichts erfahren hat“, fügte Herr Thomsen hinzu und schlug den gegnerischen Bauern auf d4 mit seinem Bauern.

„Ja, genau dadurch hat sich alles bis zu ihrer Rückkehr verzögert.“ Der Hausmeister seufzte und rückte seinen Läufer auf e7, was mit dem weißen Läufer auf f3 beantwortet wurde.

„Von nun an nahm alles Fahrt auf, besonders als Frau Sternburg erklärte, dass sie die beiden an dem betreffenden Tag gegen elf Uhr gesehen haben müsste, da sie die U-Bahn um 11:18 erreichen wollte.“ Der Hausmeister brachte nach kurzem Zögern seinen Springer auf c6 in Position.

„Nun war natürlich die Frage, wer der Mann war. Die Polizei machte nach ihren Angaben ein Phantombild, das auch ich zu sehen bekam.“

„Und erkanntest du den Mann?“ Beim Sprechen rückte Herr Thomsen seinen Bauern auf a3 vor.

„Nein, zuerst nicht, aber später kam es mir vor, als
ob ich ihn irgendwo gesehen hätte, wusste aber nicht
wo. Ich habe eigentlich ein gutes Gedächtnis für Gesichter, das wurde mir schon während meiner Polizei-
laufbahn bestätigt. Frau Sternburg hatte ihn nur flüch-
tig gesehen, deswegen war das Bild nicht sehr deutlich.
Aber von irgendwoher kannte ich ihn. Da war ich mir
sicher." Karl Schneider verdrehte seine Augen und
vollführte mit einem Seufzer die kleine Rochade.

„Und ist es dir eingefallen?"

„Ja, aber erst später, als das zweite Phantombild er-
stellt wurde, da fiel es mir wie Schuppen von den Augen.

„Das erste Phantombild hat uns die Polizei auch gezeigt, aber ich kannte ihn ja nicht, ich hatte ihn niemals
gesehen." Herr Thomsen überblickte das Spielfeld
und entschloss sich, mit seinem Springer auf e2 zu antworten. „Meine Frau und mein Sohn kannten ihn sowieso nicht. Nur meine Schwiegertochter ahnte sofort,
wer es war. Sie hat aber zunächst nichts gesagt."

„Warum nicht?"

„Das erzähle ich dir bei unserem nächsten Schach-
spiel." Karl platzierte enttäuscht seinen Turm auf e8.
Er hätte es nur zu gerne gewusst. „Es ist keine schöne
Geschichte, aber mit Happy End."

„Gut René, dann freue ich mich schon auf unsere
nächste Partie." René antwortete auf Karls Zug mit der
kleinen Rochade und Karl fuhr mit seiner Erzählung
fort.

„Damit war die Polizei nicht mehr ganz da, wo sie
noch am Anfang war. Auf jeden Fall gab es jetzt

jemanden, der kurz vor Pauls Tod mit ihm zusammen war und der Kommissar wollte auf keinen Fall aufgeben. Er begann noch einmal, alle möglichen Zeugen zu befragen." Der Hausmeister nahm einen Schluck Wein und zog seinen Springer auf a5. ‚Springer an der Wand bringt Schand‘, fiel Herrn Thomsen das Sprichwort ein, aber er versuchte es seinem Gesicht nicht anmerken zu lassen. „Und dann passierte das Verrückte", platzte der Hausmeister heraus. „Ich habe dir doch schon einmal von der Katrin Schwarzenbach hier im Haus erzählt, die mehr Zeit bekifft verbringt, als im normalen Zustand. Die hat uns auf die Spur gebracht."

„Hat sie ihn erkannt?", staunte Herr Thomsen und brachte seinen zweiten Läufer in Position auf e3.

„Nein, eben nicht und das war der Knüller."

„Wie meinst du das?"

„Also, die haben eine Fortsetzung zu ihrem sogenannten Roman", dabei malte er mit den Fingerspitzen Anführungszeichen in die Luft, „an die Zeitung geschickt und der Mist ist wieder abgedruckt worden. In der verrückten Geschichte kommt ein Mädchenschänder vor. Und von der Szene, wo er eine Kleine gerade vergewaltigen will, gab es ein Mangabild und das glich irgendwie dem Phantombild. Nur, jetzt hatte der Mann plötzlich tiefschwarze Locken und eine nach unten gebogene Nase, wie er ja auch in Wirklichkeit aussieht. Die Schwarzenbach sagte bei der Polizei aus, sie habe sich das einfach so vorgestellt, aber der Kommissar meinte, das kann kein Zufall sein, dass sich die beiden Bilder in etwa gleichen und er hatte ein zweites Phantombild erstellen lassen. Den Manga hatte ein Bekannter von ihr, wie es sich herausstellte, genau nach ihren Angaben gezeichnet." Der Hausmeister atmete tief durch und stieß mit seinem Springer angriffslustig von a5 auf c4 vor. „Und mit dem Manga habe ich ihn auch sofort erkannt. Ich hatte ihn gesehen, wie er einmal mit Paul nach oben gefahren ist."

„Du hast recht, Paul. Mit dem zweiten Phantombild blieb meiner Schwiegertochter auch nichts mehr übrig, als zu bestätigen, dass sie den Mann kennt. Ich weiß noch, wie totenbleich sie wurde, als sie das neue Phantombild auf dem Schreibtisch ihres Mannes fand. Aber wie gesagt, das alles erzähle ich dir das nächste Mal." Herr Thomsen schützte seinen bedrängten Läufer mit seiner Dame auf c1.

„Ob oder woher nun die Katrin Schwarzenbach ihn kannte, ist nicht klar, aber der Kommissar meinte, sie hat ihn bestimmt vom Fenster aus auf der Straße mit Paul streiten gesehen und in ihrem bekifften Zustand daraus die Szene im Roman gemacht." Damit schlug der Hausmeister den Läufer auf e3 mit seinem Springer und René eliminierte ohne zu zögern den Springer auf e3 mit seinem Bauern.

„Ich bin sicher, Karl, genauso war es. Meine Schwiegertochter hat folgendes zu Protokoll gegeben: Unter Tränen hätte Dr. Rossi auf ihr Drängen hin erzählt, dass er an dem Sonntagvormittag noch einmal zu Paul gefahren sei, um ihn zu bewegen, der Scheidung zuzustimmen. Aber die Unterredung hätte wieder zu nichts geführt."

Herr Thomsen nahm einen Schluck Wein, wartete bis sein Gegenüber den Bauern auf c6 gestellt hatte, und fuhr fort: „Als beide im Eingang standen, hatte er ihr erzählt, und sich gerade verabschieden wollten, hätte er einen Jungen auf einem Fahrrad an ihnen vorbeibrausen gesehen. Er, Dr. Rossi, hätte deswegen einen Schreck bekommen und in einer Reflexbewegung hätte er unglücklicherweise Paul in Richtung des Jungen gestoßen.

Der Radfahrer war aber wohl längst vorbei als Paul deswegen auf die Straße fiel." René nahm seinen Springer auf d1 zurück.

„Für mich, Karl, klingt das alles etwas unwahrscheinlich. Reflexbewegung wäre für mich, wenn Dr. Rossi Paul festhält, damit er nicht gegen das daherkommende Fahrrad prallt. Ich bin sehr gespannt, was in den weiteren Vernehmungen herauskommt."

„Also hat der Junge tatsächlich nichts damit zu tun gehabt? Und ich war mir bis zuletzt so sicher. Ja, René, man soll niemals zu sicher sein." Damit ging er mit seinem Springer auf g4 vor, begleitet von einem leichten Grinsen, was Renè mit seinem Springer auf g3 beantwortete. Sofort brach Pauls Springer in Renés Reihen und schlug mit seinem Springer den Bauern auf h2. Was sollte das Opfer, überlegte René? Was hatte sein Gegner im Sinn?

„In seinem Ärger, weil das Gespräch nichts gebracht hatte", nahm Karl Schneider die Unterhaltung wieder auf, „sagte Dr. Rossi bei der Polizei aus, dass er sich nicht weiter um Paul Heinze gekümmert habe, da der seiner Meinung nach schon wieder auf den

Beinen war. Er sei zum Parkplatz hinter dem Hochhaus gegangen und nach Hause gefahren. Er beteuerte bei der Vernehmung felsenfest, es war nur ein leichter Schubser, von dem er sicher war, Paul würde keinen Schaden nehmen. Aber", fügte Karl hinzu, „als Arzt hätte er sich vergewissern müssen und sich nicht von dem Unfallort entfernen dürfen. Seine mögliche Hilfeunterlassung, sollte für ihn Konsequenzen haben. Es wird eine Gerichtsverhandlung geben."

„Danach werden wir wohl klarer sehen." Herr Thomsen zog seinen König auf h2 und schlug den Bauern.

„Oder auch nicht", ergänzte der Hausmeister und schob seinen Läufer auf d6. „Die Rechtsverdreher finden bestimmt wieder einen Ausweg für den Doktor."

„Was ist eigentlich, Karl, aus dem älteren Jungen geworden, der mit dem großen Pflaster über dem linken Auge? Hast du da etwas gehört? Von dem hatte man doch viele Fingerabdrücke in Pauls Wohnung gefunden. Ich wundere mich immer noch, wieso der bei Paul war, der kam doch aus dem Gefängnis." Herr Thomsen rückte seinen König zurück auf g1 und verlor daher seinen Springer auf g3, der vom schwarzen Läufer geschlagen wurde. Er hatte nicht aufgepasst!

„In dieser Angelegenheit hält die Polizei absolut dicht", sagte der Hausmeister mit einem Schmunzeln über seinen Angriffserfolg. „Mein Kontaktmann meinte, alles läuft über einen Dr. Feldmann, der ist so eine Art Vormund von dem Jungen. Mehr weiß ich auch nicht. Und Pauls Sohn, den ich inzwischen ein paar Mal getroffen habe, weiß nichts von irgendwelchen Fingerabdrücken, was ich etwas merkwürdig finde." René Thomsen überlegte lange, wie er den feindlichen Läufer auf g3 loswerden könnte, aber ihm fiel nichts ein. „Übrigens", fuhr der Hausmeister fort, „der Sohn von Paul wird Berlin verlassen und sich irgendwo im Westen ansiedeln, hat er mir kürzlich gesagt. Er will sogar seinen Vater umbetten lassen, weil er ihn nicht hier alleine zurücklassen will. Das hätte ich von ihm nie gedacht. Einige Möbel hat er dem Vietnamesen vermacht, informierte er mich, und zum Monatsende wird er die Wohnung kündigen." René fiel nichts Besseres ein, als seinen Bauern auf e4 vorzurücken und als Karl den Bauern mit seinem schlug, gab er auf.

Die Schachpartie war beendet, eine Revenge wurde für das nächste Wochenende vereinbart. Die Weinflasche war inzwischen leer geworden.

Als Herr Thomsen das Hochhaus verließ, hatten sich die dicken Regenwolken zurückgezogen und er beschloss, auch heute wieder einen Umweg durch den Park zu machen.

Wie freute er sich, schon bald die stämmigen Arme der Rentnerin zu erblicken, wie sie aus dem Fenster ragten. Verplaudern wollte er sich aber nicht, denn heute Abend gab es ein Familienessen und hoffentlich einen langen Abend mit Kira und dem Pferd Wildfang.

„Guten Abend, Frau Wagner. Der Regen hat der Natur sicherlich gutgetan, jetzt ist alles wieder erfrischt und es duftet angenehm."

„Hallo, guten Abend Herr Thomsen. Es ist endlich angenehmer, als die große Hitze. Heute habe ich eine

Neuigkeit für Sie. Wie ich von Stas' Mutter gehört habe, ist ihr Sohn endgültig von jeglichem Verdacht freigesprochen worden, am Unfall beteiligt gewesen zu sein. Es handelte sich anscheinend um ein Beziehungsdrama und er hatte damit nichts zu tun. Das hat mich sehr erleichtert, denn ich mag den Bengel fast wie meinen eigenen Sohn", vertraute sie ihm mit einem Augenzwinkern an.

„Das freut mich für den Jungen und mir fällt ein Stein vom Herzen. Es ist nur sehr betrüblich, dass mein langjähriger Schachfreund sterben musste. Ich werde ihn nicht so schnell vergessen. Aber das ist nun mal der Lauf der Welt: die Guten sterben zu früh und die Schlechten nie."

„Wem sagen Sie das, Herr Thomsen. Übrigens, ein Dr. Feldmann hat den Stas neulich kontaktiert und ihm anscheinend fünf Euro übergeben, von einem Jungen, der ihm das Geld versprochen hatte, wenn er die Rennstrecke in sieben Minuten schafft. Er hatte ihn und seine Mutter ins ‚Wiener Eck` zum Eis essen eingeladen und ihm einen Katalog einer Judoschule mitgebracht. Stas sollte doch mal vorbeikommen und etwas reinschnuppern. Bestimmt ist das interessanter und auf jeden Fall lehrreicher, als einen Hügel herabzurasen und andere dabei zu gefährden, hatte der Doktor dabei angemerkt."

„Da hat der Herr Dr. Feldmann sicherlich recht. Der Vorfall sollte den Kindern zu denken geben und der Tod meines Freundes wäre dann nicht umsonst gewesen." Herr Thomsen blickte auf die Uhr und bekam einen Schreck.

„Für heute möchte ich mich verabschieden, ich habe abends noch etwas vor. Bis zum nächsten Mal, Frau Wagner."

NACHWORT

UND **DANKSAGUNG**

Vielleicht werden einige Leser Personen aus meinen vorherigen Romanen wiedererkannt haben. Da ist einmal der homosexuelle Sigi, der Ich-Erzähler meines im Traumtänzer-Verlag erschienenen Romans „Sieben Monate mit Mozart", der tatsächlich in Japan bei einem Manga-Verlag war und als Lektor arbeitet.

Auch sein kurzzeitiger Berliner Freund Leon erscheint, sowie Marvin, der damals schon ein Schlägertyp war. Stas war im Roman erst sechs Jahre alt.

Aus meinem beim TRIBUS-Verlag veröffentlichten Roman „Verbotene Techniken" erscheint Timo Feldmann, der zum Erwerb des schwarzen Gürtels
nach Japan reist
und dort in ein Tötungsdelikt verwickelt wird.
Er hatte sich daraufhin vorgenommen,
Arzt zu werden, und ist es auch tatsächlich geworden, wie wir gesehen haben.

Auch aus dem im Tribus-Verlag erschienenen Roman
„Erasmus" treffen wir Mia wieder und einige Leser
werden aufatmen, denn der Bus hat sie doch nicht er-
fasst.

Zu danken habe ich wieder meiner Leserunde
unter der Leitung von Frau Agnes Domke für die
vielen wertvollen Hinweise und Hilfen bei der
Erstellung dieses Romans. Besonders aber dem
Tribus-Verlag und allen Mitarbeitern, die dieses
Buch zu dem gemacht haben, was es ist.

Berlin, 31.10.2021

Eine Welt voller Bücher

Unvergessliche Abenteuer
Faszinierende Charaktere
Neue Welten und Ideen

Bei Infinity Gaze endet
die Lesereise nie!

Jetzt entdecken unter:
www.infinitygaze.com